조선족 민요 연구
-전승과 변용의 음악적 특성을 중심으로-

조선족 민요 연구

-전승과 변용의 음악적 특성을 중심으로-

김예풍 지음

도서
출판 박이정

김예풍(金藝風)

중국 길림성 연길시 출생. 연변사범전과학교 졸업(작곡전공). 상해음악학원 작곡
지휘학부 연수. 한국예술종합학교 음악원 졸업. 한국정신문화연구원 한국학대학원
졸업(문학박사). 전 연변대학 예술학원 음악학부 교수. 현 중국 서남민족대학 예술
학원 교수

주요논문　「사회주의 리얼리즘과 연변조선족 민요」, 「연변조선족 전통음악문화」,
　　　　　「연변조선족 민요의 전승현황」 외 다수

번역서　　『苗族服飾文化』(楊正文 著), 『中國古代音樂史簡述』(劉再生 著) 등

조선족 민요 연구
-전승과 변용의 음악적 특성을 중심으로-

초판인쇄 2006년 10월 25일
초판발행 2006년 10월 31일

지은이 김예풍
펴낸이 박찬익
펴낸곳 도서출판 **박이정**

주　소 130-070 서울시 동대문구 용두동 129-162
전　화 (02) 922-1192~3, 팩스 (02) 928-4683
E-mail book@pjbook.com
온라인 (국민) 729-21-0137-159
등　록 1991년 3월 12일 제1-1182호

ISBN 89-7878-890-4 93810
값 12,000원

책을 펴내며

인간의 정서를 표현하는 예술 장르 중에서 민요만큼 민족적 특성을 지닌 것은 없을 것이다. 우리의 정서에 맞는 가락에 삶의 기쁨과 애환을 담아 전승되는 것이 민요다. 그러한 민요가 점차 일상에서 멀어지고 있는 것이 오늘의 현실이다.

중국 조선족과 같이 근세 역사적 환경으로 외국에 이주한 한인들은 우리 민족의 전통 민요를 근간으로, 그들의 생활터전에 맞는 민요를 형성, 전승해오고 있다. 비록 현재 적을 두고 있는 나라는 다르더라도 민족적 정서의 뿌리를 같이 하고 있는 것이다.

작곡을 전공하는 한 사람으로서 중국 조선족을 중심으로 한 한민족 민요의 전승체계, 그리고 변화된 여러 현상들을 정리하여 체계를 세워야 한다는 생각을 늘 하고 있었다. 마침 1998년 한국예술종합학교에서 작곡을 공부할 수 있는 기회를 가지면서 중국 조선족 사이에 불리어지는 민요와 한국의 민요에는 많은 차이가 발생하고 있음을 확인할 수 있었다. 이후 한국정신문화연구원 한국학대학원에서 공부하면서 두 지역의 많은 자료들을 검토, 분석하여 「조선족 민요의 전승과 변용에 대한 음악적 연구」를 박사학위 논문으로 완성할 수 있었다. 이 책은 박사학위 논문을 근간으로 하고 있다. 처음에 가졌던 의욕에는 미치지 못하였지만, 더 오랜 세월이 지나기 전에 두 지역의 큰 차이점들을 정리했다는 것으로 위안을 삼는다.

이 책이 세상에 나오기까지는 많은 분들의 도움이 컸다. 연구방법론을 차근차근 일러주신 김영운 교수님과 문장을 다듬어주신 김응환 박사님께 깊은 감사의 말씀을 드린다. 그리고 이익을 떠나 흔쾌히 출판을 허락해 주신 박이정 출판사 박찬익 사장님과 편집 부 여러 분들에게도 삼가 고마운 마음을 표한다.

2006년 10월
김예풍

목 차

표목차

악보목차

I.
서 론

1. 문제제기와 연구목적

중국은 56개의 민족으로 구성된 다민족 통일국가이다. 그러나 한족 (漢族)이 92%로 대다수를 차지하며 소수민족은 8%에 불과하다. 중국 의 소수민족은 토착민족과 이주민족으로 나눌 수 있다. 이 중 조선족 은 이주민족으로 조선반도로부터 중국에 유입된 한민족[1]이다.

한민족은 일제의 침략으로 인하여 대량의 실향민들이 생겼으며, 그 들은 살길을 찾아 중국의 '간도(間島)'와 러시아 등 다른 국가에 정착 하였다. 정착이후 그들은 그곳에서 삶의 터전을 개척하고 정착국의 사 회체제와 사상, 그리고 문화 속에서 거의 한 세기 반을 서로 다르게 생활해 왔다. 그리하여 중국 내의 조선족은 한민족에 뿌리를 두고 있 으나 정착국의 상황에 적응하고 현지에서 수용한 새로운 문화를 갖게 되었다고 할 수 있다.

이주 초기 조선족은 한국의 전통음악 문화를 그대로 간직하였을 것 으로 생각된다. 그러나 조선족의 음악은 중국의 사회체제에 부응하는 음악문화를 갖지 않을 수 없었다. 그리하여 중국 조선족은 한민족 음 악문화를 토대로 하고, 민족공동체의 동질성을 보존하면서도, 한편으로

---

1) 한민족은 미국, 일본 등을 비롯하여 지구상에 살고 있는 우리 동포를 지칭하는 것이 일반적이다. 그러나 본 연구에서는 대한민국과 조선인민주주의공화국, 중화인민공화국 등에 거주하고 있는 동포를 포괄적으로 지칭할 때 '한민족'이 라 하고, 중국 내에 거주하는 한민족을 지칭할 때는 '조선족'이라 하겠다. 또한 편의상 대한민국은 '한국', 조선인민민주주의공화국은 '북한', 중화인민공화국은 '중국'이란 용어로 줄여서 사용하고자 한다.

중국의 음악문화를 나름대로 수용하여, 조선족의 고유한 음악문화를 형성하고 전승하여 왔다.

한편 중국에서는 1980년대의 개혁개방(改革開放)시기에 접어들면서 당중앙위원회 제11기 제3차 회의에서 채택된 실사구시(實事求是) 작풍(作風)이 회복되면서 사람들의 사상(思想)을 속박(束縛)해 온 족쇄[桎梏]는 풀리고 사상(思想)은 해방(解放)되었다. 따라서 정치, 경제, 문화는 번영(繁榮)의 새로운 시기를 맞이하게 된다. 중국의 음악예술도 마찬가지로 각각 자기 민족의 원형을 찾게 되며 음악교육사업과 대외(對外) 음악문화 교류 및 음악학술 등은 새로운 번영시기(繁榮時期)를 맞이하게 된다.

최근 한국과 중국간의 수교(1992. 8. 24) 후 빈번한 왕래가 이루어지면서 조선족과 남한 음악인들의 음악문화 교류는 활기를 띠게 되었다. 특히 조선족 사회에서는 중국 사회주의 건설시기(1949~1976년) 동안 '반우파투쟁(反右派鬪爭, 1957~1958년)'과 총노선(總路線)·대약진(大躍進)·인민공사(人民公社, 1958년)를 지칭하는 '3면홍기(三面紅旗)' 및 '문화대혁명(文化大革命, 1966~1976년)' 등 정치운동에 따른 사회변동으로 인하여 많이 잊혀졌던 민요를 다시 부르게 되었다.

그러나 젊은 층에서는 세대교체와 문화변화에 따른 조선족 인구 축소 등의 원인으로 점차 역사의식, 민족의식이 희박해지고 있으며, 중국인의 생활방식을 따르고 조선어(朝鮮語)[2]보다는 중국어(中國語)를 중요시하는 경향이 농후해지고 있다. 특히 요즘 젊은 세대들은 자기민족의 가요보다는 중문(中文)으로 된 가요를 부르는 것을 일종의 자랑으

---

2) 중국에서는 한국어를 '조선어(朝鮮語)'라고 한다.

로 생각하고 있다. 또한 한민족의 민요보다는 한족(漢族)과 기타 소수
민족의 중문으로 된 민요를 더 즐겨 부르는 경향을 보이면서 그들의
음악문화에 동화되어 가는 추세에 있다. 따라서 본래 한민족의 음악
감수성의 기초를 이루는 전래민요의 전승은 점점 약화되어 가는 실정
이라 할 수 있다.

현재 한국은 서구문명의 영향으로 인한 산업화, 도시화에 따라 현대
사회의 갈림길에서 민족음악의 기초가 되는 민요 연구의 필요성이 강
조되고 있다. 그리고 중국의 일원이 된 조선족은 중국의 소수민족 정
책 하에 다른 민족과 마찬가지로 민요에 대한 연구를 진행하고 있다.
이런 점에서 볼 때, 지리적으로 중국 문화권에 속해 있으면서도 한민
족의 생활방식 및 문화유산의 기층을 소유하면서 자체문화의 특성을
갖고 있는 조선족의 전통음악에 대한 연구와 관심이 제기된다.

그동안 조선족의 민요에 대한 연구는 매우 미비한 상태이다. 더욱이
조선족은 한반도에서 이주한 민족이므로 한국·북한·중국 조선족의
민요에 관한 음악적 비교연구가 이루어져야 하지만, 아쉽게도 이에 관
한 연구는 전무한 상태라고 말해도 과언이 아니라고 본다. 이러한 시
점에서 중국에서 조선족 민요의 전승현황과 변용에 대한 음악적 연구
는 지극히 시급한 실정이 아닐 수 없다. 왜냐하면 150여 년의 이주
역사를 가진 조선민족이 여러 세대를 거쳐 중국 소수민족의 일원인 조
선족으로 자리를 잡은 과정 속에서 중국 문화에 점차 동화되어 가는
시점에 있기 때문이다.

따라서 본 연구에서는 조선족 민요의 전승과정을 정립하고 변용의
실제를 살펴보는 데 목적을 두고자 한다. 조선족 민요는 이주와 함께
조선족 사회에 유입되고 또한 조선족 사회가 처한 중국의 사회변동에

의하여 전승과 침체 및 변화의 양상을 나타낸다. 본 연구에서는 이러한 변화과정 속에서 조선족 민요가 어떻게 전승되고 변화되어 왔는가를 주로 민요의 음조직 분석을 통하여 살펴보려 한다.

2. 선행연구 검토

조선족 민요에 대한 연구는 주로 '연변민간문예연구조(延邊民間文藝研究組)'가 성립된 1960년대부터 시작된다. 이들 연구팀은 동북3성 조선족 마을을 찾아다니며 800여 곡의 민요, 혁명가요, 동요 등 기타 예술 유산들을 수집·정리하였다.[3] 1960년대에 시작한 이들 연구사업은 1966~1976년의 '문화대혁명'시기에 계속되지 못하였기 때문에 이에 대한 본격적인 연구는 '문화대혁명'이 종결된 후인 1980년대부터 시작되었다고 할 수 있다.

본 연구는 조선족 민요의 전승현황과 변용에 대한 음악적 연구에 목적이 있다. 이를 위하여 우선 조선족 민요에 관한 선행연구를 살펴보고, 그 연구 성과를 검토하면 다음과 같다.

---

3) 연변민간문예연구조 ; 1961년 연변조선족자치주 정부 산하 문화처(文化處)의 지도하에 정길운, 김영규, 리황훈, 김덕균 등을 비롯한 조선민족전통예술발굴조가 조직된 것을 말한다.(북경대학 조선문화연구소, 중국조선민족문화사대계 3, 『예술사』, 한국 서울: 서울대학교 출판부, 1994, 156쪽 참조) 그 후 1979년에 리황훈을 선두로 재차 조직된 수집·정리연구소조는 이미 정리된 자료를 기초로 하고 부족한 자료들을 다시 동북3성 조선족거주지를 답사하면서 수집·정리하여 그 내용을 보다 충실히 하였다. 이렇게 수집·정리하여 편찬한 책이 바로 본 논문에서 분석 자료로 선정한 吉林省編輯委員會에서 편찬한 『中國民間歌曲集成』)(中國 延吉: 吉林省文化局·中國音樂家協會吉林分會, 1982)이다.

중국에서 이루어진 조선족 민요의 음악적 연구는 1960년대 츠언메
이(陳梅)의 「연변조선족음악개황(延邊朝鮮族音樂槪況)」4)이 최초인데,
이 논문에서는 조선족 민요인 <강강수월래> 등 5곡을 소개하는데 그
쳤다. 조선족 민요의 사적(史的) 연구는 임범송(任範松)5) 주필로 된
『중국조선민족예술론』에 간략한 기술이 있고, 『예술사』6)에 최순덕(崔
順德)이 집필한 '음악사' 편에는 조선족 음악을 소개하면서 민요에 대

4) 츠언메이(陳梅)는 「연변조선족음악개황(延邊朝鮮族音樂槪況)」『中央音樂學院』
   (中國 北京: 中央音樂學院 刊, 1960) 17쪽에서 조선족 민요 <강강수월래>,
   <풍년가>, <사발가>, <녕변가>, <양산도> 등 5곡을 소개하면서 "조선족 민요
   는 5음음계이고, 각종 조식(調式)은 소조(小調) 조성(調性)이 위주다."라고 했
   다. 우선 조선족 민요를 5음음계라고 말한 것은 무리라고 본다. 조선족 민요는
   5음이 출현한다 하여 단순하게 5음음계로 볼 수 없다고 생각한다. 조선족 민
   요에는 선율의 상하행이 같게 나타나는 진경토리(솔-라-도′-레′-미′), 반경토리
   (라-도′-레′-미′-솔), 수심가토리(레-미-솔-라-도′)가 있는가 하면 상하행이 다르게
   나타나는 메나리토리(미-라-도′-레′-미′/ 미′-레′-도′-라-솔-미), 육자백이토리(미-라-
   도′-레′-미′/미′-레′-도′-시-라-미) 등이 있다. 그 중 메나리토리나 육자백이토리를
   출현음에 따라 5음음계로만 설명하는 것은 무리라고 본다. 예컨대, 서양 장조
   음계(도-레-미-파-솔-라-시-도′/ 도′-시-라-솔-파-미-레-도)는 누구나 다 7음음계로
   볼 것이며 화성장조음계(도-레-미-파-솔-라-시-도′/ 도′-시-라♭-솔-파-미-레-도)와
   선율장조음계(도-레-미-파-솔-라-시-도′/ 도′-시♭-라♭-솔-파-미-레-도)를 출현음
   에 따라 각각 8음음계나 9음음계로 보는 사람은 없을 것이다. 또한 중국 한족
   의 5음음계로 된 각조식(角調式)이나 우조식(羽調式)은 상하행의 구별이 없다.
   그러므로 출현음만 보고 조선족 민요를 5음음계로 말하는 것은 무리가 있다고
   본다. 다음은 "각종 조식은 소조(小調; 단조를 말함) 조성을 위주로 한다."는
   것은 앞에서 말한 5음음계와는 상반되는 개념이라고 본다. 즉 5음음계를 "궁,
   상, 각, 치, 우"로 볼 때 '소조(小調)'라는 말은 5음음계와는 관련이 없는 서양
   식 장조, 단조의 개념으로 받아들일 수밖에 없다. 그러므로 "조선족 민요의 조
   성(調性)은 소조(小調)가 위주다."라는 말은 오류임을 지적한다.

5) 임범송(주필), 『중국조선민족예술론』(中國 沈陽: 요녕민족출판사, 1991)

6) 북경대학 조선문화연구소, 중국조선민족문화사대계 3, 『예술사』(한국 서울: 서
   울대학교 출판부, 1994)

한 부분적 설명이 있다. 이 글이 번역되어 『中國少數民族音樂史』(上冊)7)에 한어(漢語)로 실렸다. 그 외 김덕균(金德均)8)의 「중국조선민족예술개관」, 「중국조선민족음악개관」 두 편의 논문과 리훈(李勳)의 「中國 延邊朝鮮族 民族音樂의 史的 考察」9) 등이 있다. 이들 논문은 모두 민요에 대한 간략한 사적(史的) 소개에 불과하다.

조선족 민요 선법에 대한 연구는 1980년대부터 이루어졌다. 드우야슝(杜亞雄)10)은 "조선족 민간음악(民間音樂)은 중국음악 체계에 속하며 5성음계는 각종 조식(調式)의 기초이다. 각종 조식 중에서 우조식(羽調式)이 가장 많으며 다음은 치조식, 궁조식, 각조식과 상조식이다."라고 하였다. 여기서 중국음악 체계에 속한다고 한 것은 검토되지 않은 말로 이해된다.11) 또한 우조식이 가장 많다고 한 것은 어디에 의한 결론인지 알 수 없다.

실제 한민족의 민요는 지역마다 나타내는 조식(선법)이 다르며 악곡 수도 다르다. 특히 민요는 그 어느 작곡가에 의해 창작된 것도 아니므로 드우야슝(杜亞雄)이 말한 것처럼 우조식, 치조식, 궁조식, 각조식, 상조식 순으로 민요의 악곡수를 단정하는 것은 충분한 근거도 없기에 잘못된 표현이라고 본다.

---

7) 왜안빙창 · 퍼엉광위(袁炳昌 · 馮光鈺) 主編, 『中國少數民族音樂史』(上冊)(中國 北京: 中央民族大學出版社, 1998)

8) 김덕균, 『예술론문집』(中國 延吉: 동북조선민족교육출판사, 1995)

9) 李勳, 「中國 延邊朝鮮族 民族音樂의 史的 考察」(한국 서울: 서울大學校 大學院 音樂學科 國樂理論專攻 석사학위논문, 2001)

10) 드우야슝(杜亞雄), 「朝鮮族民歌的音樂特色」, 『中國音樂』 第二期(第十八期) (中國 北京: 中國文聯出版公司, 1985), 74쪽

11) 앞의 각주 4 참조.

쩌우칭칭(周靑靑)[12]은 "조선족 민요에 사용된 조식(調式)은 한족(漢族)의 조식과 유사하며 5성음계를 주로 사용한다."라고 한 것 역시 불충분한 설명이라고 본다. 왜안징팡(袁靜芳)[13]이 편찬한 책에는 "조선족 민가(民歌)는 중국음악 체계를 채용하여 5음음계를 위주로 하고 주요조식(主要調式)은 평조와 계면조이다. 평조는 <솔>음을 주음으로 하고 계면조는 <라>음을 주음으로 한다."라고 한다. 여기서 조선족 민요가 중국음악 체계를 채용한 것으로 본 관점은 비판할 필요가 있음을 앞에서 이미 언급하였다.

또한 조선족의 민요를 평조, 계면조로만 설명하는 것은 민요의 전반을 살피는 데는 일정한 무리가 있다고 본다. 여기서 평조는 '솔조', 계면조는 '라조'가 될 것이다. 그 중 '라조'에는 구성음 <라-도′-레′-미′-솔′>로 되고 종지음이 <라>로 된 반경토리 정격 라선법이 있고, 구성음 <미-라-도′-레′-미′/ 미′-레′-도′-라-솔-미>로 되고 종지음이 <라>로 된 메나리토리 변격 라선법이 있고, 구성음 <미-라-도′-레′-미′/ 미′-레′-도′-시-라-미>로 되고 종지음이 <라>로 된 육자백이토리 변격 라선법이 있다. 이 밖에 종지음이 <라>로 된 정격 라선법의 난봉가토리[14]도 있다. 이와 같은 종지음과 구성음에 의한 세 가지 토리의 선법은 위의

---

12) 쩌우칭칭(周靑靑), 『中國民歌藝術欣賞』(中國 山西: 山西敎育出版社, 1997), 141쪽.

13) 왜안징팡(袁靜芳) 主編, 『中國傳統音樂槪論』(中國 上海: 上海音樂出版社, 2000), 56쪽.

14) 김영운은 정격 라선법으로 된 '난봉가토리'는 수심가토리와 경토리(반경토리)의 변종으로 본다.(김영운, 「韓國 民謠 旋法의 特徵-旣存 硏究 成果의 再解析을 中心으로-」, 『韓國音樂硏究』 第28輯(한국 서울: 韓國國樂學會, 2000), 40~41쪽.

계면조('라조')의 개념으로는 해석되지 않는다. 따라서 민요의 조식(調式)을 평조와 계면조로 분류하는 것은 한민족 민요에 대한 충분한 해석 방법이 아니라고 생각한다.

오금덕(吳金德)[15]은 조선족 전통음악의 기본 특징을 '음조풍격의 유형[音調風格的類型]'으로 나누고 아래와 같이 네 가지로 설명하고 있다.

첫째, 경토리[京調]는 흔히 5성음계의 '치, 상, 궁, 우' 등 조식(調式)으로 사용한다. 둘째, 육자백이토리[六字百伊調]는 흔히 변궁(變宮) <시>음을 첨가한 6성우조식(六聲羽調式)을 사용하며 <미, 라, 시>음을 조식의 주요음[骨干音]으로 한다. 선율에서 <솔, 레> 두 음은 흔히 생략되거나 혹은 드물게 박자의 차요(次要) 위치에서 나타난다. 셋째, 메나리토리[梅那里調]는 보통 <레′-도′-라>, <도′-라-미>의 음조(音調)가 특징적이며 5성음계 우(羽), 각조식(角調式)이 많다. 넷째, 수심가토리[愁心歌調]는 5성음계의 상(商), 우(羽), 치조식(徵調式)이 많다.

위의 첫째에서 '조식(調式)'을 선법으로 이해한다면 경토리는 솔선법, 레선법, 도선법, 라선법을 사용한다는 말과 같다. 여기서 '치조식'은 진경토리 정격 솔선법으로, '궁조식'은 변격 도선법으로 이해하고 '우조식'은 반경토리 정격 라선법으로 이해할 수 있을 것이다. 그러나 레선법은 해석이 되지 않는다.

둘째, 육자백이토리는 <시>음이 첨가된 것이 아니라, 본 토리에서 하행 시에 나타나는 구성음 중의 하나이다. 또한 육자백이토리는 출현음이 다섯이므로 6성조식(六聲調式)이 될 수 없다. <미, 라, 시>음을

---

15) 티안랜토(田聯韜) 主編, 『中國少數民族傳統音樂』(上)(中國 北京: 中央民族大學出版社, 2001), 124~129쪽.

주요음[骨干音]이라고 말하는 것은 구성음 상하행이 다르게 구성된 육자백이토리의 특징을 충분하게 설명할 수 없다고 본다. 또한 <시>음은 변궁으로 첨가된 것이라고 말하면서 주요음[骨干音]으로 강조하는 것 자체가 모순되는 말이다. 즉 첨가된 음은 주요음이 될 수 없다. 다시 말해서 육자백이토리의 특징은 하행 시에 <시>음이 나타나면서 <도′-시>의 꺾는 목을 나타내는 것이 가장 큰 특징이라고 본다. 그 외 종지음은 <라>로 종지하는 것도 있고 <미>로 종지하는 것도 있으므로 우조식(羽調式)을 사용한다고 결론지은 것은 무리가 있다고 본다. 그는 육자백이토리가 "선율에서 <솔, 레> 두 음은 흔히 생략되거나 혹은 드물게 박자의 차요(次要) 위치에서 나타난다." 라고 말하는데, 여기서 <솔>음은 흔히 생략되는 것이 아니라 육자백이토리 구성음에는 없는 음이다. 또한 <레>음은 흔히 생략된다고 말하는데, 왜 생략되는지를 밝히지 않은 것이 궁금하다. 실제 <레>음은 육자백이토리의 상하행에서 많이 나타나는 것으로 알고 있다.

셋째, 메나리토리[梅那里調]는 "보통 <레′-도′-라>, <도′-라-미>의 음조(音調)가 특징적이며 5성음계 우(羽), 각조식(角調式)이 많다."라고 하는데, 실제 메나리토리의 음조(音調) 특징은 선율의 구성음이 상하행에서 다르게 나타나며, 하행 시에 <솔>음이 <라>와 <미>음 사이에 짧은 시가와 약박의 위치에 놓이면서 <라-솔-미>의 하행 진행을 하는 것이 가장 큰 특징이라고 보고 있다. 위에서 말한 <레′-도′-라>, <도′-라-미>는 메나리토리 외의 다른 토리에서도 나타나는 선율진행이다. 그러므로 이것만으로는 메나리토리가 설명되지 않는다. 메나리토리를 5성음계로 보는 견해에 대해서는 이미 언급한 바와 같이 구성음의 상하행이 다르다는 점을 유의해야할 것이다.

넷째, 수심가토리[愁心歌調]는 "5성음계의 상, 우, 치조식이 많다."
라고 말하는데 여기서 상조식, 우조식, 치조식은 레선법, 라선법, 솔선
법으로 이해할 수 있다. 그 중 상조식은 수심가토리의 정격 레선법으
로 이해할 수 있겠지만 우조식, 치조식은 수심가토리로 이해되지 않는
다. 이와 같은 이유로 조선족의 민요를 전반적으로 "궁, 상, 각, 치,
우"의 5성음계로 해석하는 것은 무리가 있음을 지적한다.

한편 조선족 민요의 분류와 선법 등 전반을 다룬 것은 김남호(金南
浩)16)의 『중국조선족 민간음악 연구』라는 논문집과 정준갑(鄭俊甲)17)
의 『조선민족 민간음악』 개설서가 있다.

김남호의 『중국조선족 민간음악 연구』는 저자가 다년간 쓴 논문을
묶어서 출판한 책이다. 그 중 「중국조선족 민간음악의 분류」와 「중국
조선족 민간음악의 음악적 특점」이란 두 편의 논문이 주목된다. 「중국
조선족 민간음악의 분류」에서는 조선족 민간음악을 일소리, 타령, 단
가, 장잡가, 풍속의식가, 동요 등 여섯 가지로 분류하였다. 이러한 분
류는 조선족 민요 분류의 첫번째 시도라는 점에서 의의가 있다. 그러

---

16) 김남호, 『중국조선족민간음악연구』(中國 哈爾濱: 흑룡강조선민족출판사,
   1995)

17) 정준갑의 『조선민족민간음악』은 연변대학 예술학원에서 교재용으로 만든 개
   설서이다. 이 책은 조선족의 전통 민족민간음악유산을 크게 세 부분으로 나누
   어 서술하고 있는데, 제1편 민요, 제2편 잡가·판소리·단가·민족기악·종교악,
   제3편 가악과 궁중악이다. 특히 제1편 민요부분에서는 조선족 민요의 음악적
   특징과 민요 분류법의 두 가지를 중점적으로 서술하고 있다. 첫째, 민요의 음
   악적 특징을 조식, 장단, 악식결구 및 특성, 선율의 구성형태 및 전개수법을
   소개하였다. 둘째, 민요를 체재에 따라 노동요, 서정요, 서사요, 세시풍속요,
   풍자요, 동요, 신민요 등으로 분류를 하였다. 셋째, 민요를 지방에 따라 서도
   민요, 동부민요, 경기민요, 남도민요, 제주도민요로 나누어 서술하였다. 정준
   갑, 『조선민족민간음악』(中國 延吉: 연변대학출판사, 1996)

나 어떤 점에서는 문제가 있다고 보기에 재고되어야 할 것이다. 그가 분류한 위의 여섯 가지 중 장잡가를 제외한 나머지 다섯 가지는 리황훈(李黃勛)[18]의 「조선족민요개황」과 일치한다.

「중국조선족 민간음악의 음악적 특점」에서는 조선족 민요의 선법은 "5음렬 조식이 기초가 되며, 5음렬 조식의 특점에 근거하여 크게 평조와 계면조로 나눌 수 있다"는 관점을 제기한다. 그러나 그 이유에 관하여서는 언급이 없다. 이와 같은 견해는 남희철(南熙哲)[19]의 『조선민요의 선율양식과 발전수법』에서도 마찬가지로 제기되지만, 자세한 논거를 밝히지 않은 것을 아쉽게 생각하면서 연구자는 이미 앞에서 언급한 것처럼 조선족 민요의 선법을 평조와 계면조로 해석하는 것은 적합한 방법이 아니라고 본다.

지금까지 살펴 본 바와 같이 조선족 민요에 대한 분류체계나 음악적 특징에 관한 연구는 초보적인 개설 수준에 머물러 있음을 알 수 있다. 또한 그 분류는 민요의 장르와 기능에 의한 것이 아니라는 점과 선법을 분석함에 있어서 5음음계에 의존하여 평조와 계면조로 분석하는 것은 재고되어야 한다고 생각된다. 따라서 연구자는 조선족 민요의 토리를 밝히기 위하여 종지음과 구성음에 의한 음조직 분석방법을 사용할 것이다.

---

18) 리황훈, 「조선족민요개황」, 『中國民間歌曲集成』(中國　延吉: 吉林省文化局・中國音樂家協會吉林分會, 1982), 1~10쪽.

19) 남희철, 『조선민요의 선율양식과 발전수법』(북한 평양: 문학예술종합출판사, 1997), 15쪽.

3. 연구범위와 방법

조선족 민요의 전승현황과 음악적 변용에 대한 실상을 살피기 위하여 본 연구에서는 조선족 민요를 가장 많이 수록한『중국민간가곡집성(中國民間歌曲集成)』[20](이하『집성』으로 약칭함)을 주된 분석대상 자료로 선정하려고 한다. 그 이유는 이『집성』에는 조선족 민요 400여 수가 포함되어 있어 지금까지 출판된 조선족 민요 자료집 가운데서 가장 대표적인 것으로 인정되기 때문이다.『집성』의 내용과 관련된 대목을 인용하면 다음과 같다.

> 이 책에 수록된 자료는 1954년 연변인민출판사에서 편집 출판한『민요집』(상),『혁명가요집』(유인본), 1963년 연변민간문예연구조에서 편집 발행한『민요곡집』,『혁명가요·동요곡집』, 1979년 요녕인민출판사에서 편집 출판한『이홍광지대 혁명가곡선집』, 안도현 문련과 문화관에서 편집 발간한『민요곡집』(유인본), 안도현 북류에서 제공한『가사집』(해방전 서울 중앙인서관 발행),『길림민요』(유인본), 해방전에 발행한 레코드 및 음악일꾼들이 수집 제공한 재료에서 선재하였다. (중략) 흑룡강성, 요녕성 일대에서 수집한 자료도 본『집성』에 포괄하였다.[21]

『집성』은 노동가요, 서정가요, 서사가요, 종교의식가요, 아동가요, 혁명역사가요 등 여섯 부분으로 나뉜다. 그 중 노동가요는 99곡, 서정가

---

20) 吉林省編輯委員會,『中國民間歌曲集成』(中國 延吉: 吉林省文化局·中國音樂家協會吉林分會, 1982)

21) 吉林省編輯委員會,『中國民間歌曲集成』(中國 延吉: 吉林省文化局·中國音樂家協會吉林分會, 1982), 907쪽.

요는 167곡, 서사가요는 20곡, 종교의식가요는 22곡, 아동가요는 23
곡, 혁명역사가요는 69곡을 수록하였다. 악곡의 선율은 수자보로 표기
되었지만 채록 시에 연창자(演唱者)에 의한 조와 박자 및 속도 표기를
명시하였고, 가사는 조선어와 한어로 표기하였다. 또한 연창자와 그가
소속된 지역 및 채보자와 역자(譯者)를 밝혔다.

『집성』에서 아쉬운 점은 악곡을 채록한 시간과 창자의 연령을 밝히
지 않은 것이라 할 수 있다. 또한 가장 아쉬운 점은 음원자료가 함께
제공되지 않으며, 현재 원자료의 확인이 불가하다는 점이다. 그러나 채
보자들이 모두 작곡가들이고 채보한 악곡들이 남한과 북한의 같은 악
곡으로 된 민요와 별반 차이가 없다는 점에서 그 신뢰성이 확보된다고
할 수 있겠다. 따라서 비록 이 『집성』 자료가 한계점은 있지만 현재로
서는 조선족 민요를 가장 많이 수록한 자료이기 때문에 본 논문에서
분석대상 자료로 선정한 것이다.

조선족 민요가 한민족 민요의 일부분을 차지하고 있다는 것은 주지
하는 사실이므로 한민족의 민요 분류방법을 동일하게 사용하는 것이
적절해 보인다. 하지만 서로 다른 사회체제 속에서 살아 온 조선족은
사회주의 이념에 의한 분류방법을 사용하여 온 것 역시 사실이다. 『집
성』에 나타나 있듯이 조선족 민요는 노동가요(勞動歌謠), 서정가요(抒
情歌謠), 서사가요(敍事歌謠), 종교의식가요(宗教儀式歌謠), 아동가요
(兒童歌謠), 혁명역사가요(革命歷史歌謠) 등으로 분류되었다. 이런 분
류 용어는 주로 가사 내용에 의한 '사상성(思想性)'을 나타내는 말로
서 민요의 분류로는 적합하지 않다고 판단된다.

예를 들어 노동가요로 분류된 <농부가>(『집성』, 1쪽), <농부가>(『집
성』, 2쪽), <농부가>(『집성』, 4쪽), <긴농부가>(『집성』, 6쪽), <농부

가>(『집성』, 10쪽), <농사타령>(『집성』, 13쪽) 등은 가창유희요로 분류되어야 하고, 서정가요에 분류된 <강남아리랑>(『집성』, 220쪽), <노들강변>(『집성』, 224쪽), <팔경가>(『집성』, 237쪽), <장이야군야>(『집성』, 435쪽) 등은 신민요로 분류되어야 할 것이다. 또한 서정가요에 분류된 <아리랑>(『집성』, 181쪽), <양산도>(『집성』, 226쪽), <한강수타령>(『집성』, 228쪽), <박연폭포>(『집성』, 235쪽) 등과 같은 노래들은 통속민요로 보아야 한다. 특히 종교의식가요에 분류된 <널뛰기>(『집성』, 619쪽), <추석놀이>(『집성』, 620쪽), <치나칭칭나네>(『집성』, 623쪽), <칭칭가>(『집성』, 626쪽), <강강수월래>(『집성』, 628쪽) 등과 같은 노래들은 마땅히 유희요로 분류되어야 할 것이다.

다음으로 각 장에서 다루게 될 연구 내용과 방법을 살펴보면 다음과 같다. Ⅱ장에서는 먼저 조선족 사회의 형성 과정을 조선족의 이주와 연관시켜 살펴 본 다음 조선족 민요의 기능별 분류에 관한 재검토를 할 것이다. 따라서 조선족 민요의 전승현황을 살펴 볼 것이다.

Ⅲ장에서는 먼저 『집성』에 수록된 민요를 향토민요와 통속민요·신민요의 두 부분으로 나누고 향토민요는 다시 노동요, 의식요, 유희요의 세 부분으로 나누어, 이들 민요 음조직의 특징을 분석할 것이다. 조선족 민요는 한반도의 여러 지역에서 이주하여 온 이주민에 의해 유입되었기 때문에 조선족 민요에는 음조직에 따른 여러 가지 토리[22]가 공

---

22) 이보형은 토리에 대하여 여러 편의 논문과 글을 발표한 바 있다. 「메나리조(산유화제)」, 『한국음악연구』(한국 서울: 한국국악학회, 1972), 「판소리 제에 대한 연구」, 『한국음악학논문집』(한국: 한국정신문화연구원, 1982), 「메나리토리권 음악문화」, 『문화인류학』(한국 서울: 한국문화인류학회, 1983), 『경서토리 음구조 유형에 관한 연구』(한국 서울: 문화재연구소, 1992), 「육자백기토리 음조직연구」, 『한국음악연구』 제5집(한국 서울: 한국국악학회, 1996). 그는 토리

존할 것으로 파악된다. 또한 이들 토리는 서로 영향을 주고받으면서 변화되었을 것으로 추정된다. 즉 조선족 민요의 토리는 기능과 지역별 특성을 나타낼 것으로 파악된다. 그러므로 조선족 민요의 토리를 밝히는 것은 이주민에 의해 생성된 민요의 원래 모습과 그것이 전승 변화되어 가는 과정을 살펴보기 위해서이다.

이러한 토리의 특성은 종지음과 구성음에 따른 음조직(선법)에서 나타난다고 본다. 특히 조선족 민요의 음조직 특징을 나타내는 데는 상, 하행 시의 구성음이 같은 것과 그렇지 않은 것이 있기에 단순한 출현음 나열로는 올바른 분석을 할 수 없다. 앞에서 언급한 선행연구에서 조선족 민요의 특징을 5음음계로 보고 출현음에 따라 평조, 계면조로 분석한 것이 오류임을 지적한 이유도 바로 여기에서 비롯된다고 할 수 있다.

본 논문에서는 김영운의 음조직 분석방법23)을 따를 것이다. 그 이유

의 개념을 "토리는 음의 구조, 비중, 기능, 시김새 등의 총체적인 음악 양식 개념을 지시 한다"라고 정리하면서 토리는 "한국 음악의 특성"을 지시하는 개념으로써 단순한 지역적 특색 또는 시김새 등 한가지 특성에 한정하지 않는다고 밝혔다.(이보형, "토리의 개념과 유용론," 『소암권오성박사화갑기념 음악학논총』(한국 서울: 소암권오성박사화갑기념논문집간행위원회, 2000), 511~533쪽.

23) 김영운, 「韓國 民謠 旋法의 特徵-旣存 研究 成果의 再解析을 中心으로-」, 『韓國音樂研究』 第28輯(한국 서울: 韓國國樂學會, 2000). 김영운은 이 글에서 다음과 같은 문헌을 채택하였다.
장사훈 · 한만영 공저, 『국악개론』(한국 서울: 한국국악학회, 1975) 중 18쪽 선법과 음계, 213쪽 민요; 서한범, 『국악통론』(한국 서울: 태림출판사, 1981) 중 143쪽 민요; 한만영, 「태백산맥 이동지방의 민요선법」, 『한국전통음악연구』 (한국 서울: 도서출판 풍남, 1991) 중 191쪽 민요권 분류의 시안; 장사훈, 『한국의 음계』(한국 청주: 운초민족음악자료관, 1992) 중 231쪽 각지방의 민요; 이보형, 「경서토리 음구조 유형에 관한 연구」(한국 서울: 문화재연구소,

는 김영운은 이미 학계에 발표된 한국 민요의 음조직 이론을 재해석하
고 다양한 견해들 속에서 공통적인 요소를 집약하는 과정을 통하여 한
국 민요 음조직의 특성을 찾아내었기 때문이다. 따라서 본 논문에서는
조선족 민요를 진경토리, 반경토리, 수심가토리, 육자백이토리, 메나리
토리 등 정격선법과 변격선법으로 토리를 규명할 것이고 이에 따른 조
선족 민요의 음악적 특징을 살펴 볼 것이다.

Ⅳ장에서는 조선족 민요의 역사와 변화를 조선족 민요의 유입기(流
入期), 전승(傳承)과 침체기(沈滯期), 변용기(變容期)의 세 단계로 나
누어 살펴 볼 것이다. 첫째 단계에서는 향토민요의 전래기와 통속민요
·신민요의 편입기로 나누어 조선족의 이주시기와 연관시켜 살펴 볼
것이다. 둘째 단계에서는 조선족 민요의 전승과 침체를 중국이 건립된
17년 시기와 문화대혁명시기를 연관시켜 살펴 볼 것이다. 셋째 단계에
서는 조선족 민요의 변용을 중국의 개혁개방시기와 연관시켜 북한 음
악문화의 수용과 한국 음악문화의 수용 및 자체 민요에 의한 조선족
음악의 정체성 확립을 살펴보고 이를 통하여 조선족 민요의 변용에 대
한 실제를 살펴 볼 것이다.

이상의 논의를 통해 조선족 민요의 전승과정과 변용의 실제를 알
수 있을 것이다.

1992); 황준연, 「한국전통음악의 악조(평조와 계면조)」, 『국악원논문집5』(한
국 서울: 국립국악원, 1993) 중 124쪽 7. 경토리와 수심가토리, 125쪽 8. 메
나리토리와 육자백이토리; 김영운 외, 『초·중등교사를 위한 우리음악의 이
론』(한국 서울: 국립국악원, 1995) 개정판 중 46쪽 지역에 따른 선법; 이성
천, 『알기쉬운 국악개론』(한국 서울: 도서출판 풍남, 1995) 중 81쪽 다. 민
요조; 백대웅 외, 『전통음악개론』(한국 서울: 도서출판 어울림, 1995) 중
161쪽 3) 민요의 음계와 선법; 권오성, 『한민족음악론』(한국 서울: 학문사,
1999) 중 154쪽 ② 통속민요.

4. 용어의 정리

1) 민요의 개념

민요는 민중들 사이에서 자연발생적으로 생겨나 구전되어 온 노래이다. 여기서 '민중'이란 '서민·평민·백성' 등과 같은 단어의 의미를 포괄하는 말이다.24) 민요에 대한 개념은 중국에서도 마찬가지로 정의하고 있다.25) 그러나 중국에서는 '민요'라는 말 대신에 흔히 '민가(民歌)'(民間歌曲을 줄인 말)라는 용어를 사용하고 있다.26) 여기서 '민요'와 '민가'는 같은 내용을 다른 용어로 나타낸 것일 따름이다.27)

---

24) "민중들에 의해 불려져 온 만큼 민요는 일정한 작자가 없다. 하나의 노래가 최초로 발생될 때에는 일정한 창작자가 있었겠지만, 그 노래가 오랜 세월 불려지는 동안 끊임없이 의식적 또는 무의식적 개작의 과정을 거치게 됨에 따라, 창작자의 개성은 소멸되어 버리고 민중들의 보편적 정서만이 남아 있게 된 것이다. 그러므로 민요는 어느 개인의 작품이 아니라 민중들의 공동작이라 할 것이다."(이현수, 「민요」, 『한국민속학의 이해』(민속학회), 한국 서울: 문학아카데미, 1994, 226쪽)

25) "민가(民歌)는 민간가곡(民間歌曲)을 말한다. 민가는 노동인민들이 자기의 사상감정(思想感情)을 나타내기[表達] 위하여 집체(集體)로 창작한 일종의 예술형식이다. (중략) 대중들 속에서 구두(口頭)로 전승되는 과정에서 부단히 가공(加工)된다."(中國藝術研究院音樂研究所 『中國音樂詞典』編輯部, 『中國音樂詞典』(中國 北京: 人民音樂出版社, 1984, 268쪽); "민가(民歌)는 오랜 시일을 거치면서 민중[群衆]들의 즉흥 창작에 의해 구두(口頭)로 전승되어 오면서 발전된다."(江明惇, 『漢族民歌概論』(中國 上海: 上海音樂出版社, 1999, 4쪽)

26) "중국 각 歷史階段의 史籍과 文獻 중에서 사람들이 통상 變換하여 가면서 부르던 '樂', '歌', '風', '謠', '謳', '聲', '山歌', '俗曲', '俚曲', '小調', '時調' 등 칭호는 近代에 이르러서야 비로소 '民間歌曲'으로 統稱하게 되었다."(伍國棟, 『中國音樂』, 中國 上海: 上海外語教育出版社, 1999. 199쪽)

27) "민가(民歌)는 민간가곡(民間歌曲)의 약칭이다. 민간가곡은 흔히 민간가요(民間歌謠)로, 약칭으로는 민요(民謠)라고 부른다."(周耘, 『中國傳統民歌藝術』,

한편 조선족 민요는 한반도에서 생성되고 유행된 것이 조선족의 이주와 함께 중국 땅에 유입된 것을 말한다. 따라서 본 논문에서는 중국에서 흔히 지칭하는 '민가'라는 용어를 사용하지 않고 한국에서 사용하는 용어에 따라 『집성』에 수록된 노동가요(勞動歌謠), 서정가요(抒情歌謠), 서사가요(敍事歌謠), 종교의식가요(宗敎儀式歌謠), 아동가요(兒童歌謠) 등을 '민요'로 통칭할 것이다.28)

2) 향토민요·통속민요·신민요의 개념과 범주

조선족 민요는 한민족 민요의 일부분을 차지하고 있다는 것은 주지의 사실이다. 따라서 한민족의 민요 용어를 사용하게 된 것은 필연적인 것으로 간주된다. 하지만 남북이 분단된 지금에 와서는 언어 표기법이 달라짐에 따라 서로 다른 용어를 사용하고 있는 실정이다. 한국에서는 향토민요·통속민요·신민요29)라는 용어를 사용하고, 북한에서는 전통민요·신민요·광복후민요30)라는 용어를 사용한다. 한편 조선족은 전통민요·신민요·민요풍가요라는 용어를 사용하고 있다. 이들

中國 武漢: 武漢出版社, 2003, 3쪽)

28) 『집성』 중의 혁명역사가요(革命歷史歌謠)는 항일전쟁시기와 국내 해방전쟁시기에 창작된 가요이므로 민요에서 배제한다. 그리고 단가, 잡가는 따로 분류하지 않고 민요의 범주에 포함시킨다. 그것은 한국에서는 단가나 잡가가 이미 예술화되었지만 조선족 사회에서는 판소리가 연행되면서 단가가 예술화된 것도 아니고, 상류계층들이 감상할 수 있도록 한문시를 섞어서 잡가를 부른 것도 아니기 때문이다.

29) 향토민요는 토속민요라고도 하는데, 한국 국악교육협의회의 용어통일안에 따라 '향토민요'로 지칭한다. 통속민요는 전문적인 소리꾼이 부르는 민요를 말한다. 신민요는 작사 작곡자가 밝혀진 것으로 민요를 말한다.

30) 로익화·황룡욱·손창준·조대우 편집, 『조선민요 1000곡집』(북한 평양: 문학예술종합출판사, 2002)

용어를 비교하여 정리하면 [표 1]과 같다.

[표 1] 조선족 · 한국 · 북한 민요의 용어 비교

민요의 용어	조 선 족	한 국	북 한
	전통민요	향토민요	전통민요
	×	통속민요	×
	신민요	신민요	신민요
	민요풍가요	창작민요	광복후민요

[표 1]을 살펴보면, 조선족과 북한은 한국에서의 통속민요라는 용어를 사용하지 않는 것이 주목된다. 그것은 조선족 사회와 북한은 같은 사회주의 체제라는 점에서 설명될 것이다. 하지만 통속민요는 중국의 건국 전이나 건국 후의 지금에 와서도 조선족 사회에 계속하여 유입되고 전승된다는 사실을 간과할 때, 이 용어는 빠뜨릴 수 없다고 생각된다. 그리고 조선족의 민요풍가요와 한국의 창작민요 및 북한의 광복후민요는 본 연구대상에서 제외한다. 따라서 본 연구에서는 향토민요 · 통속민요 · 신민요라는 용어를 사용할 것이다.

II.

조선족 사회의 형성과
민요의 분류 및 전승현황

1. 조선족 사회의 형성

조선족은 압록강·두만강 이남의 조선반도로부터 중국으로 이주하여 온 한민족이다. 중국 땅에 조선족이 거주하게 된 것은 오래 전부터 있어 왔던 일[31]이나 본격적으로 연변지역에 조선족이 이주해 온 것은 1860년 이후부터 1945년 광복 때까지로 본다.

연구자는 연변조선족의 이주시기를 크게 초기 이주시기와 일제 강점기, 그리고 정착시기의 세 단계로 나누고자 한다. 초기 이주시기는 1860년대부터 1910년 한일합방까지로, 일제 강점기는 1910년부터 1945년까지로 한정하고, 1945년부터 1949년까지의 시기는 정착시기로 구분하여 조선족 사회의 형성과정을 살펴보고자 한다.

---

31) 박창욱은 다음과 같이 말한다. 조선민족의 선세인 고령인(또는 조선인)들은 역사적 제반원인으로 하여 조선반도로부터 다시 중국 동북으로 이주하여오는데, 그 제1시기는 요금과 원나라시기에 이주한 고려인은 수십만에 달하며, 제2시기인 명청(明淸)시기에도 요동지구에는 수다한 조선인들이 거주하고 있었다. 그러나 350여 년이나 경과한 오늘 그들의 후예들로서 조선족의 족적을 보존하고 있는 자가 극히 소수이다. 제3시기는 청조말기로부터 본세기 40년대까지의 시기인데 불완전한 통계에 의하면 1945년 광복직전 중국조선족인구는 무려 216만 3, 115명이나 되었다.(『朝鮮年鑑』, 1948) 광복직후 비록 많은 사람들이 조선으로 돌아갔지만 그러나 동북에 남아있은 인구는 130만 좌우였다.(박창욱, 「중국 조선족의 역사와 구역자치의 실시」, 『조선학연구』제1권, 中國 延吉: 연변대학출판사, 137~140쪽)

1) 조선족의 이주시기

(1) 초기 이주시기(1860년대부터 1910년 한일합방까지)

초기 조선족의 이주가 시작된 것은 1860년대로 본다. 1862년부터 조선 북부지역에 자연재해가 잇따라 발생하여 수재민들은 생계를 유지하기 위하여 두만강 북쪽 연안(沿岸)일대로 이주한다. "동치(同治; 1862~1874) 초년, 조선에 대기근이 들어 들에는 굶어 죽은 시체가 낭자하고 굶주린 백성들은 가족을 거느리고 강 우측(지금의 용정, 도문, 화룡, 훈춘 등 지역)으로 몰려오는데…… 비참하기 그지없다(同治初, 朝鮮曾大饑 野殍狼籍 饑民挈眷 逃至江右…… 傷慘已甚)" 1867년 3월에 훈춘 동부일대에 조선사람 천여 명이 집을 짓고(千余人結屋) 정착했다고 한다.32) 여기서 알 수 있듯이 연변지역의 용정, 도문, 화룡, 훈춘 등 지역에는 안도, 왕청, 돈화 등의 지역보다 수재민이 일찍이 이주하게 된다. 연변지역의 각 현, 시의 위치도는 다음의 [지도 1]과 같다.

[지도 1]을 살펴보면 용정, 연길, 도문, 화룡, 훈춘 등 지역은 북한의 함경북도와 두만강을 사이하고 있는 연안(沿岸) 지역에 속한다. 왕청, 안도, 돈화 등 지역은 두만강 연안에서 멀리 떨어진 지역임을 알 수 있다.

1869년 10월에는 조선 경흥부 아오지군민 만여 호가 불법으로 월경(越境)했지만 중국에서 막을 수 없을 정도였다고 한다. 『延吉廳同知呈所管各事宜選具淸冊』·『延邊地區歷史檔案史料選編之一』에는 1904년 두만강 북쪽의 간도지방에 거주하는 조선족 인구수는 5만여 명에 달했

---

32) 『吉林地志』卷47, 『通文館志』 卷12(황유복, 「중국 조선민족이민사의 연구」, 『조선학』, 中國 北京: 민족출판사, 1993, 195쪽, 재인용)

다고 한다.33) 또 다른 자료에 의하면 1907년에 이르러 연변지역의 조선족 인구는 16,300여 호에 77,000여 명에 달하였다고 하며, 이는 당시 연변지구 총인구의 80%를 초과하였다고 한다.34) 이 자료들에서 알수 있듯이 당시 연변지역에 이주한 인구수는 1860년대의 1,000여 명으로부터 1907년에는 7만여 명에 이르기까지 증가하였다.

[지도 1] 연변지역의 용정, 연길, 도문, 화룡, 훈춘 및 왕청, 안도, 돈화 위치도

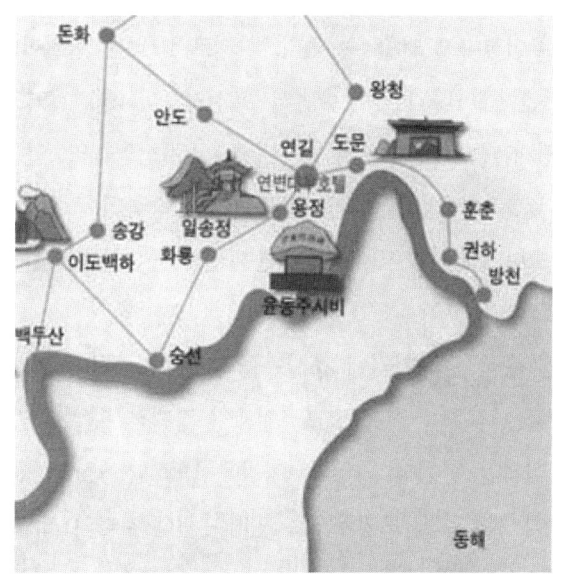

송강·이도백하는 안도현에 속하고, 숭선은 화룡시에 속하고, 일송정·윤동주시비는 용정시에 속하고, 권하·방천은 훈춘시에 속한다

---

33) 황유복, 「중국 조선민족이민사의 연구」, 『조선학』(中國 北京: 민족출판사, 1993), 195쪽.

34) 『高宗實錄』卷一, 七年十月二十日, 二日條·조명철, 「조선족의 수전개발」, 『길림조선족』(中國 延吉: 연변인민출판사, 1995, 20쪽) 재인용

1860년대 수재민 발생부터 1910년에 이르기까지의 이주는 대부분 경제적 이유로 인한 것이었다. 따라서 이 시기의 이주를 초기 이주로 볼 수 있다. 이것은 당시 연변 지역에는 이미 이주민이 다수를 차지하는 조선족 사회를 형성하였음을 시사한다.

(2) 일제 강점기(1910년 ~ 1945년)

대다수 조선족의 이주는 타의에 의한 즉 일제의 정치, 군사적 원인에 따른 이주였다고 할 수 있다. 즉, 연변조선족의 이주는 주로 일제하에 이루어졌다고 말할 수 있다. 실제로 1910년 한일합방 이후의 20, 30년 동안 해마다 수천, 수만의 조선인들이 연변지역으로 이주하였다.35) 당시 중국 동북지역에 거주하는 조선인들의 인구집계를 보면 1907년에 7만여 명이었는데, 1930년에는 중국의 조선인 인구가 63만에 달했으며, 그 중 64%정도는 연변(간도)을 비롯한 몇 개 현(縣)에서 살았다고 한다.36)

이렇게 중국 동북지역에 조선인들의 이주가 증가하게 된 것은 독립운동과 같은 정치적 이유보다도 일제의 경제적 수탈로 인한 극심한 빈곤이 핵심적인 원인이 되었다. 여기에 1909년 9월에 중국과 일본 두 나라 간에 체결된 간도협약으로 인하여 간도지역의 개척 이주를 허용함으로써 조선인의 자유로운 이주의 길을 열어 놓은 것도 주요한 원인 중 하나이다.

조선총독부는 1931년 만주의 침략과 조선의 파산농민 처리를 위해 조선 농민을 대량으로 만주에 이주시킬 계획에 따라 집단이주를 실시

---

35) 천수산, 「길림성에로의 조선족의 이주」, 『길림조선족』(中國 延吉: 연변인민출판사, 1995), 7~10쪽.

36) 정판룡, 『세계속의 우리민족』(中國 沈陽: 요녕민족출판사, 1996), 237쪽.

한다. 이는 만주의 농산물과 지하자원을 보다 많이 수탈하고자 획책한 '집단이민'정책이었다. 1937년 처음으로 간도와 봉천(현재의 심양) 영구현(營口縣)에 조선인 농가 2,500호가 배치되었다.[37] 연변(간도)의 경우 집단 이주자들은 주로 인구가 적고 개발이 거의 되지 않았던 왕청(汪淸)과 안도(安圖)에 배치되었다. 1930년대 후반기의 만주 조선인 인구 급증은 이러한 정책적 배경에 의해 설명할 수 있으나, 조선인의 대규모 유입의 근본적인 원인은 조선 농업의 파탄과 농민의 궁핍화에서 찾을 수 있다.

『조선사정』 기록에 실린 '집단이민 이주상황'[38](1939년 5월 1일 통계)은 [표 2]와 같다.

[표 2] 1937~1939년 사이 3년간 이주 호수

(단위 : 호수)

현(縣)	부락수	1937년 이주 호수	1938년 이주 호수	1939년 이주 호수	합계
안 도	38	1,042	809	994	2,845
왕 청	19	995	658	80	1,696
연 길	14	283	357		640
소 계	71	2,280	1,824	1,070	5,178
합 계	125	2,478	2,854	3,920	9,262

[표 2]에서 나타나는 바와 같이 1937년부터 1939년까지의 3년간

---

37) 한상복·권태환. 『중국연변의 조선족 사회의 구조와 변화』(한국 서울: 서울대학교출판부, 1994), 29~34쪽.

38) 차상훈, 「안도현 조선족 이주실록」, 『길림조선족』(中國 延吉: 연변인민출판사, 1995), 59~61쪽.

동북지방 각지로 이주해 온 '집단이민'은 도합 9,262세대인데 그 중 '간도성' 안도, 왕청, 연길 등 3개 현(縣)에 이주해 온 것이 5,178세대이며, 이 가운데서도 안도현에 이주해 온 호수는 2,845세대로서 총수의 30.7%를 차지하고 '간도성'으로 이주해 온 총 세대수의 54.9%를 차지한다.

이로부터 안도현이 '집단이민'의 중심 현으로 되었다는 것을 알 수 있다. 이렇게 일제가 편벽한 안도현을 이주 중점지로 삼은 데는 몇 가지 원인이 있었다. 첫째, 안도현은 사람이 적고 땅이 넓어 개발의 여지가 컸으므로 일제의 '산미증식계획'을 수행할 수 있다. 둘째, 간도를 중심으로 조선족 집단거주지를 확대하여 토지영토권을 빼앗으려 하였다.[39) 셋째, 안도현은 항일 유격활동이 아주 활발한 지방이었다. 일제는 '이이제이(以夷制夷)'하려는 시도에 이민 '집단부락'을 세워 항일 유격구를 견제하고 소멸시키려는 의도 하에 안도현으로 많은 '집단이민'을 끌어 들였다.[40) 이렇듯 '집단이민' 정책의 실시는 이민지역을 중국 내지(內地)와 다른 나라를 침략하기 위한 병참기지로 전락시켜, 이주민들을 그들의 침략전쟁과 식민통치를 위해 복무하게 하는 한편 조선과 중국을 영원히 강점하기 위한 것이었다고 할 수 있다.

중국으로 건너 온 조선인은 동북지역의 황무지를 개척하고 수전(水田) 농사를 전파했다. 그 뿐만 아니라 조선인은 반봉건투쟁(反封建鬪爭)과 반일투쟁(反日鬪爭), 중국해방전쟁의 선봉에서 피를 흘리며 싸웠

---

39) 玄龍順·李政文·許龍九, 『朝鮮族百年史話』第一輯(中國 沈陽: 遼寧人民出版社, 1982), 46쪽.

40) 차상훈, 「안도현 조선족 이주실록」, 『길림조선족』(中國 延吉: 연변인민출판사, 1995), 57쪽.

고 중화인민공화국의 수립에 지대한 공헌을 했다. 해방 이후에는 항일
투사를 비롯한 많은 사람들이 고향으로 돌아갔으며, 중국으로 이주해
오는 사람은 거의 없었다.

(3) 정착시기(광복이후부터 연변조선족자치주 성립 후까지)

조선인의 중국으로 이주는 해방과 함께 끝이 났으며 조선인은 중국
에서 새로운 사회를 형성하며 살게 되었다. 1945년 중국에 거주하는
조선족의 인구수는 2,163,115명에 달한다.[41] 그 중 약 70만 명이 해
방된 조선 땅으로 돌아가고, 약 150만에 달하는 조선족이 중국의 동북
지방에 정착하게 된다. 그 중에서 연변에 정착한 조선족은 821,479명
이다.[42] 이들은 중국의 국내 해방전쟁을 거쳐 1949년에 중화인민공화
국이 창건될 때 중국 국민으로 인정받았다.

압록강과 두만강을 건너 온 조선인이 조선족이라는 명칭으로 중국에
서 공식적으로 불리기 시작한 것은 1952년 9월 3일에 세워진 ‘연변조
선민족자치구’가 1955년 12월 18일 중화인민공화국 헌법의 규정에 따
라 ‘연변조선족자치주’로 고쳐지면서부터이다. 즉, 1955년 12월 이전
에는 조선사람, 조선인 등으로 불려지던 것이 1955년 헌법 규정 이후
부터는 공식적으로 중국의 한 개 소수민족으로 조선족이라는 사회정치
적 지위를 부여받게 된 것이다. 이후 중국에서 조선족(朝鮮族)의 약칭
으로는 조족(朝族), 선족(鮮族)으로 불리기도 한다.

1990년 인구조사에 따르면 중국에 살고 있는 조선족의 수는 192만

---

41) 『朝鮮年鑑』(1948)(황유복, 「중국 조선민족이민사의 연구」, 『조선학』, 中國
   北京: 민족출판사, 1993, 204쪽, 재인용)

42) 김동화·김승철 주필, 『당대 중국조선족연구』(中國 延吉: 연변인민출판사,
   1993), 3~4쪽.

597명으로 나타났다. 길림성에 살고 있는 조선족이 118만 2천명이며, 이 중 연변조선족자치주에 살고 있는 조선족은 82만 명이 넘는다. 그리고 흑룡강성(黑龍江省)에 45만명, 요녕성(遼寧省)에 23만명, 내몽고(內蒙古)에 2만 3천명 등이 있으며, 북경(北京), 천진(天津), 상해(上海), 청도(青島) 등 대도시에도 상당수가 살고 있다.

이렇게 이주한 사람들이 조선족이라는 이름으로 불려진 이유를 다음의 세 가지로 생각해 볼 수 있다. 첫째는 이들이 조선반도에서 건너왔기 때문이다. 일본에서 건너 온 것도 아니고, 러시아에서 건너 온 것도 아닌 바로 조선반도에서 건너왔기 때문인 것이다.

둘째는 조선민족의 문화적 전통을 간직하고 있기 때문이다. 조선반도에서 건너왔다고 해서 모두가 조선족이 되는 것은 아니다. 조선을 거쳐 만주에 들어와 살았던 일본인들도 있었지만 그들을 조선족이라고 부르지 않는 것은 그들에게는 한민족의 문화적 전통이 없기 때문이다.

셋째는 이들이 중국에 살고 있기 때문이다. 이들이 중국으로 이주해 오지 않고 조선반도에 정착해 살았더라면 조선족은 존재하지 않았을 것이다. 조선반도에서 중국으로 건너와 조선반도의 문화전통을 계승하며 살고 있기에 조선족이라는 중국 내의 한 개 민족 성원으로 형성될 수 있었던 것이다.

2) 조선족의 이주경로

심혜숙[43]은 조선족이 동북지역에 이주해 온 경로를 3개 노선으로 설정하고 있다. 첫째는 압록강과 두만강을 건너 동북 땅에 이주해 온

---

43) 심혜숙, 『중국 조선족 취락지명과 인구분포』(中國 연길: 연변대학 지리학부, 1992), 68쪽.

노선이며, 둘째는 조선의 서해안으로부터 요녕성 서남의 영구(營口) 등 항구를 통하여 이주해 온 노선이며, 셋째는 조선의 동해안으로부터 러시아 연해주를 거쳐 연변과 흑룡강성의 동부변강에 이주해 온 노선이다.

첫째 노선인 압록강과 두만강을 건너 이주해 온 조선인이 수적으로 절대 다수를 차지한다. 압록강 건너 정착한 지역으로는 임강(臨江), 통화(通化), 관전(寬佃), 집안(集安), 환인(桓仁), 단동(丹東) 등지가 있다. 이곳은 압록강 유역으로서 이주 초기에 조선의 평안도에서 건너 온 조선인이 많이 분포했던 지역이고 시간이 흐르면서 이곳을 거쳐 심양(沈陽), 철령(鐵嶺), 개원(開原) 등 서북지역으로의 이동이 진행된다.

초기에 두만강을 건너 정착하기 시작한 지역은 개산둔(開山屯), 용정(龍井), 화룡(和龍), 연길(延吉), 도문(圖們) 등 지역이다. 또한 조선의 함경북도 출신 사람들이 건너와 살기 시작하면서 조선인 집단거주지가 생기게 되었고, 이곳을 거쳐 안도(安圖), 왕청(汪淸), 돈화(敦化), 교하(蛟河) 등지로 이동이 확대된다. 또한 이주 후기에는 이곳을 거쳐 흑룡강성의 동경성(東京城), 목단강(木丹江), 영안(寧安), 해림(海林), 상지(尙誌), 가목사(佳木斯) 등지로 이동하는 사람들이 발생하게 된다.

둘째 노선은 조선의 서해안에서 요녕성의 영구(營口) 등 항구를 이용한 경로인데, 평안도 사람들이 영구를 거쳐 요양(遼陽), 심양(沈陽), 철령(鐵嶺), 개원(開原) 등지로의 이동이 진행된다.

셋째 노선은 조선의 동해안으로부터 러시아 연해주를 거쳐 연변과 흑룡강성의 동부변강에 이주해 온 경로로 훈춘(琿春), 동녕(東寧), 밀산(密山) 등지가 이곳에 해당된다. 하지만 이 노선을 통해서 중국에 들어온 수는 그리 많지 않다.

이주 경로에서 알 수 있듯이 조선족은 요녕성(遼寧省), 길림성(吉林省), 흑룡강성(黑龍江省)의 동북3성(東北三省)에 걸쳐서 분포되어 있으며, 특히 길림성의 연변일대에 밀집되어 나타나고 있다. 위의 3개 방면 이주 경로를 다시 세부적으로 나누면 20여 개 정도가 되는데, 그 중에서 가장 많은 수가 이동한 경로는 종성 → 개산둔 → 덕신노선, 온성 → 도문노선, 회령 → 삼합노선, 만포 → 집안노선이다.44) 종성, 온성, 회령, 만포45)는 함경북도에 속하는 지역으로 함경북도 사람들이 이곳을 통해 일찍부터 연변지역의 용정(연길), 도문, 화룡, 훈춘 등의 지역으로 건너와 자리잡게 되었다. 이로 인해 현재 연변조선족자치주의 대다수 인구는 함경도 출신의 사람들로 이루어져 있다.

조선 남부지방에서 이주해 온 사람들은 1920, 1930년대에 걸쳐서 많은 수가 유입되었으며, 이들은 안봉선(安奉線)과 조선의 경의선(京義線), 천도선(天圖線)과 북선철도가 만나는 지역인 심양으로 들어올 수 있었다. 그리고 다시 남북만으로 재이주하여 갔고, 두만강 방면으로부터 이주해오던 사람들도 철로를 이용하여 연변을 거쳐 다시 영안, 길림지구로 재이주하여 갔다.46)

3) 연변의 인구구성 및 변화

연변조선족자치주는 중국의 55개 소수민족 가운데서 가장 먼저 민족자치를 실시한 지구(地區)의 하나로서 1952년 9월 3일에 '연변조선

---

44) 심혜숙, 『중국 조선족 취락지명과 인구분포』(中國 延吉: 연변대학 지리학부, 1992), 71쪽.

45) 만포는 현재 조선의 자강도에 속한다.

46) 박창욱, 「조선족의 이주사연구」, 『역사비평』(中國 延吉: 역사비평사, 1991), 189쪽.

족자치구(延邊朝鮮族自治區)'로 출범한다. 그 후 1955년 12월에 연변
조선족자치주(이하 '연변'으로 약칭함)로 개칭되어[47] 한 개 시와 다섯
개 현을 관할하였다. 이 때까지는 돈화(敦化)가 연변에 포함되지 않았
으며, 1958년에 이르러서 돈화현이 연변에 포함되었다. 연변은 현재
연길시(延吉市), 용정시(龍井市), 화룡시(和龍市), 도문시(圖們市), 돈화
시(敦化市), 훈춘시(琿春市), 왕청현(汪淸縣), 안도현(安圖縣)으로 구성
되어 있다.[48]

연변은 북으로 흑룡강성 목단강시와 이어져 있고, 동으로는 러시아
연해주 변경과 잇닿아 있다. 남으로는 두만강을 사이에 두고 조선의
함경북도, 양강도와 마주하고 있으며, 서쪽으로는 길림시, 백산시와 연
결되어 있다. 연변은 러시아 및 조선과 맞닿아 있는 변방 접경지역으
로 군사적으로 매우 중요한 위치에 속하고 있다.

연변의 총 면적은 42,700평방킬로미터에 달하며, 연변 자치주 성립
기념일은 9월 3일로 하고 있다. 2001년 말 통계에 따르면 연변의 총
인구는 2,187,858명이며 각 현, 시별 조선족과 기타 민족의 인구수를
살펴보면 [표 3][49]과 같다.

[표 3]에 나타나듯이 연길시와 용정시, 도문시, 화룡시, 훈춘시는 다
른 지역에 비해 두만강과 가까운 지역으로 이주 초기부터 조선족이 집
거구(集居區)를 이루며 살아왔기 때문에 지금까지도 다른 지역에 비해

---

47) 文龍吉 主編, 『建設中的全國模範自治州-延邊』(中國 延吉: 延邊人民出版社,
   1994), 3쪽.

48) 도문현은 1965년에 도문시로 되었으며, 1985년, 1987년, 1993년에 걸쳐 돈
   화, 용정, 훈춘, 화룡이 현(縣)에서 시(市)로 바뀌게 되었다.

49) 『연변통계연감』(中國 延吉: 연변인민출판사, 2002), 85쪽을 참조하여 정리한
   것이다.

조선족이 많이 분포하고 있다. 안도, 왕청, 돈화시는 조선족에 비해서
한족들이 차지하는 비율이 상당히 높은 것으로 나타나고 있다.

[표 3] 연변조선족자치주 각 현, 시별 인구와 구성비율표

(단위 : 명, %)

市 / 民族	延吉市	圖們市	敦化市	琿春市	龍井市	和龍市	汪淸縣	安圖縣
總人口	395,888	136,711	482,424	212,786	259,107	222,327	261,171	217,444
朝鮮族	231,288	77,517	21,670	89,053	174,449	121,677	77,504	46,938
漢族	155,926	57,014	447,889	103,184	81,809	98,362	175,150	165,015
滿族	6,957	1,750	9,321	19,659	2,285	1,723	8,095	4,841
回族	1,267	320	2,933	576	437	438	160	373
蒙古族	323	86	473	234	102	92	208	236
藏族	2		2	6				1
苗族	12	11	14	12	1	9		2
景伯族	40	1	53	4	6	7	4	11
壯族	21		26	16	6	11	46	1
土家族	11	8	10	8		5		2
其他	41	4	33	34	12	3	4	24
漢族 %	39.39	41.70	92.84	48.49	31.57	44.24	67.06	75.89
朝鮮族 %	58.42	56.70	4.49	41.85	67.33	54.73	29.68	21.59

특히 돈화시는 연변에서 인구가 가장 많으며 한족의 비율이 90%이
상을 차지하고 있어 조선족이 소수에 불과한 지역이다. 돈화시는 1958
년에 자치주에 편입되었는데, 이로 인하여 연변에서 조선족이 차지하
는 비율은 상대적으로 급격하게 감소하게 되었다. 다음의 [표 4]에 나
타나듯 1957년에 조선족이 차지하는 비율이 59.09%이고, 한족이 차지
하는 비율은 39.1%이다. 이때는 돈화시가 연변에 포함되지 않았기 때
문에 조선족이 차지하는 비율은 상당히 높게 나타났다. 하지만 돈화시

가 연변에 포함된 이후 1962년에는 조선족이 50.04%로 1957년에 비해 9.05%가 감소하였고, 한족이 차지하는 비율은 48.02%로 8.92%가 증가하였다. 돈화시의 편입으로 연변에서 조선족이 차지하는 비율이 상당히 낮아지게 된 것이다. 각 민족별 인구 구성비율의 변천을 도표로 나타내면 아래의 [표 4]50)와 같다.

[표 4] 각 민족 인구구성

(단위 : %)

민족 연도	한족	조선족	만족	회족	몽고족	기타
1949	34.57	63.36	1.80	0.26	0.01	
1957	39.10	59.09	1.55	0.25	0.01	
1962	48.02	50.04	1.43	0.29	0.01	0.01
1978	57.52	40.68	1.44	0.30	0.04	0.02
1993	57.08	39.96	2.56	0.30	0.07	0.03
1998	58.20	38.94	2.47	0.29	0.07	0.03
2001	58.70	38.40	2.50	0.30	0.08	0.02

[표 4]에 나타나듯이, 1949년에 63.36%를 차지하던 조선족의 비율이 2001년에는 38.40%로 급격하게 떨어졌음을 알 수 있다. 이렇게 연변에서 조선족이 차지하는 비율이 감소하는 이유는 한족 인구가 계속해서 늘어나는 반면에 조선족의 인구는 감소하고 있기 때문이다. 최근 몇 년 연변의 인구변화를 살펴보면 다음의 [표 5]51)와 같다.

[표 5]에 나타나듯이 한족의 수는 매년 증가하고 있는 반면에 조선족의 수는 갈수록 줄어들고 있는 형편이다. 조선족의 인구가 줄어들고

---

50) 『연변통계연감』(中國 延吉: 연변인민출판사, 2002), 80쪽을 참조한 것이다.

51) 『연변통계연감』(中國 延吉: 연변인민출판사, 2002), 79쪽을 참조한 것이다.

있는 이유는, 첫째로 조선족 인구의 자연성장률이 감소하고 있기 때문
이다. 현재 출생률이 사망률보다 낮은 것은 경제적인 부담 등으로 인
해 아이를 하나만 낳는 것이 가장 크게 작용하고 있으며, 또 다른 원
인은 여성들의 섭외 혼인, 대도시로의 유입으로 인해 결혼을 못하는
남성들이 늘고 있는 데에서 찾을 수 있다.

[표 5] 연변조선족자치주 각 민족 인구수

(단위 : 명)

민족 연대	한족	조선족	만족	회족	몽고족	기타민족	총인구
1998	1,271,401	850,555	53,951	6,452	1,540	464	2,184,375
1999	1,275,048	847,148	54,484	6,877	1,528	508	2,185,597
2000	1,278,824	842,135	54,918	6,540	1,589	496	2,184,502
2001	1,284,349	840,096	54,631	6,504	1,754	524	2,187,858

둘째는 외부로의 인구유동이 급격하게 증가하고 있기 때문이다. 관
내와 연해지역의 대도시 혹은 한국, 일본 등지로 돈을 벌기 위해 고향
을 버리고 떠나는 사람들이 급증하고 있는 것이다. 이렇게 인구가 계
속 감소하여 연변에서 조선족이 차지하는 비율이 30%이하로 떨어질
경우에는 민족구역자치를 실시할 수 있는 조건을 상실하게 될지도 모
른다. 그렇기 때문에 계속되는 조선족 인구감소의 문제는 연변의 존립
을 위협할 정도로 심각한 수준임을 알 수 있다.

2. 조선족 민요 분류의 재검토

민요를 분류하는 방법은 나라마다 다르고 또한 민족에 따라 종류도 다양하다. 조선족 민요는 한반도에서 중국으로 유입되어 중국의 한 개 소수민족 민요로 되었다. 따라서 본 논문에서는 먼저 한반도와 중국의 민요 분류에 관한 사항을 검토한 다음 조선족 민요의 분류를 재검토할 것이다. 그 중 한반도는 한국과 북한으로 나누어 살펴보겠다.

1) 한국의 민요 분류법

한국의 민요 분류에 관한 저서는 장사훈·한만영 공저로 된『국악 개론』52), 이성천·권덕원·백일형·황현정 공저로 된『알기 쉬운 국 악개론』, 권오성53)의『한민족음악론』등이 있다. 그 중 최근에 나온 권오성의 저서는 앞의 두 편의 개론서의 민요 분류와 대부분 일치하면 서도 민요의 지역적 특징을 나타내는 토리에 대한 설명이 구체적으로 되어 있다. 따라서 본 논문에서는 주로 권오성의 저서를 바탕으로 한 국의 민요 분류를 살펴보려 한다.

권오성54)은 한국 민요를 크게 두 가지로 분류하였다. 첫째는 창자에 따라 향토민요와 통속민요로 분류한 것이고, 둘째는 지역에 따라 경토 리권, 육자배기토리권, 수심가토리권, 메나리토리권, 제주도토리권으로 분류하였다. 위의 두 가지 분류법의 개념과 내용을 구체적으로 정리하 면 다음과 같다.

---

52) 張師勛·韓萬榮 共著,『國樂槪論』(한국 서울: 韓國國樂學會, 1975)

53) 권오성,『한민족음악론』(한국 서울: 학문사, 2000)

54) 권오성,『한민족음악론』(한국 서울: 학문사, 2000), 153~159쪽.

향토민요는 특정 지역에서 불리는 민요이며, 그 지역 혹은 개인들에 의해 창작되고 향유되기 때문에 비교적 단순한 가락과 소박하고 향토적인 사설로 되었다. 향토민요는 노동요, 유희요, 의식요로 분류된다.

노동요는 노동의 종류에 따라서 농업 노동요·어업 노동요 그리고 그 밖의 여러 가지 일을 하면서 부르는 잡역 노동요로 크게 나눌 수 있다. 잡역 노동요는 종류가 무척 다양한데, 토목 운반을 하면서 부르는 것은 집단 노동요이고, 수공업이나 집안일을 하면서 부르는 것은 개인 노동요인 경우가 많다.

노동요에는 모찌는 소리·모심는 소리·김매기 소리·장원질 소리·타작 소리·고기잡이 노래·목도 소리·나무꾼 소리·달구질 소리 등이 있다.

유희요는 놀이를 하면서 부르는 민요인데, 주체가 누구냐에 따라서 아동 유희요, 여성 유희요로 나눌 수 있다.

아동들이 하는 놀이는 대부분 노래를 필요로 하며 동요라고 일컫는 것은 대부분 아동 유희요이다. 아동 유희요에는 어깨동무·찐득이소리·대문놀이·잠자리잡기 등이 있다.

여성 유희요는 여성들이 부르는 노래로 내용이 풍부하고 형식 또한 구비되어 있다. 여성 유희요의 대표적인 곡에는 강강수월래·놋다리밟기·쌍금쌍금쌍가락지 등이 있다.

의식요는 사람의 일생에 따르는 통과의례와 일년 동안의 절후에 따르는 세시의례를 거행하면서 부르는 민요이다.

통과의례는 여러 단계로 나누어져 있으며, 혼인을 할 때 '교군들이 부르는 노래', '환갑잔치에서 부르는 노래'도 통과의례 의식요라 할 수 있으나, 장례절차에 따르는 상여소리, 달구소리가 대표적이다.

세시의례의 의식요로서는 정월 초순에 풍물패가 집집마다 돌며 지신밟기를 할 때 부르는 것이 가장 대표적이다.

통속민요는 직업적인 소리꾼에 의해 불려지는 민요로 음악적으로 많은 기교를 넣어 세련되고 여러 지역으로 널리 전파된 민요이다. 이러한 민요에는 창부타령·수심가·육자배기 등이 있다.

경토리권에는 서울과 경기도 및 충청도 일부지방의 민요를 포함하고, 육자배기토리권은 전라도와 경기 남부, 충청도 서부, 경상도 서남부 지역의 민요를, 수심가토리권은 황해도와 평안도 지역의 민요를, 메나리토리권은 경상도 전지역과 서북부를 제외한 강원도 전지역의 민요를 포함한다. 그 외 제주도토리권은 제주도민요를 포함한다.

2) 북한의 민요 분류법

북한의 민요 분류는 최근에 간행된 『조선민요 1000곡집』[55]에 의하여 살펴보면 다음과 같다. 이 민요집에서는 북한의 민요를 크게 전통민요편, 신민요편, 광복후 민요편으로 분류하였다. 그 중 전통민요는 다시 노동민요·세태민요·민속놀이민요·반침략 반봉건투쟁민요로 세분하였고, 광복후 민요는 전통민요와 신민요 가운데서 재창조, 재형상한 민요로 세분하였다. 이와 같은 분류는 주로 가사 내용에 의한 것으로 볼 수 있다. 여기서 민요에 동요를 포함시키지 않은 것과 향토민요와 통속민요를 구분하지 않은 것 등은 한국과 다른 점이라 할 수 있고, 신민요와 광복후 민요의 분류도 한국과 다른 점이라 할 수 있다. 그 외 한영애[56]는 민요를 지역에 따라 서도(평안남북도·황해남북도),

---

55) 로익화 등 편집, 『조선민요 1000곡집』(북한 평양: 문학예술종합출판사, 2000)

56) 한영애, 『조선장단연구』(북한 평양: 예술교육출판사, 1989), 63쪽.

남도(전라도·경상도), 경기도(중부지역), 강원도(동해안 일대), 함경도 (북부지역) 등으로 설명한 바 있다. 하지만 토리권에 대하여서는 언급 이 없다.

3) 중국의 민요 분류법

중국 민요[民歌]의 분류 현황을 살펴보면 다음과 같다. 첫째는 제재 내용(題材內容)에 따른 분류법이고, 둘째는 장소환경[場合環境]에 따른 분류법이고, 셋째는 체재구조[體裁結構]에 따른 분류법이다.[57] 그 개념 과 내용을 정리하면 다음과 같다.

첫째, 제재내용(題材內容) 분류법은 민요[民歌]의 가사 내용에 따라 유형을 나누는 방법이다. 그 유형에는 노동요[勞動歌], 애정요[情歌], 서사요[故事, 敍事歌], 혼례요[結婚調], 기원요[敬神曲], 유희요[遊戲 歌], 주령요[酒令歌], 요아요[搖兒歌], 자장가[催眠曲] 등이 있다.

둘째, 장소환경[場合環境] 분류법은 민요[民歌]를 가창(歌唱)하는 특 정 장소, 혹은 문화환경(文化環境) 및 자연환경(自然環境)으로부터 유 형을 나누는 것을 말한다. 그 유형에는 밭노래[田歌], 목가(牧歌), 뱃노 래[船歌], 어요[漁歌], 수렵요[獵歌], 의식요[儀式歌], 풍속요[風俗歌] (혼례요[婚嫁歌], 장례요[喪葬歌], 제사요[祭祀歌]), 연석요[宴席曲] 등 이 있다.

셋째, 체재구조[體裁結構] 분류법은 민요[民歌] 음악 본체(音樂本體) 의 체재(體裁)와 구조[結構]에 의해 유형을 나누는 것이다. 그 유형에 는 호자요[号子歌曲], 산가(山歌), 소조(小調), 서사장가(敍事長歌), 다 성부민요[多聲部民歌] 등이 있다.[58] 이와 같은 5분류법 중의 "호자(号

---

57) 伍國棟, 『中國音樂』(中國 上海: 上海外語敎育出版社, 1999), 199~200쪽.

子)·산가(山歌)·소조(小調)"의 세 가지 유형은 모든 한족민요(漢族民歌)를 분류하는 기초로서 일괄적으로 사용되고 있다.[59]

위의 세 가지 분류법 중에서 제재내용(題材內容)과 장소환경[場合環境]에 의한 두 가지 분류법은 민요본체[民歌本體]의 인문내용(人文內容), 민요와 문화환경(文化環境)의 관계를 조사하고 연구하는 데 적합하고, 체재구조[體裁結構]에 의한 분류법은 민요본체[民歌本體]의 음악형태(音樂形態) 및 그 구축방식(構築方式)과 규율(規律)을 분석하고 연구하는 데 적합하다. 따라서 앞의 두 분류법은 문학측면의 연구에서 많이 채용하는 방법이고, 셋째 분류법은 음악측면의 연구에서 흔히 채용하는 방법이라 할 수 있다.

중국 민요[中國民歌][60]는 제재내용(題材內容)과 장소환경[場合環境] 및 음악체재구조[音樂體裁結構] 등의 방면에 있어서 다양성(多樣性)과 복잡성(複雜性)을 나타내고 있다. 그렇기 때문에 56개 민족 중의 어느 한 개 민족의 민요[民歌]를 분류법에 의하여 단순화시켜 설명하기는

---

58) 체재분류법의 유형에는 위의 伍國棟의 5분류법 외 "勞動号子·山歌·小調·長歌"(文化部藝術研究院音樂研究所, 『民族音樂槪論』, 中國 北京: 人民音樂出版社, 1964)의 4분류법이 있고, "号子·山歌·小調·田歌·燈歌·兒歌·風俗歌"의 7분류법, "号子·山歌·小調·田歌·燈調·漁歌·兒歌·風俗歌·搖兒歌"(楊匡民 主編, 『中國民間歌曲集成·湖北卷』, 中國 北京: 人民音樂出版社, 1988)의 9분류법, "号子·山歌·小調·田歌·燈歌·漁歌·兒歌·敍事歌·秧歌·寺廟經歌·叫賣音調"의 11분류법 등이 있다.(周耘, 『中國傳統民歌藝術』, 中國 武漢: 武漢出版社, 2003, 83쪽)

59) "号子·山歌·小調"의 3분류법을 주장한 저서로는 江明惇의『漢族民歌槪論』(中國 上海: 上海音樂出版社, 1999), 周靑靑의『中國民歌』(中國 北京: 人民音樂出版社, 1997), 周耘의『中國傳統民歌藝術』(中國 武漢: 武漢出版社, 2003) 등이 있다.

60) 중국 민요[民歌]에는 한족(漢族) 등 56개 민족의 민요가 포함된다.

어렵다. 특히 대부분 소수민족의 민요[民歌]는 더욱 그러하다.

조선족 민요에 관한 분류를 살펴보면 다음과 같다. 『집성』 자료집에는 노동가요·서정가요·서사가요·종교의식가요·아동가요·혁명역사가요[61] 등 여섯 가지로 분류되었다. 김남호[62]는 조선족 민요를 일소리(노동요)·타령·단가·장잡가·풍속의식가·동요 등 여섯 가지 유형으로 분류하였다. 정준갑[63]은 조선족 민요를 체재에 따라 노동요·서정요·서사요·세시풍속요·풍자요·동요·신민요 등 일곱 가지 유형으로 분류하였다. 그 중 김남호는 단가·잡가를 민요에 포함시켰고, 『집성』과 정준갑의 분류에서의 서정요와 서사요에는 각각 잡가·타령, 단가·판소리대목·장잡가를 포함한다. 따라서 이들 세 종류의 분류는 거의 일치한다고 보며 모두 가사 내용에 의한 분류임을 알 수 있다. 또한 『집성』에는 신민요를 따로 분류하지는 않았지만 실제 신민요를 포함하고 있다. 이와 같은 점은 한국과는 다르지만 북한의 민요분류와는 유사하다.

전체적으로 말하면 조선족 민요의 『집성』에 의한 분류는 중국 또는 북한의 가사 내용에 따른 분류법이라고 말할 수 있다. 따라서 한국에서 창자에 의하여 분류한 향토민요와 통속민요의 2분법은 나타나지 않으며, 지역적 특징을 나타내는 토리권에 의한 분류도 나타나지 않는다.

지금까지 살펴 본 민요 분류의 재검토를 통해 본 논문에서는 다음

---

61) 혁명역사가요는 항일전쟁시기와 국내(중국) 해방전쟁시기의 창작가요를 말하는데, 한국에서는 독립군노래로 북한에서는 혁명가요로 취급하고 있다. 따라서 본 논문에서는 혁명역사가요는 연구 대상에서 제외한다.

62) 김남호, 『중국조선족민간음악연구』(中國 哈爾濱: 흑룡강조선민족출판사, 1995), 1~29쪽.

63) 정준갑, 『조선민족민간음악』(中國 延吉: 연변대학출판사, 1996), 203~246쪽.

과 같은 분류법을 사용하고자 한다. 첫째, 한국의 향토민요(노동요・유
희요・의식요)와 통속민요의 2분법을 사용하고 거기에 조선족 또는 북
한에서 분류하는 신민요 항을 첨가하여 3분법을 사용하고자 한다. 이
것은 본 논문의 대상 자료에 수록된 악곡에는 이들 모든 내용을 포함
하고 있기 때문이다. 둘째, 한국의 지역적 특징을 나타내는 토리권에
의한 분류를 따를 것이다. 왜냐하면 본 논문에서는 조선족 민요의 음
조직 분석을 통해 토리를 밝히고, 토리 사용 특징에 따른 조선족 민요
의 전승과 변용의 양상을 밝히는 데 유용하기 때문이다. 셋째, 본 논
문에서는 김남호와 정준갑의 민요 분류에 따라 단가・잡가(장잡가 포
함)・판소리대목을 조선족 민요의 범주에 포함시킬 것이다. 그것은 이
들 노래는 모두 직업적인 소리꾼에 의해 불려지는 것으로서 통속민요
의 범주에 포함시킬 수 있다고 보기 때문이다.

3. 조선족 민요의 전승현황

조선족 민요의 전승현황은 『집성』 자료를 바탕으로 향토민요, 통속
민요, 신민요 등 세 유형으로 나누어 살펴보고자 한다.

1) 향토민요의 전승현황

『집성』 자료집의 노동가요・서정가요・서사가요・종교의식가요・아
동가요 중에서 향토민요에 속하는 악곡을 기능에 따라 노동요・의식요
・유희요로 분류하여 정리하면 다음의 [표 6][64]과 같다.

---

64) 민요의 장르와 기능별 분류방법은 다음의 글을 참조하였다. 강등학, 「민요의

[표 6] 향토민요의 기능별 분류 및 악곡수

분류명		악곡명	악곡수	총 악곡수
노동요	농산노동요	모찌는소리, 모심는소리, 논김매는소리 등	28	103곡
	수산노동요	출항가, 어부의노래, 배노래 등	17	
	임산노동요	산집재소리, 목도소리, 산운재소리 등	11	
	공산노동요	방아타령, 방아찧는소리, 물레방아 등	28	
	토건노동요	일소리, 가래질소리, 다대기메기는소리 등	7	
	상업노동요	장사타령, 화장품타령, 엿장사타령 등	8	
	가사노동요	자장가, 애기사랑가, 둥게둥게 등	4	
의식요	기원의식요	지신풀이, 지신밟기, 고사반소리	3	13곡
	벽사의식요	성주풀이, 성주엮음, 회심곡 등	5	
	통과의식요	혼례식가, 상여소리, 황천가 등	5	
유희요	동작유희요	널뛰기, 추석놀이, 치나칭칭나네 등	7	82곡
	언어유희요	구구풀이, 화토풀이, 달풀이 등	6	
	가창유희요	농부가, 농사타령, 시집살이, 등	69	

위의 [표 6]을 통해 조선족 사회에 전승된 향토민요의 현황을 살펴
보면 다음과 같다.

첫째, 노동요에는 농산노동요(農産勞動謠), 수산노동요(水産勞動謠), 임
산노동요(林山勞動謠), 공산노동요(工産勞動謠), 토건노동요(土建勞動謠),
상업노동요(商業勞動謠), 가사노동요(家事勞動謠)가 있으나, 축산노동
요(畜産勞動謠), 운수노동요(運輸勞動謠), 광산노동요(鑛産勞動謠) 등
은 수록되지 않았다. 농산노동요 중에는 논농사요[水田謠]와 밭농사요
[旱田謠]가 있는데, 논농사요에는 물푸는 소리(드레소리)[搖水謠], 모찌
는 소리[把苗謠], 모심는 소리(모심기소리)[挿秧謠], 논김매는 소리[除
草謠], 벼치는 소리[打稻謠]가 있고, 그 외 논가는 소리[耕田謠]나 새

이해」, 『한국 구비문학의 이해』(한국 서울: 월인출판사, 2000), 213~236쪽.

쫓는 소리[除鳥謠] 등은 나타나 있지 않다. 밭농사요에는 밭가리소리 (쇠스랑소리)[犁田謠], 호미소리[鋤頭謠], 도리깨소리(도리깨타령, 보리 타작)[打倉謠] 등이 있고, 밭밟는 소리[踏地謠]나 보리베는 소리[割麥 謠] 등은 없다.

수산노동요에는 고기잡이요[捕漁謠]가 많은 반면에 해물채취요(海物 採取謠)나 염전작업요(鹽田作業謠)는 나타나 있지 않다. 그것은 연변 의 지리적 위치와 연관된다고 생각된다. 즉 연변에는 바다가 없기 때 문일 것이다. 임산노동요 중에는 목재생산요(木材生産謠)가 많은데 비 해 임산물채취요(林産物採取謠)는 적게 나타난다. 공산노동요는 제분 정미요(製粉精米謠), 길쌈요[紡織謠], 야장요(冶匠謠)가 있고, 관망제조 요(冠網製造謠)와 삭망제조요(索網製造謠)는 나타나지 않는다. 토건노 동요는 토목요(土木謠)와 건축요(建築謠)가 골고루 나타나며, 상업노동 요는 호객요(呼客謠)만 있고 산술요(算術謠)는 없다. 가사노동요에는 양육요(養育謠)가 있고 살림요는 없다.

둘째, 의식요(儀式謠)는 악곡의 수가 많지 않지만 세 가지 유형인 기원의식요(祈願儀式謠), 벽사의식요(辟邪儀式謠), 통과의식요(通過儀 式謠)로 나타난다. 기원의식요에는 안녕기원요(安寧祈願謠)만 나타나고 풍요기원요(豊饒祈願謠)와 탐색기원요(探索祈願謠)는 없다. 그리고 벽 사의식요에는 축귀요(逐鬼謠)만 있고 축화요(祝花謠)와 축질요(祝疾謠) 는 없다. 통과의식요에는 결혼요(結婚謠)와 장례요(葬禮謠)가 있고 수 연요(壽宴謠)는 나타나지 않는다.

셋째, 유희요 중에는 가창유희요(歌唱遊戱謠)가 가장 많이 나타나고 동작유희요(動作遊戱謠)와 언어유희요(言語遊戱謠)는 가창유희요에 비 하여 적게 나타난다. 기타 놀림유희요[玩弄遊戱謠]나 자연물상대유희

요(自然物相對遊戱謠) 등은 나타나있지 않다. 가창유희요에는 비기능
창곡요(非技能唱曲謠)와 비기능사설요(非技能辭說謠)[65]가 많이 나타난
다.

위의 [표 6]에 나타난 향토민요는 『집성』 자료집에서 채록된 날짜를
밝히고 있지 않기에 그것이 언제 어디서 어떻게 불려졌는지를 확인할
수 없다. 다만 이 『집성』 자료집은 1961년에 현지조사를 통해 제1차
수집을 시작하였고, 1979년에 다시 수집, 정리한 것이므로 그 전승현
황을 엿볼 수 있을 것이다. 이와 관련하여 다음과 같은 몇몇 창자에
대한 자료를 부언하고자 한다.

1982년 6월에 펴낸 『집성』 자료집의 후기에는 노래를 불러준 조종
주, 김말순, 유준선, 김문자, 우제강, 신인순, 구룡환, 김경모, 이복례,
신철, 강성기 등 민간예인들에게 깊은 사의를 드린다고 적혀 있다.[66]
그 중 조종주, 김문자, 신옥화, 우제강 등 민간예인들의 활동경력을
『조선민족음악가사전』[67]을 통해 살펴보면 다음과 같다.

조종주(1914~1993) : 중국 민요가수. 1914년 7월 21일 조선 평
안북도 순천시에서 출생. 1993년 7월 2일 연길에서 사망. 1943년
중국 길림성 안도현 복홍향에 이주. 1958년 연길현 민간예인 대표
로 연변 제1차 민간예인가수대회에 참가하여 <물레타령>, <배노

---

65) 비기능창곡요와 비기능사설요는 각각 가창유희요로 부르는 창곡단위요와 사설
　　단위요를 말한다.(金惠貞, 「女性民謠의 音樂的 存在樣相과 傳承原理」, 한국
　　성남: 韓國精神文化硏究院 韓國學大學院 博士學位論文, 2003, 18쪽)

66) 吉林省編輯委員會, 『中國民間歌曲集成』(吉林省 卷)(中國 延吉: 吉林省文化
　　局·中國音樂家協會吉林分會, 1982), 907쪽.

67) 金德均·金得淸 主編, 『조선민족음악가사전』(상)(中國 延吉: 연변대학출판사,
　　1998)

래>, <수심가엮음> 등 많은 민요를 불러 해당 부문의 표양을 받는
다. 1962년 연변 제2차 민간예인콩쿨을 계기로 1963년 연변가무단
민요교원으로 초빙된다. 1979년 전국소수민족 민간가수대회에 참가
하여 <목도소리>, <풍구타령> 등 민요를 불러 수도관중들과 음악
계의 호평을 받는다.

우제강(1899~1981) : 중국 저명한 민간예인. 1899년 11월 22일
조선 함경북도 웅기군 웅기면에서 출생. 1944년 길림성 왕청현 대
흥구에 이주하여 양봉으로 생계를 유지해 오다가 1958년과 1963
년에 있은 연변민간예인가수콩쿨에 참가하여 수십 수의 민요와 서
도잡가를 불러 그의 출중한 가창재질이 널리 알려진다. 1964년부터
퇴직할 때까지 연변가무단에 초빙되어 민요성악교원으로, 가수로
활약한다. 1981년 82세에 연길에서 병으로 사망하였다.

김문자(1908~1967) : 여, 중국 민간예인. 1908년 2월 22일 조선
황해도 해주에서 출생. 1967년 7월 연길에서 사망. 1921년 조선
황해도 해주예기학교를 졸업. 1941년 중국 요녕성 심양시에 이주.
1958년 9월부터 연변예술학교 민족성악교원으로 있으면서 <가사>,
<가곡>, <시조> 등 정악을 많이 불렀음. 그는 연변민족성악의 창
시자의 한 사람으로서 중국 조선족 제2대 민족성악 인재양성에 중
대한 기여를 하였음.

신옥화 : 여, 중국 저명한 민요가수, 교육가. 1919년 조선 전라북
도 전주군에서 출생. 1944년 중국 흑룡강성 목단강시로 이주한다.
1956년 연변가무단에 초빙되어 배우들에게 민요와 판소리 등 전통
음악을 전수한다. 1957년 연변예술학교 성립과 더불어 학교의 민족
성악교원으로 활동한다. 1958년과 1963년에 있은 연변조선족자치
주 민간가수콩쿨, 1979년에 있은 전주 민간가수대회에 참가. 1962~
1964년 연변창극연구소에서 창극 <춘향전> 중 춘향역을 담당하여
연변 각지 순회공연에 참가한다. 1983년 1월 7일 연변예술집성판공
실과 연변예술학원 예술연구소의 연합으로 열린 '신옥화여사 예술
생애 60돐기념 가창모임'에서 청량한 목청으로 <춘향전>을 장장

네 시간이나 1막부터 6막까지 빠짐없이 대사를 엮고 춤을 추며 장
고까지 치고 노래를 불러 모임 참가자들의 경탄을 자아냈다.

위에서 살펴 본 바와 같이 향토민요는 중국이 건립된 후 이주 제1
세대에 의해 1950년대부터 1980년대까지 계속되었음을 알 수 있다.
위의 몇몇 전문가들에 의해 불려진 이들 민요는 실제 노동현장에서 언
제까지 연행되었는지는 파악하기 어렵다. 중국은 1978년에 전국적으로
'이앙기[揷秧機]'68) 등 기계화의 농사법이 도입되기 시작한다. 그러므
로 1978년 이전까지는 노동현장에서 논농사요가 불려졌을 것으로 추
정된다. 1966년부터 1976년, 문화대혁명시기에는 민요 발굴사업이 중
단되었고 각종 민요부르기 대회도 열리지 못하였다. 즉 문화대혁명 10
년 동안은 민요가 침체기를 맞았다고 말할 수 있다. 하지만 1980년대,
개혁개방시기에 들어서면서 정치, 경제, 문화 등 여러 면에서 새로운
변화를 가져오게 된다. 따라서 민요 발굴 사업도 다시 시작하게 되지
만 노동요와 같은 노래들은 이미 노동현장을 떠나서 불려지고 있기에
기능적 변화를 가져오게 된다. 지금에 와서는 예술기관인 연변가무단,
연길시 조선족예술단 등 공연단체와 연변대학예술학원 등 교육단체에
서 전통을 보존하고 후대들을 교육 양성하는 차원에서 향토민요의 명
맥을 이어가고 있다.

2) 통속민요의 전승현황

1910년 한일합방 이후 일본의 축음기회사가 한반도에 들어오면서부

---

68) 鎭江農業機械學院 主編,『農業機械學』(上)(中國 北京: 中國農業機械出版社,
1981), 214쪽.

터 전문가들에 의한 노래들이 녹음되기 시작한다. 따라서 일상생활 속에서 부르던 많은 향토민요 중에서 유행성이 강하고 잘 다듬어진 노래들은 전문 소리꾼에 의해 음향으로 축적되어 지역적 제한을 받지 않고 널리 전파되기 시작하였다. 즉 축음기회사의 진출로 인하여 향토민요와 통속민요는 양분되어갔다. 그 후 1927년에 개시한 경성방송국 라디오방송에서는 더욱더 많은 통속민요를 한반도에 전파시킨다.

노재명[69]의 글에 의하면 이 시기에 일본 빅타음반회사에서 녹음을 남긴 경서도 명창은 박춘재, 문영수, 김종조, 민형식, 최섬홍, 백운선, 구재회, 김능사, 신해중월, 표연월, 김추월, 이영산홍, 장금화, 길진홍, 조모란, 김연옥, 박농옥, 박월정, 김인숙, 김옥엽, 장학선, 이정렬, 김주호, 김순홍, 이금옥, 손진홍, 김춘홍, 김란홍, 김부용, 신옥도, 김채운, 곽옥옥, 곽경옥, 곽명월, 전경희, 김진명, 고연옥, 김옥진, 손금홍, 이진홍, 송금선, 유선화, 정유색, 조기탁, 이원녀, 김향란 등이 있다고 한다. 이처럼 많은 명창들이 부른 통속민요가 음반에 취입되어 유통되었다는 사실은 통속민요가 이미 향토민요와 분리되어 대중적 지향을 띤 음악문화의 한 장르가 되었음을 시사한다.

이런 통속민요는 1910년을 계기로 직접 전문소리꾼에 의해 전파되기도 하고 방송매체 또는 SP음반을 통해서 조선족 사회에 유입되었다고 본다. 『집성』 자료집에 수록된 통속민요를 정리하면 다음의 [표 7]과 같다.

---

69) 노재명, "20세기 한국 음반100년사 — 유성기음반과 장시간음반시대를 중심으로(3)"(http://www.hearkorea.com)

[표 7] 통속민요의 소재별 유형 및 악곡수

소재	유형	악곡명	악곡수	총 악곡수
서정성	아리랑	아리랑, 밀양아리랑, 경상도아리랑 등	19	109곡
	잡가	제비가, 놀량, 관산융마 등	12	
	타령	몽금포타령, 뽕타령, 까투리타령 등	44	
	기타	풍년가, 도라지, 양산도 등	24	
서사성	단가	단가, 별조단가, 함평천지 등	3	12곡
	판소리대목	농부가, 방아타령, 산천초목 등	4	
	장잡가	제비가, 유산가, 새타령 등	5	

3) 신민요의 전승현황

신민요는 말 그대로 새로운 민요를 말하며 민요와 대칭되는 용어로 간주된다. 본 논문에서는 『집성』에 수록된 작사, 작곡자를 밝힐 수 있는 신민요만 다룰 것이다. 또한 작사자만 밝혀지고 작곡자가 밝혀지지 않은 것은 신민요로 취급하지 않는다. 그것은 많은 민요가 그러하듯이 같은 선율에 다른 가사를 얹어 부르는 것은 같은 유형으로 보아야 한다고 생각되기 때문이다.

신민요는 일제지배의 1930년대부터 생성된다[70]. 그것은 이 시기부터 작사, 작곡자가 밝혀지기 때문이다. 이런 신민요는 통속민요와 마찬가지로 조선족 사회에 널리 유행한다. 최순덕[71]은 30년대에 생성된

---

[70] "우리나라의 신민요는 일본의 신민요 운동과 음반 산업의 영향으로 1930년대를 기점으로 활발히 창작되었다. 물론 1930년대 이전에도 문학적인 측면에서 신민요들은 계속 지어졌으나 민요다운 선율과 신민요의 가사가 결합하여 방송과 음반으로 보급되어 정착하기 시작한 것은 1930년대이다."(이진원, 「新民謠 研究(1)」, 『韓國音盤學』제7호, 한국 서울: 韓國古音盤研究會, 1997, 397쪽)

[71] 최순덕, 「음악사」, 『예술사』(한국 서울: 서울대학교 출판부, 1994), 111쪽.

신민요를 다음과 같이 설명하고 있다.

　　1933년 6월 5일부 「조선일보」에는 "축음기소리판을 검열하는
레코드취제규칙을 오늘부터 실시한다"는 기사가 실렸는데 그 내용
은 레코드를 수입하여 판매할 때에는 반드시 10일 전에 경찰서를
경유하여 총독부의 검열과 인가를 받아야 한다는 것이었다. 이렇게
하여 '레코드 공포시대'를 조성했는데 1933년 6월부터 1935년에
이르는 기간에 <아리랑>, <방아타령>을 비롯한 44종의 레코드가
'치안방해'로, <신고산타령>, <닐니리야>, <배타령>을 비롯한 45종
의 레코드가 '풍기문란'이란 명목하에 판매금지당하였다. 이런 시기
에 조선의 양심 있는 작곡가들은 왜놈들의 눈을 피하여 가면서 조
선민요적 색깔이 짙은 서정적 유형의 가요들을 창작하였다.

　　1930년 윤석준 작사·문호월 작곡 <봄맞이>, 1932년 구환희 작
사·김준영 작곡 <청춘타령>, 1933년 유도순 작사·김준영 작곡
<처녀총각>, 1934년 문호월 작곡 <노들강변>, 왕평 작사·현석기
작곡 <조선팔경가>, 1935년 공사일 작사·현석기 작곡 <강남아리
랑>, 반야월 작사·김용환 작곡 <장기타령>, 1936년 석림 작사
<봄노래>, 1937년 문호월 작곡 <앞강물>, 1938년 문호월 작곡
<꼴망태목동>, 1939년 현석기 작곡 <장모님전상서>, 1940년 반야
월 작사·김교성 작곡 <능수버들>, 김용환 작사·작곡 <노다지타
령>, 김령파 작곡 <뽕따러가세>, 1941년 추양 작사·김영파 작곡인
<임전화풀이>, 리명상 작곡 <울산타령> 등 신민요들이 선후로 세
상에 나타났다.[72]

위에서 열거한 30년대의 신민요 창작 연도는 다음의 [표 8]과 같다.

---

72) 최순덕 앞의 글에서 구환희는 구완희로, 리명상은 리면상으로, 윤석준은 윤석
　　중으로, 현석기는 형석기로, <꼴망태목동>은 김용환 작곡으로 정정한다.

[표 8] 신민요 창작 연도

곡명(작사, 작곡)	연 도	곡명(작사, 작곡)	연 도
봄맞이(윤석중, 문호월)	1930년	앞강물(미상, 문호월)	1937년
청춘타령(구환희, 김준영)	1932년	꼴망태목동(추미림, 김용환)	1938년
처녀총각(유도순, 김준영)	1933년	장모님전상서(미상, 형석기)	1939년
노들강변(신불출, 문호월)	1934년	능수버들(반야월, 김교성)	1940년
조선팔경가(왕평, 형석기)	1934년	노다지타령(김용환, 김용환)	1940년
강남아리랑(공사일, 형석기)	1935년	뽕따러가세(미상, 김령파)	1940년
장기타령(반야월, 김용환)	1935년	임전화풀이(추양, 김영파)	1941년
봄노래(석림, 미상)	1936년	울산타령(조령출, 리면상)	1941년

앞에서 언급한 것처럼 『집성』 자료집에는 향토민요나 통속민요는 물론이고 신민요도 따로 분류되어 있지 않을 뿐만 아니라, 신민요의 작사, 작곡자를 밝히지 않았다. 따라서 필자는 위의 최순덕 글에서 밝힌 신민요 16곡을 참조하여 『집성』 자료집에서 상응하는 <강남아리랑>, <노들강변>, <장이야군야>, <팔경가> 등 4곡의 신민요를 찾을 수 있었다. 나머지 12곡은 『민요곡집』73)과 기타 한국 민요곡집에서 찾아냈지만 본 논문의 대상 자료가 아니므로 여기서는 언급하지 않는다.

위 4곡의 작사, 작곡가 및 창작 연도를 나타내면 다음의 [표 9]와 같다.

---

73) 『민요곡집』에 수록된 신민요는 다음과 같다. <어화우리농민들아>(조령출 사, 정사인 곡), <산천가>(주영섭 사·김진명 곡), <조선팔경가>(왕평 사·형석기 곡), <뽕따러가세>(반야월 사·김용환 곡), <장기타령>(김용환 사·김용환 곡), <봄타령>(구완서 사·김준영 곡), <능수버들>(김교성 곡), <노들강변>(신불출 사·문호월 곡), <양양팔경가>(조령출 사·김용환 곡) (중국음악가협회 연변분회 편집, 『민요곡집』, 中國 延吉: 연변인민출판사, 1982)

[표 9] 신민요 작사, 작곡자 및 창작 연도

악곡명	작사, 작곡	연도
강남아리랑	공사일, 형석기	1935
노들강변	신불출, 문호월	1934
장이야군야	반야월, 김용환	1935
팔경가	왕 평, 형석기	1934

위의 [표 9]에는 신민요 4곡만 나타나지만, 『집성』과 같은 해에 출판된 『민요곡집』에는 10여 곡이 더 나타남을 알 수 있다. 신민요는 전문인 작곡자에 의해 창작되기에 수적으로는 많이 전승되지 않았지만 통속민요와 마찬가지로 조선족 사회에서 널리 불리고 있다. 특히 현재도 <노들강변>이나 <팔경가>는 통속민요인 <아리랑>, <도라지>와 마찬가지로 오락 장소나 춤판에서 많이 불리며, 조선족은 물론 대부분 한족들까지도 선율을 흥얼거릴 줄 알고 있다.

III.

조선족 민요의
음조직 분석 및
음악적 특징

이 장에서는 『집성』 자료집의 악곡을 대상으로 조선족 민요의 음조
직 분석과 토리양상의 분석을 통해 조선족 민요의 음악적 특징을 살펴
보려고 한다. 먼저 조선족의 향토민요, 통속민요, 신민요의 음조직 분
석을 통해 조선족 민요의 전체적인 토리를 밝히고, 다음으로 이들 토
리 양상의 분석을 바탕으로 조선족 민요의 전승양상을 기능과 지역별
로 고찰하고자 한다.

1. 조선족 민요의 음조직 분석

1) 향토민요의 음조직

(1) 노동요

앞에서 언급한 것처럼 『집성』 자료집의 노동요는 크게 농산노동요,
수산노동요, 임산노동요, 공산노동요, 토건노동요, 상업노동요, 가사노
동요 등 7개 부분으로 분류된다. 그 중 농산노동요는 논농사요와 밭농
사요로 분류되고, 임산노동요는 목재생산요와 임산물채취요로, 공산노
동요는 제분정미요와 길쌈요 및 야장요로, 토건노동요는 토목요와 건
축요로 세분된다.

이 장에서는 악곡의 기능에 따라 어떤 음조직을 사용하고 있는지
살펴보려고 한다. 악곡의 음조직을 살펴보기 위해 먼저 노동요의 악곡
을 종지음74)에 따라 분류한 다음, 이들 악곡의 음조직을 분석할 것이
다. 노동요에 해당하는 악곡들을 각 종지음별로 나타내면 다음의 [표

10]과 같다.

[표 10] 노동요 악곡의 종지음별 분류 및 악곡수

종지음	악곡명	소 계
도	호미소리, 드레소리, 가래질소리 등	15
레	산운재소리, 논김매는소리, 도리깨소리 등	7
미	밭가리소리, 풍구타령, 노젖는소리 등	27
솔	호미소리, 쇠스랑소리, 엿장사타령 등	15
라	옹헤야, 목도소리, 그물당기는소리 등	39
합 계		103

① <도> 종지음에 의한 악곡의 음조직 분석

<도>로 종지하는 악곡의 구성음을 살펴보면 다음의 [표 11][75)과 같다.

다음의 [표 11]에서 <도> 종지음으로 된 악곡은 구성음에 의해 네 개의 기본유형으로 나눌 수 있다. 첫째형은 구성음이 <솔 라 도′ 레′ 미′>로 된 것이고, 둘째형은 <미 솔 라 도′ 레′>로, 셋째형은 <레 미 솔 라 도′ 레′ 미′>로, 넷째형은 <라 도′ 레′ 미′>로 된 것이다.

---

74) 종지음은 단순히 마지막 끝나는 음으로 보지 않고 악곡의 전반을 맺는 음을 말한다. 종지음은 흔히 강박의 위치에 놓이며 비교적 긴 시가를 나타낸다. 따라서 짧은 시가를 나타내면서 한 음에서 다른 음으로 흘러 내리는 음 또는 끌어 올리는 음 등은 종지음이 되지 않는다.

75) 악곡의 구성음은 낮은 음부터 높은 음에로 나열하고 상행과 하행이 같은 것은 상행만 적고, 하행이 다르게 나타날 때에는 팔호 안에 표기한다.(이하 동)

[표 11] 〈도〉 종지음으로 된 악곡의 음조직 분석

종지음	번호	페이지	악곡명	구성음(하행)
도	1	38	호미소리	솔 라 도′ 레′ 미′
	2	51	드레소리	솔 라 도′ 레′ 미′
	3	57	가래질소리	솔 라 도′ 레′ 미′
	4	84	대목타령	솔 라 도′ 레′ 미′
	5	21	밭가리소리	솔 라 도′ 레′ 미′ 솔′ 라′
	6	150	방아타령	솔 라 도′ 레′ 미′ 솔′ 라′
	7	32	호미타령	솔 라 도′ 레′ 미′ 솔′ 라′ 도″
	8	171	베틀가	솔 라 도′ 레′ 미′ 솔′ 라′ 도″
	9	464	엿장사타령	솔 도′ 레′ 미′ 솔′ ′
	10	68	잦은목도소리	미 솔 라 도′ 레′
	11	461	엿장사타령	미 솔 라 시 도′ 레′ 미′
	12	155	자진방아타령	미 라 도′ 레′ 미′ 솔′
	13	34	호미타령	레 미 솔 라 도′ 레′ 미′
	14	153	자진방아타령	레 솔 라 도′ 레′ 미′
	15	65	산집재소리	라 도′ 레′ 미′

첫째형에 속하는 악곡은 9곡이다. 위의 [표 11]의 번호 1번부터 4번까지 악곡은 기본형으로 되었고, 번호 5번부터 8번까지 악곡은 기본형의 확장형으로 되었고, 번호 9번 악곡은 기본형에서 <라> 한 음이 빠진 것으로 변화형으로 되었다.[76] 토리의 기본형과 변화형, 혼합형을

---

76) 각 토리의 기본형은 다음과 같다.
　진경토리(정격 솔선법) : <솔-라-도′-레′-미′>
　반경토리(정격 라선법) : <라-도′-레′-미′-솔′>
　수심가토리(정격 레선법) : <레-미-솔-라-도′>
　육자백이토리(변격 라선법) : <미-라-도′-레′-미′ / 미′-레′-도′-시-라-미>(상, 하
　행 다름)
　메나리토리(변격 라선법) : <미-라-도′-레′-미′ / 미′-레′-도′-라-솔-미>(상, 하행
　다름) (김영운, 「韓國 民謠 旋法의 特徵-旣存 硏究 成果의 再解析을 中心으
　로-」, 『韓國音樂硏究』 第28輯 서울: 韓國國樂學會, 2000, 17~31쪽)

설명하면 다음과 같다. 옥타브 내의 음이 한 옥타브를 넘어서 위쪽으로 늘어난 음은 중복된 음으로서 토리의 성격을 변화시키지 않는다. 다만 음역이 확장될 뿐이다. 즉 옥타브 위쪽으로 같은 음이 확장된 것은 토리의 기본형에 속한다. 하지만 아래쪽으로 같은 음이 확장된 것은 변화형을 초래한다. 그 외 기본형 중의 어느 한 음이 빠지거나 기본형에 없는 음이 추가되면 토리의 변화형 또는 혼합형이 된다. 따라서 실제 악보를 예로 들면서 기본형(확장형 포함)과 변화형을 분석하고자 한다.

〈악보 1〉　　　　　　　호미소리 (번호 1)

<악보 1> 호미소리 악곡은 구성음이 <솔 라 도′ 레′ 미′>로 되었고,

위의 육자백이토리와 메나리토리는 하행 시에 각각 <시>, <솔>음이 출현하면서 특징을 나타낸다. 뿐만 아니라 육자백이토리의 <시>음은 상행 단2도 진행을 하지 않고, 메나리토리의 <솔>음은 상행 장2도 진행을 하지 않는다. (특수 경우 제외) 즉, 전자는 <도′-시-라, 도′-시-미>로, 후자는 <라-솔-미>로 특징을 나타낸다. 따라서 이들 토리에서는 한 개 옥타브 내의 <미>나 <레> 또는 이 두음이 다 생략되어도 그 특징에 손상을 주지 않으므로 <미-라-도′-레′/ 레′-도′-시-라-미>(미-라-도′-레′/ 레′-도′-라-솔-미)와 <미-라-도′/ 도′-시-라-미>(미-라-도′/ 도′-라-솔-미)도 각각 기본형으로 본다.

종지음이 <도>인 진경토리 변격 도선법이다. 악보에 표기한 제3~4마
디, 7~8마디, 11~12마디의 완전4도 상행진행은 변격선법의 종지형 특
징을 나타낸다. [표 11]에 나타난 번호 2번부터 4번까지 악곡도 이 악
곡과 같은 진경토리의 기본형으로 되었다.

<악보 2>　　　　　　　　　호미타령 (번호 7)

<악보 2> 호미타령 악곡은 구성음 <솔 라 도′ 레′ 미′ 솔′ 라′ 도″>
로 되었다. 그 중 <솔′ 라′ 도″> 세 음은 기본 구성음의 옥타브 위에
서 중복된 것이다. 이 세 음은 악곡의 음역을 넓혀주는 역할만 할 뿐
선율의 구조에 변화를 주지 않는다. 그러므로 이 악곡은 구성음 <솔
라 도′ 레′ 미′>의 기본형으로 볼 수 있다. [표 11]의 번호 8번은 이
악곡과 마찬가지로 <솔′ 라′ 도″> 세 음이 확장된 것이다. 같은 원리
로 번호 5~6번 악곡을 해석하면 <솔′ 라′> 두 음도 확장된 것임을 알
수 있다. 따라서 이들 4곡(번호 5~8번)은 기본형의 확장형으로 되었음

을 확인할 수 있다.

〈악보 3〉   엿장사타령 (번호 9)

상업노동요로 분류된 〈악보 3〉 엿장사타령 악곡은 구성음이 〈솔
도′ 레′ 미′ 솔′〉로 되었다. 그 중 〈솔′〉음은 옥타브 위의 중복된 것으
로 보기에 이 악곡의 선율 구조에는 영향을 주지 않는다고 말할 수
있다. 따라서 〈솔′〉음을 빼면 이 악곡은 〈라〉음이 없는 〈솔 도′ 레′
미′〉의 4음으로 구성된다. 즉, 진경토리 기본형에서 한 음이 빠진 것이
다. 따라서 이 악곡은 진경토리의 변화형으로 볼 수 있다.

둘째형에 속하는 악곡은 3곡이다([표 11]의 번호 10번부터 12번까
지). 이들 3곡은 각각 다른 선율 구조를 나타내는데, 이를 한 곡씩 살
펴보면 다음과 같다.

〈악보 4〉 잦은목도소리 악곡은 구성음 〈미 솔 라 도′ 레′〉로 되었
다. 악보에 표기된 것처럼 첫 두 마디의 〈도′-레′-도′-라-도′〉와 악곡 내
의 〈라〉음의 반복 진행 및 〈미-라〉의 상행 선율 진행은 메나리토리의
특징을 나타낸다고 볼 수 있다. 반면 제5~6마디의 〈도′-도′-라-솔-도′〉
의 선율 진행과 맺는 부분의 〈도′-도′-솔-도′-도〉의 종지형은 진경토리

변격 도선법의 특징을 나타낸다고 볼 수 있다. 따라서 이 악곡은 메나리토리와 진경토리가 혼합된 것으로 보인다.

〈악보 4〉   잦은목도소리 (번호 10)

〈악보 5〉 상업노동요로 분류된 엿장사타령 악곡은 구성음 〈미 솔 라 시 도′ 레′ 미′〉로 되었다. 그 중 〈미 솔 라〉와 〈시 도′ 레′ 미′〉로 구성된 음들은 각각 두 개의 선율 구조를 나타낸다. 〈악보 5〉에 표기된 곳을 살펴보면 전자는 〈솔-미-솔〉, 〈라-솔-미〉 등의 선율 진행으로

〈악보 5〉   엿장사타령 (번호 11)

나타나고, 후자는 <미′-레′-도′-시>의 하행 선율 진행으로 나타난다. 다시 말해서 이 악곡은 메나리토리의 특징을 나타내는 동시에 육자백이토리의 특징도 나타낸다고 보아진다. 따라서 이 악곡은 메나리토리와 육자백이토리가 혼합된 것으로 본다.

〈악보 6〉   자진방아타령 (번호 12)

<악보 6> 자진방아타령 악곡의 구성음은 <미 라 도′ 레′ 미′ 솔′>로 되었다. 그 중 넷째 마디의 넷째, 다섯째 박 두 음 <미>는 악곡의 최저음으로 단 한 번만 나타나며 앞뒤음과 옥타브관계로 동음반복을 하는 색채적인 선율음으로 볼 수 있다. 따라서 실제 이 악곡은 구성음 <라 도′ 레′ 미′ 솔′>로 된 반경토리로 볼 수 있다. 위의 악보에 표기한 제7~8마디의 선율 진행은 반경토리의 특징을 나타내는 부분이다. 반경토리는 흔히 <라>음으로 종지하지만, 여기서는 <도>음으로 맺는다. 이와 같이 최하위 음이 <미>로 된 것과 종지음이 <도>로 된 것 등을 보면 이 악곡은 반경토리의 변화형으로 되었다고 말할 수 있다.

셋째형에 속하는 악곡은 2곡이다([표 11]의 번호 13번과 14번).

<악보 7> 호미타령 악곡은 구성음 <레 미 솔 라 도′ 레′ 미′>로 되었다. 이것은 <레 미 솔 라 도′>와 <솔 라 도′ 레′ 미′>의 두 개가 겹

친 것으로 볼 수 있다. 즉, 수심가토리와 경토리가 혼합된 것으로 볼
수 있다. 악곡에서 수심가토리의 선율 특징을 나타내는 부분은 위의
악보에 표기된 제1, 2, 3, 6, 8마디와 장식음으로 된 <레-라-솔>과
<레-솔> 등의 선율 진행에서 찾아 볼 수 있다. 경토리의 선율 특징을
나타내는 부분은 제5, 7, 9마디에서 나타난다. 이들 특징 중에서 가장
두드러지게 나타나는 것은 수심가토리의 장식음 <레-라-솔>이라고 본
다. 이것이 이 악곡의 성격을 결정지어 준다고 말할 수 있다. 그러므
로 이 악곡은 최하위의 <레, 미> 두 음이 경토리에서 아래쪽으로 늘
어나면서 수심가토리의 성격을 나타낸 것으로 본다. 하지만 종지음은
<도>이므로 수심가토리의 변화형으로 본다. [표 11]의 번호 14번 악
곡도 이 악곡과 마찬가지로 경토리에서 아래쪽으로 <레>음이 늘어나
면서 수심가토리의 변화형으로 되었다.

〈악보 7〉   호미타령 (번호 13)

넷째형은 1곡으로 되었다([표 11]의 번호 15번).

<악보 8> 산집재소리 악곡은 구성음 <라 도′ 레′ 미′> 4음으로 되
었다. 이 악곡은 구성음으로만 보면 두 가지 토리에서 변화된 것으로
볼 수 있다. 하나는 진경토리 <솔 라 도′ 레′ 미′>에서 아래음 <솔>이

빠진 것으로 볼 수 있고, 다른 하나는 반경토리 <라 도′ 레′ 미′ 솔′>
에서 윗음 <솔′>이 빠진 것으로 볼 수 있다. 이 악곡의 선율 진행을
살펴보면 악보에 표기된 것처럼 <레′-미′-레′-도′-레′-도′>(제1~2마디),
<미′-레′-도′-라 도′-레′-도′>(제3~5마디), <레′-미′-레′-도′-레′-도′>(제9~10
마디)가 주로 나타난다. 여기서 악곡의 시작부분 제 1~2마디와 맺는
부분 제 9~10마디는 같은 선율형을 이룬다. 이런 선율 진행은 진경토
리에서는 잘 나타나지 않으며, 반경토리에서 자주 나타난다. 따라서 이
악곡은 반경토리의 변화형으로 본다.

〈악보 8〉　　　　　　　　산집재소리 (번호 15)

위에서 분석한 '도'음을 종지로 하는 악곡은 모두 15곡이다. 그 중
진경토리 기본형으로 된 악곡은 8곡이다([표 11]의 번호 1번부터 8번
까지). 기타 7곡은 각각 진경토리의 변화형 1곡(번호 9번), 반경토리의
변화형 2곡(번호 12번과 15번), 수심가토리의 변화형 2곡(번호 13번과
14번), 토리혼합형 2곡(번호 10번과 11번)으로 되었다.

② <레> 종지음에 의한 악곡의 음조직 분석
<레> 종지음에 의한 악곡의 구성음을 살펴보면 다음의 [표 12]와
같다.

[표 12] 〈레〉 종지음으로 된 악곡의 음조직 분석

종지음	번호	페이지	악곡명	구성음(하행)
레	1	69	산운재소리	레 솔 라 도′ 레′ 미′ 파′ 솔′ 라′
	2	133	잦은배따라기	레 미 파# 솔 라 시 도′ 레′ 미′
	3	26	논김매는소리	미 솔 라 도′ 레′ 미′
	4	41	도리깨소리	미 솔 라 도′ 레′ 미′
	5	63	다대기메기는소리	솔 라 도′ 레′ 미′ 솔′ 라′
	6	162	물레타령	솔 라 레′ 미′ 솔′
	7	103	어부의노래	라 도′ 레′ 미′ 파′ 솔′ 라′ 도″

위의 [표 12]에서 〈레〉 종지음으로 된 악곡은 구성음에 의해 네 개 형으로 나눌 수 있다. 첫째형은 구성음이 〈레 솔 라 도′ 레′ 미′ 파′ 솔′ 라′〉로 된 것과 〈레 미 파# 솔 라 시 도′ 레′ 미′〉로 된 것이고, 둘째형은 〈미 솔 라 도′ 레′ 미′〉로, 셋째형은 〈솔 라 도′ 레′ 미′ 솔′ 라′〉로, 넷째형은 〈라 도′ 레′ 미′ 파′ 솔′ 라′ 도″〉로 된 것이다.

첫째형에 속하는 악곡은 2곡이다([표 12]의 번호 1번과 2번).

〈악보 9〉 산운재소리 악곡은 구성음 〈레 솔 라 도′ 레′ 미′ 파′ 솔′ 라′〉로 되었다. 이 악곡은 경토리 〈솔 라 도′ 레′ 미′〉의 확장형으로 볼 수 있다. 위로는 〈파′ 솔′ 라′〉 세 음이 확장되었고 〈파′〉는 변화음으로 본다. 아래쪽으로는 〈레〉음이 늘어난 것이다. 위로 확장된 〈솔′ 라′〉 두 음은 옥타브의 중복된 음으로 악곡의 성격에 영향을 주지 않는다. 변화음 〈파′〉는 앞의 1~3마디에서만 음계식 진행 가운데서 나타나고 그 뒤로는 나타나지 않는다. 따라서 이 음은 중요하게 여기지 않아도 될 것 같다. 아래로 늘어난 〈레〉음은 매 두 마디를 단위로 마지

막 박자에 나타나면서 종지음 역할을 한다. 그러므로 이 악곡은 경토
리 기본형이 상하로 확장되어 수심가토리의 변화형에 이른 것으로 본
다. 위 [표 12]의 번호 2번 <잦은배따라기> 악곡도 이와 마찬가지로
수심가토리의 변형으로 되었다.

〈악보 9〉   산운재소리 (번호 1)

둘째형에 속하는 악곡은 2곡이다([표 12]의 번호 3번과 4번).

〈악보 10〉   논김매는소리 (번호 3)

<악보 10> 논김매는소리 악곡은 구성음 <미 솔 라 도′ 레′ 미′>로 되었다. 악보에 표기된 것처럼 전반 악곡에서 <라-레′>의 음정진행이 7번 나타난다. 즉 넷째 마디를 제외하고, 매번 두 마디를 단위로 두 번째 마디에서 규칙적으로 나타나면서 <레′>음을 강조한다. 악곡 중의 최하위 음 <미, 솔>은 제4마디에서 단 한 번만 나타난다. 그러므로 여기서는 <미>음이 강조되는 것이 아니라, 종지음 <레′>가 강조된 것임을 알 수 있다. 따라서 <레′>음으로 종지하는 수심가토리로 본다. 하지만 악곡의 최저음이 <레>가 아닌 점을 보아서 수심가토리의 변형으로 보고자 한다. [표 12]의 번호 4번 악곡도 이와 마찬가지로 수심가토리의 변형으로 되었다.

셋째형에 속하는 악곡은 2곡이다([표 12]의 번호 5번과 6번).

〈악보 11〉   다대기메기는소리 (번호 5)

<악보 11> 다대기메기는소리 악곡은 구성음 <솔 라 도′ 레′ 미′ 솔′ 라′>로 되었다. 악곡의 선율은 <솔′ 미′ 레′ 도′ 라 솔>의 하행 진행을

한 뒤에 <도′-레′>의 상행 진행을 하면서 레′음에서 맺는 것이 특징적
이다. 앞의 하행 선율형은 경토리로 볼 수 있고, 뒤의 맺는 종지음은
수심가토리의 성격을 띤다고 볼 수 있다. 따라서 이 악곡은 경토리와
수심가토리가 혼합된 것으로 볼 수 있다. [표 12]의 번호 6번 악곡도
경토리와 수심가토리의 혼합형으로 되었다.

넷째형에 속하는 악곡은 1곡이다([표 12]의 번호 7번).

〈악보 12〉 　　　　　　　어부의노래 (번호 7)

〈악보 12〉 어부의노래 악곡은 구성음 <라 도′ 레′ 미′ 파′ 솔′ 라′

도″ 레″>로 되었다. 그 중 <레″>음은 옥타브 위의 중복된 음이고, <라 도‵> 두 음은 아래쪽으로 늘어난 것으로 본다. 이렇게 볼 때 이 악곡의 구성음은 <레‵ 미‵ 파‵ 솔‵ 라‵ 도″>가 된다. 즉 이 악곡은 수심가토리가 양쪽으로 확장된 것으로 볼 수 있다. 종지음은 <레‵>이고 수심가토리의 변화형으로 본다.

위에서 분석한 ‘레’음을 종지로 하는 악곡은 모두 7곡이다. 그 중 수심가토리의 변화형은 5곡이고([표 12]의 번호 1부터 4번까지와 번호 7번), 경토리와 수심가토리의 혼합형으로 된 악곡은 2곡이다(번호 5번과 6번).

③ <미> 종지음에 의한 악곡의 음조직 분석

<미> 종지음에 의한 악곡의 구성음을 살펴보면 다음의 [표 13]과 같다.

[표 13] 〈미〉 종지음으로 된 악곡의 음조직 분석

종지음	번호	페이지	악곡명	구성음(하행)
미	1	18	밭가리소리	미 라 도‵ 레‵ 미‵ (미‵ 레‵ 도‵ 라 솔 미)
	2	20	밭가리소리	미 라 도‵ 레‵ 미‵ (미‵ 레‵ 도‵ 라 솔 미)
	3	91	풍구타령	미 라 도‵ 레‵ 미‵ (미‵ 레‵ 도‵ 라 솔 미)
	4	97	풍구타령	미 라 도‵ 레‵ 미‵ (미‵ 레‵ 도‵ 라 솔 미)
	5	99	풀무타령	미 라 도‵ 레‵ 미‵ (미‵ 레‵ 도‵ 라 솔 미)
	6	101	출항가	미 라 도‵ 레‵ 미‵ (미‵ 레‵ 도‵ 라 솔 미)
	7	123	노젓는소리	미 라 도‵ 레‵ 미‵ (미‵ 레‵ 도‵ 라 솔 미)
	8	127	고기푸는소리	미 라 도‵ 레‵ 미‵ (미‵ 레‵ 도‵ 라 솔 미)
	9	128	원포귀범	미 라 도‵ 레‵ 미‵ (미‵ 레‵ 도‵ 라 솔 미)
	10	166	물레타령	미 라 도‵ 레‵ 미‵ (미‵ 레‵ 도‵ 라 솔 미)
	11	109	배소리	미 라 도‵ 레‵ (레‵ 도‵ 라 솔 미)

	12	117	배띠워라	미 라 도′ 레′	(레′ 도′ 라 솔 미)
	13	384	둥게타령	미 라 도′ 레′	(레′ 도′ 라 솔 미)
	14	463	엿장사타령	미 라 도′ 레′	(레′ 도′ 라 솔 미)
	15	172	베틀노래	미 라 도′	(도′ 라 솔 미)
	16	443	장사타령	미 라 도′	(도′ 라 솔 미)
	17	74	지게소리	미 라 도′ 레′ 미′	(미′ 레′ 도′ 라 솔# 미)
	18	22	모찌는소리	미 라 도′ 레′	(레′ 도′ 라 솔# 미)
미	19	23	모심는소리	미 라 도′ 레′	(레′ 도′ 라 솔# 미)
	20	29	벼치는소리	미 라 도′ 레′	(레′ 도′ 라 솔# 미)
	21	42	보리타작	미 라 도′ 레′	(레′ 도′ 라 솔# 미)
	22	76	어사영	미 라 도′ 레′	(레′ 도′ 라 솔# 미)
	23	58	가래질소리	미 라 도′	(도′ 라 솔# 미)
	24	86	단허리	미 라 도′ 미′	(미′ 도′ 시 라 미)
	25	64	남포질소리	미 라 도′ 레′ 미′	(미′ 레′ 도′ 시 라 솔 미)
	26	446	장사타령	미 라 도′ 레′ 미′	(미′ 레′ 도′ 시 라 솔 미)
	27	383	둥게둥게	도 미 솔 라 도′	(도′ 시 라 미)

위의 [표 13]에 나타난 <미> 종지음으로 된 악곡은 구성음에 따라 다섯 가지 형으로 나눌 수 있다. 첫째형은 16곡(위표 번호 1번부터 16번까지), 둘째형은 7곡(번호 17번부터 23번까지), 셋째형은 1곡(번호 24번), 넷째형은 2곡(번호 25번과 26번), 다섯째형은 1곡(번호 27번) 이다.

첫째형은 16곡이다([표 13]의 번호 1번부터 16번까지).

<악보 13> 밭가리소리 악곡은 상하행이 <미 라 도′ 레′ 미′/ 미′ 레′ 도′ 라 솔 미>로 된 메나리토리이다. 종지음은 <미>이고 정격 미선법 이다. 악곡의 제6마디에 나타난 <솔#>음은 그 앞의 음 <라>에서 흘 러내리는 것으로 본다. 즉 가사의 '다'자에 <라-솔#>으로 표기된 것은

〈악보 13〉 **밭가리소리 (번호 1)**

<라>음의 흘러내리는 연장으로 보아야 할 것이다. 이와 같은 형이 제13마디의 가사 '나'에 붙은 <라>음에는 흘러내리는 표기가 되어 있다. 따라서 이 악곡에서는 <솔#>음으로 표기된 것은 제13, 19마디처럼 <라>음에 흘러내리는 표기가 있어야 한다고 본다.

<미> 종지음으로 된 기타 [표 13]의 번호 2번부터 16번 악곡은 이 악곡과 마찬가지로 모두 메나리토리로 정격 미선법으로 되었다. 그 중 [표 13]의 번호 11번부터 14번 악곡은 상하행에서 옥타브 음 <미′>가 나타나지 않고, 번호 15-16번 악곡은 상하행에서 각각 <레′ 미′>, <미′ 레′> 두 음이 나타나지 않는다. 하지만 이들 악곡은 모두 하행 시에 <라-솔-미>의 선율 진행을 하기에 앞에서 언급한 것처럼 메나리토리의

기본형에 속한다. 지금까지 설명한 것을 종합하면 [표 13]의 번호 1번
부터 16번까지의 악곡은 모두 메나리토리의 기본형으로 되었다.

　둘째형은 7곡이다([표 13]의 번호 17번부터 23번까지).

〈악보 14〉　　　　　　　　　지게소리 (번호 17)

　　〈악보 14〉 지게소리 악곡은 상하행이 〈미 라 도′ 레′ 미′/ 미′ 레′
도′ 라 솔# 미〉로 되었다. 그 중 〈솔#〉음이 〈솔〉로 되었다면 당연히
메나리토리의 기본형으로 보아야 할 것이다. 그러나 악보에 표기된 제
11, 15마디에 나타난 〈솔#〉음은 그 기능을 하는 것으로 보아진다. 왜
냐하면 메나리토리의 〈솔〉음은 흔히 앞뒤 〈라〉와 〈미〉음 사이에서
짧은 시가로 나타나는 것이 특징이다. 그러나 이 악곡에서는 〈라〉음에
서 〈솔#〉음 진행하여 비교적 긴 박으로 멈추고 그 다음 가야할 〈미〉
음으로 가지 않는다(11마디). 또한 그 다음 〈미〉음으로 진행 하더라도
〈솔#〉음은 비교적 강한 박에 놓이면서 강조되는 것이 특징적이다. 즉

통상 사용되는 <라-솔-미> 중에서 <솔>음은 짧은 시가로 약박의 위치에 놓인 것과는 다른 모습을 나타낸다. 또한 악곡의 제1마디에는 <도′-시-라>의 육자백이토리의 음형이 나타나고, 제2, 13마디에는 <라-솔-미>의 메나리토리 음형이 나타난다. 그러므로 이 악곡은 변화형으로 보아야 한다. 그 중 <도′-시-라>는 전반 악곡에서 단 한 번만 나오기에 육자백이토리가 섞인 것으로 보기는 무리인 것 같고, <라-솔-미>는 메나리토리의 기본형으로 본다. 이렇게 본다면 악곡 중의 <솔#>음은 변화된 음으로 볼 수 있을 것이다. 따라서 이 악곡은 메나리토리의 변화형으로 본다. 위의 악곡의 마지막 마디는 노래가 끝난 후 새 쫓는 소리를 모방한 것으로 보이므로 맺는 <도′>음은 종지음으로 보기 힘들다.

이와 같이 <솔#>음이 강박, 또는 비교적 강한 박으로 강조되는 예는 번호 18-23악곡에서도 마찬가지로 나타난다. 매 악곡에 나타난 <솔#>음이 강조된 대목을 예로 들면 다음의 <악보 15>와 같다.

<악보 15> <솔#>음이 강조된 예([표 13]의 번호 18번부터 23번까지) :

모찌는소리 (번호 18)

모찌는소리 악곡은 총 14마디로 되어 있다. 그 중 제2마디와 제13마디는 악보에 나타난 것처럼 <솔#>음이 강조된 부분이다. 그 외 제5, 9, 14마디는 제2마디와 같은 선율형으로 되었다.

모심는소리 (번호 19)

모심는소리 악곡은 총 16마디로 되어 있다. 그 중 악보에 나타난 제7-8마디에서는 제7마디의 <솔#>음이 강박에 놓여서 강조된다. 제13-14마디에서는 <솔#>음이 같은 시가로 나타나면서 강조된다. 제15-16마디는 제7-8마디와 같다.

벼치는소리 (번호 20)

벼치는소리 악곡은 총 13마디로 되었다. 그 중 악보에 나타난 제7, 8, 12, 13마디에서는 <솔#>음이 강조된다. 제11마디는 제7마디와 같게 나타난다. 제7마디의 <솔#>음은 비록 셋째 박의 약박에 놓였지만, 가사 '이야라이'의 '이'자에 붙음으로써 강조된다. 또한 제8마디의 <솔#>음은 가사 '이'자에 붙어서 긴 박으로 강조된다.

보리타작 (번호 21)

보리타작 악곡은 한 마디를 메기고 한 마디를 받는, 메기고 받는 형식으로 되었다. 악보에 표기된 것은 이 악곡의 받는 소리부분이다. 받는 소리는 악보에 표기된 것처럼 <라-솔#-미-미>로 되었다. 여기서 <솔#>음은 장식음으로 나타나지만, 가사 '헤'자에 붙어서 강조된다. 전체 악곡에서 이와 같은 받는 소리는 모두 19차 나타난다.

위의 악곡들과 마찬가지로 [표 13]의 번호 22번과 23번 악곡도 <솔#>음이 강조된다.

[표 13]의 번호 22번 <어사영>은 모두 100마디로 되었다. 그 중 제27, 31, 53, 66, 68, 70, 72, 73, 78, 84 등 마디에서 <솔#>이 강조된다. [표 13]의 번호 23번 <가래질소리>는 모두 10마디로 되었다. 그 중 제1, 4, 5, 8, 9 마디에서 <솔#>음이 강조된다.

이상의 분석을 통해 위의 7곡([표 13]의 번호 17번부터 23번)은 <솔#>음이 강조된 메나리토리의 변화형으로 보인다.

셋째형은 1곡이다([표 13]의 번호 24번).

〈악보 16〉   단허리 (번호 24)

<악보 16> 단허리 악곡은 상하행이 <미 라 도′ 미′/ 미′ 도′ 시 라 미>로 된 육자백이토리이다. 종지음은 <미>이고 정격 미선법이다. 앞에서 이미 언급한 바와 같이 상하행 시에 <레′>음은 출현하지 않지만, 육자백이토리의 특징을 나타내는 <도′ 시 라 미>의 하행진행은 변함이 없기에 육자백이토리의 기본형으로 본다. 악보에 표기된 부분을 참조하기 바란다.

넷째형은 2곡이다([표 13]의 번호 25번과 26번).

〈악보 17〉   남포질소리 (번호 25)

<악보 17> 남포질소리는 상하행이 <미 라 도′ 레′ 미′/ 미′ 레′ 도′ 시 라 솔 미>로 되었다. 악곡의 특징을 나타내는 하행진행은 두 개 부분으로 구성되었다. 하나는 육자백이토리의 <미′ 레′ 도′ 시 라 미>이고, 다른 하나는 메나리토리의 <미′ 레′ 도′ 라 솔 미>이다. 악보에 표기된 부분을 살펴보면 메나리토리의 특징은 제2, 6, 8, 16마디에서 <라-솔-미>의 하행진행으로 나타나고, 육자백이토리의 특징은 제3, 4,

5, 11, 13-14마디에서 <도′-시-라>의 하행진행에서 볼 수 있다. 따라서 이 악곡은 메나리토리와 육자백이토리가 혼합된 악곡으로 본다.

[표 13]의 번호 26번 악곡 <장사타령>은 위의 악곡과 마찬가지로 메나리토리와 육자백이토리가 혼합된 악곡이다.

다섯째형은 1곡이다([표 13]의 번호 27번).

〈악보 18〉   둥게둥게 (번호 27)

<악보 18> 둥게둥게 악곡은 상하행이 <도 미 솔 라 도′/ 도′ 시 라 미>로 되었다. 악곡의 전반부 6마디는 <도-미-솔-도′>의 4음으로 되었고, 후반부는 <도′ 시 라 미>의 4음으로 되었다. 전자는 서양식 장조에 속하는 것으로 보이며, 후자는 육자백이토리로 보인다. 따라서 이 악곡은 장조와 육자백이토리가 혼합된 것으로 볼 수 있다.

위에서 분석한 <미>를 종지로 하는 악곡은 모두 27곡이며 다섯 가지 형으로 나뉜다. 첫째형은 16곡([표 13]의 번호 1번부터 16번까지)이고 메나리토리의 기본형으로 되었다. 둘째형은 7곡(번호 17번부터 23번까지)이고 <솔#>음이 강조된 메나리토리의 변화형으로 되었다. 셋째형은 1곡(번호 24번)이고 육자백이토리의 기본형으로 되었다. 넷째

형은 2곡(번호 25번과 26번)이고 메나리토리와 육자백이토리의 혼합형
으로 되었다. 다섯째형은 1곡(번호 27번)이고 장조와 육자백이토리의
혼합형으로 되었다.

④ <솔> 종지음에 의한 악곡의 음조직 분석

<솔> 종지음에 의한 악곡의 구성음을 살펴보면 다음의 [표 14]와
같다.

[표 14] 〈솔〉 종지음으로 된 악곡의 음조직 분석

종지음	번호	페이지	악곡명	구성음(하행)
솔	1	35	호미소리	솔 라 도′ 레′ 미′
	2	53	쇠스랑소리	솔 라 도′ 레′ 미′
	3	458	엿장사타령	솔 라 도′ 레′ 미′
	4	50	물푸는소리	솔 라 도′ 레′ 미′ 솔′
	5	49	물푸는소리	솔 라 도′ 레′ 미′ 솔′ 라′
	6	96	풍구타령	솔 라 도′ 레′ 미′ 솔′ 라′
	7	146	방아타령	솔 라 도′ 레′ 미′ 솔′ 라′
	8	89	풍구타령	솔 라 도′ 레′ 미′ 솔′ 라′ 도″
	9	143	방아타령	솔 라 도′ 레′ 미′ 솔′ 라′ 도″
	10	36	호미소리	솔 도′ 레′ 미′
	11	144	방아타령	솔 도′ 레′ 미′ 솔′ 라′
	12	40	도리깨타령	레 미 솔 라 도′ 레′
	13	94	풍구타령	레 솔 라 레′ 미′ 솔′
	14	130	봉죽타령	레 솔 라 도′ 레′ 미′ 솔′
	15	30	호미타령	레 미 파 솔 라 시 도′ 레′ 미′ 솔′

위의 [표 14] <솔> 종지음으로 된 15곡은 번호 1번부터 9번까지,
번호 10번과 11번, 번호 12번부터 15번까지 등 세 가지 형으로 나눌
수 있다.

첫째형은 9곡으로 되었다([표 14]의 번호 1번부터 9번까지).

〈악보 19〉   호미소리 (번호 1)

　　　　　　　　　　　　　　　　　　　　　조종주 노래, 리황훈 채보

　　〈악보 19〉 호미소리 악곡은 구성음 〈솔 라 도′ 레′ 미′〉로 된 진경
토리이다. 종지음은 〈솔〉이고 정격 솔선법이다. 위 [표 14]의 번호 2
번과 3번은 이 악곡과 같은 구성음으로 된 정격 솔선법이다.

〈악보 20〉   방아타령 (번호 9)

　　　　　　　　　　　　　　　　　　　　　김말순 노래, 리황훈 채보

　　〈악보 20〉 방아타령 악곡은 구성음 〈솔 라 도′ 레′ 미′ 솔′ 라′ 도″〉

로 되었다. 그 중 <솔′, 라′, 도″> 세 음은 옥타브 위쪽으로 같은 음이 중복된 것이다. 이와 같이 위쪽으로 같은 음이 중복된 것은 악곡의 성격을 변화하지 않는다. 그러므로 역시 진경토리 기본형이 된다. [표 14]의 번호 4번부터 8번 악곡은 이 악곡과 마찬가지로 모두 옥타브 위쪽으로만 한 음, 두 음 또는 세 음이 확장된 것으로서 진경토리 기본형에 속한다. 첫째형의 9곡은 모두 진경토리 기본형으로 되었다.

둘째형은 2곡이다([표 14]의 번호 10번과 11번).

〈악보 21〉　　　　　　　　호미소리 (번호 10)

<악보 21> 호미소리 악곡은 구성음 <솔 도′ 레′ 미′>로 되었다. 5음이 고루 나타나는 진경토리 기본형에서 <라>음이 빠진 것으로 볼 수 있다. 앞에서 언급한 바와 같이 기본형에서 한 음이 빠지면 변화형이 된다. 따라서 이 악곡은 진경토리의 변화형으로 보게 된다.

〈악보 22〉　　　　　　　　방아타령 (번호 11)

<악보 22> 방아타령 악곡은 구성음 <솔 도′ 레′ 미′ 솔′ 라>로 되었다. 그 중 <솔′, 라> 두 음은 옥타브 위의 중복된 음이므로 이 악곡의 선율구조에 영향을 주지 않는다고 말할 수 있다. 그러나 <라>음이 빠진 것은 악곡의 토리에 영향을 준다. 즉 중복된 <솔′, 라> 두 음을 빼면 이 악곡은 <솔 도′ 레′ 미′>의 4음으로 구성된다. 따라서 이 악곡은 진경토리 기본형에서 <라> 한 음이 빠진 변화형으로 본다. 위의 두 곡은([표 14]의 번호 10번과 11번) 모두 진경토리 변화형이다.

셋째형은 4곡이다([표 14]의 번호 12번부터 15번까지).

〈악보 23〉   도리깨타령 (번호 12)

<악보 23> 도리깨타령 악곡은 구성음 <레 미 솔 라 도′ 레′>로 되었다. 이 악곡은 경토리 구성음 <솔 라 도′ 레′>가 옥타브 아래쪽으로 <레, 미> 두 음이 늘어나면서 수심가토리의 성격을 띤다. 악보에 표기된 부분을 살펴보면 첫째 마디 <도′-레′-도′-라-솔-미-레>의 하행진행은 수심가토리 성격을 나타내고, 그 다음 이어가는 <라-솔-라-도′-솔>의 종지형은 경토리의 성격을 나타낸다는 것을 알 수 있다. 따라서 이 악곡은 수심가토리와 경토리의 혼합형으로 본다. [표 14]의 번호 13번과 14번은 이 악곡과 마찬가지로 경토리와 수심가토리의 혼합형으로 된

다.77)

〈악보 24〉   호미타령 (번호 15)

<악보 24> 호미타령 악곡은 구성음 <레 미 파 솔 라 시 도′ 레′ 미′ 솔′>로 되었다. 악보에 표기된 부분을 보면 다음과 같다. 제1, 2마디의 <미′-도′-시-라>, <도′-시>의 하행진행은 육자백이토리의 성격을 나타낸다. 제2마디의 <라-솔-미>의 하행진행은 메나리토리의 성격을 나타낸다. 제3, 4마디에서는 <레>음을 중심으로 수심가토리의 성격을 나타내고 제5마디의 <라-솔-파-레>도 수심가토리의 성격을 나타낸다고 볼 수 있다. 즉 이 악곡은 경토리 기본형 <솔 라 도′ 레′ 미′>가 위 아래로 확장되면서, 또한 새로운 <파>와 <시>음이 출현하면서 여러 가지 토리가 섞인 것으로 보인다. 다시 말해서 이 악곡은 육자백이토리, 메나리토리, 수심가토리, 경토리가 서로 섞인 혼합형으로 되었다.

---

77) 본 연구에서는 난봉가토리를 따로 분류하지 않는다. 난봉가토리는 수심가토리와 반경토리의 변종을 말한다.(김영운, "韓國 民謠 旋法의 特徵-旣存 硏究成果의 再解析을 中心으로-," 『韓國音樂硏究』第28輯, 한국 서울: 韓國國樂學會, 2000, 17~31쪽) 그런데 『집성』 자료집에는 <난봉가>로 된 악곡 자체에 <레>음으로 종지를 하는 수심가토리가 나타난다. 즉 수심가토리와 반경토리가 섞이지 않은 토리를 말한다. 이런 이유로 본 논문에서는 <난봉가>로 된 악곡이라도 수심가토리로 되었으면 수심가토리로, 수심가토리와 경토리(반경토리)가 혼용되었으면 혼합형으로 볼 것이다. 즉 두 개 또는 두 개 이상의 토리가 혼용된 것은 모두 혼합형으로 볼 것이다.

위에서 분석한 <솔>을 종지음으로 하는 악곡은 모두 15곡이며 세
가지 형으로 나뉜다. 첫째형 9곡([표 14]의 번호 1번부터 9번)은 모두
진경토리 기본형이다. 둘째형 2곡(번호; 10~11)은 진경토리 변화형이
다. 셋째형 4곡(번호 12번부터 15번)은 앞의 3곡은 경토리와 수심가토
리의 혼합형이고 뒤의 1곡은 육자백이토리, 메나리토리, 수심가토리,
경토리의 혼합형이다.

⑤ <라> 종지음에 의한 악곡의 음조직 분석

<라> 종지음에 의한 악곡의 구성음을 살펴보면 다음의 [표 15]와
같다.

[표 15] 〈라〉 종지음으로 된 악곡의 음조직 분석

종지음	번호	페이지	악곡명	구성음(하행)	
라	1	46	옹헤야	미 라 도′ 레′ 미′	(미′ 레′ 도′ 라 솔 미)
	2	67	목도소리	미 라 도′ 레′ 미′	(미′ 레′ 도′ 라 솔 미)
	3	124	그물당기는소리	미 라 도′ 레′ 미′	(미′ 레′ 도′ 라 솔 미)
	4	159	보리방아	미 라 도′ 레′ 미′	(미′ 레′ 도′ 라 솔 미)
	5	178	망질소리	미 라 도′ 레′ 미′	(미′ 레′ 도′ 라 솔 미)
	6	113	사공노래	미 라 도′ 레′ 미′	(미′ 레′ 도′ 라 솔 미)
	7	116	연파만리	미 라 도′ 레′ 미′	(미′ 레′ 도′ 라 솔 미)
	8	60	말목치는소리	미 라 도′ 레′	(레′ 도′ 라 솔 미)
	9	149	방아타령	미 라 도′ 레′	(레′ 도′ 라 솔 미)
	10	157	방아찧는소리	미 라 도′ 레′	(레′ 도′ 라 솔 미)
	11	176	삼삼는소리	미 라 도′ 레′	(레′ 도′ 라 솔 미)
	12	380	자장가	미 라 도′ 레′	(레′ 도′ 라 솔 미)
	13	447	화장품장사	미 라 도′	(도′ 라 솔 미)
	14	106	배노래	미 라 도′ 레′ 미′ 솔′	(솔′ 미′ 레′ 도′ 라 솔 미)
	15	120	배띄워라	미 라 도′ 레′ 미′ 솔′	(솔′ 미′ 레′ 도′ 라 솔 미)
	16	47	물푸는소리	미 라 도′ 레′	(레′ 도′ 라 솔# 미)
	17	140	방아타령	미 라 도′ 레′	(레′ 도′ 라 솔# 미)

	18	25	모심기소리	미 라 도′ 레′ 미′ (미′ 레′ 도′ 시 라 미)
	19	465	엿장사타령	미 라 도′ 레′ 미′ (미′ 레′ 도′ 시 라 미)
	20	165	물레타령	미 라 도′ 레′ 미′ (미′ 레′ 도′ 시 라 미)
	21	167	베짜는소리	미 라 도′ 레′ 미′ (미′ 레′ 도′ 시 라 미)
	22	45	옹헤야	미 라 도′ 레′ 미′ (미′ 레′ 도′ 시 라 미)
	23	54	일소리	미 라 도′ 미′ (미′ 도′ 시 라 미)
	24	33	호미타령	미 솔 라 시 도′ 레′ 미′ 솔′
	25	73	나무군소리	미 솔 라 시 레′ 미′
	26	48	물푸는소리	미 솔 라 시 레′ 미′
	27	169	베짜기노래	레 미 솔 라 시 레′ 미′
라	28	139	방아타령	미 솔 라 도′ 레′ 미′ 솔′ 라′ 도″
	29	161	물레방아	미 솔 라 도′ 레′ 미′ 솔′
	30	381	애기사랑가	미 라 도′ 레′
	31	65	목도소리	미 솔 라 도′
	32	122	노젓는소리	미 라 도′ 레′ 미′
	33	125	고기잡이	미 라 시 도′ 레′ 미′
	34	398	사발가	라 도′ 레′ 미′ 솔′ 라′ 도″
	35	108	제주도배노래	라 도′ 레′ 미′
	36	28	벼치는소리	라 도#′ 레′
	37	83	어사영	라 도′ 레′
	38	55	가래질소리	솔 라 도′ 레′ 미′
	39	71	떼목군의노래	도 레 미 솔 라 도′

위의 [표 15]에 나타난 <라> 종지음으로 된 39곡은 구성음에 따라 크게 기본형 20곡과 변화형 19곡의 두 가지로 나뉜다. 기본형 20곡은 메나리토리 변격 라선법 13곡(위표 번호 1번부터 13번까지), 육자백이 토리 변격 라선법 6곡(번호 18번부터 23번까지), 반경토리 정격 라선법 1곡(번호 34번)이다. 변화형 19곡은 토리 자체가 변화된 15곡(번호 14~17번, 28~33번, 35~39번)과 여러 가지 토리가 섞여서 혼합형을 이룬 4곡(번호 24~27번)으로 나뉜다. 따라서 먼저 세 가지 기본형을 살펴 본 다음 변화형과 혼합형을 살펴보려 한다.

〈악보 25〉　　　　　　　　옹헤야 (번호 1)

　　〈악보 25〉 옹헤야 악곡은 상하행이 〈미 라 도′ 레′ 미′/ 미′ 레′ 도′ 라 솔 미〉로 된 메나리토리이다. 종지음은 〈라〉이고 변격 라선법이다. [표 15]의 번호 1번부터 13번 악곡은 모두 이와 같이 메나리토리의 변격 라선법으로 되었다. 즉 메나리토리 기본형으로 된 악곡은 모두 13곡이다(번호 1번부터 13번까지).

〈악보 26〉　　　　　　　　모심기소리 (번호 18)

<악보 26> 모심기소리 악곡은 상하행이 <미 라 도′ 레′ 미′/ 미′ 레′ 도′ 시 라 미>로 된 육자백이토리이다. 종지음은 <라>이고 변격 라선법이다. [표 15]의 번호 19번부터 23번 악곡은 모두 이와 같이 육자백이토리의 변격 라선법으로 되어 있다. 즉 육자백이토리 기본형으로 된 악곡은 모두 6곡이다([표 15]의 번호 18번부터 23번까지).

〈악보 27〉   사발가 (번호 34)

<악보 27> 사발가 악곡은 구성음 <라 도′ 레′ 미′ 솔′ 라′ 도″>로 되어 있다. 그 중 <라′, 도″> 두 음은 옥타브 위의 중복음이므로 악곡의 성격에 변화를 주지 않는다. 종지음은 <라>이고 반경토리 정격 라선법이다. 즉 반경토리 기본형으로 되어 있다.

지금까지 살펴 본 것을 정리하면 다음과 같다. <라> 종지음으로 된 기본형에는 메나리토리 변격 라선법, 육자백이토리 변격 라선법, 반경토리 정격 라선법이 있다. 그 중 메나리토리 기본형은 13곡([표 15]의 번호 1번부터 13번), 육자백이토리 기본형은 6곡(번호 18번부터 23

번), 반경토리 기본형은 1곡이다(번호 34번). 기본형에 속하는 악곡은 모두 20곡이다.

다음은 <라> 종지음으로 된 악곡의 변화형과 혼합형을 살펴보려 한다. 변화형과 혼합형은 어떻게 보면 같은 말일 수도 있다. 즉 모두 변화된 것을 말한다. 하지만 토리 자체의 변화와 여러 가지 토리가 어떻게 혼용되었는지를 알아보기 위하여 이를 구분하여 살펴보려고 한다.

변화형에 속하는 악곡은 15곡이고 혼합형에 속하는 악곡은 5곡이다. 변화형에 대한 예는 앞에서 이미 많이 언급하였으므로, 여기서는 혼합형을 중점적으로 다루고자 한다.

〈악보 28〉　　　　　호미타령 (번호 24)

<악보 28> 호미타령 악곡은 구성음 <미 솔 라 시 도′ 레′ 미′ 솔′> 로 되어 있다. 종지음은 <라>이다. 우선 종지음으로부터 구성음을 재배열해 보면 <라 도′ 레′ 미′ 솔′>로 볼 수 있을 것이다. 이렇게 보면 <미, 솔> 두 음은 아래쪽으로 늘어난 것으로, <시>는 새로 첨가된 것

으로 볼 수 있다. 앞의 <미, 솔> 두 음은 제9마디에서 <라-솔-미> 음
형으로 묶여서 메나리토리의 특징을 나타낸다. <시>음은 제10-11마디
와 제16마디에서 <시-미′> 상행 완전4도 도약을 하면서 육자백이토리
의 특징을 나타낸다. 악곡의 첫머리 시작부분은 <도′-도′-레′-도′-라-솔-
도′>의 선율진행으로 진경토리의 특징을 나타내고, 제23~25마디는 반
경토리의 특징을 나타낸다. 따라서 이 악곡은 경토리, 육자백이토리,
메나리토리가 혼용된 혼합형으로 보인다.

〈악보 29〉   나무군소리 (번호 25)

<악보 29> 나무군소리 악곡은 구성음 <미 솔 라 시 레′ 미′>로 되
어 있고 종지음은 <라>이다. 전체 악곡은 7마디로 되어있는데, 앞의 3
마디와 뒤의 4마디로 나눌 수 있다. 또한 뒤의 4마디는 다시 2마디씩
나눌 수 있다. 따라서 이 악곡은 모두 3부분으로 구성되어 있다. 첫째
부분은 <미′-레′-솔>의 하행진행을 하면서 <솔>음에서 맺는데, 이와 같
은 선율진행과 종지음으로 볼 때 경토리의 특징이 나타난다고 볼 수
있다. 둘째부분은 <레′-시-라>의 하행진행과 <미-라>의 상행 완전4도
도약진행은 육자백이토리의 특징이 나타난다고 볼 수 있다. 셋째부분
은 <미′-레-라>의 선율진행을 하여 <라>음에서 맺는다. 이런 선율진행
과 종지음은 반경토리에 해당한다고 볼 수 있으며, 따라서 이 악곡은

경토리와 육자백이토리가 혼용된 혼합형으로 볼 수 있다.

〈악보 30〉　　　　　　　물푸는소리 (번호 26)

리병지 노래, 리황훈 채보

　　〈악보 30〉 물푸는소리 악곡은 구성음 〈미 솔 라 시 레′ 미′〉로 되어 있고 종지음은 〈라〉이다. 악곡의 제1-2마디는 〈라-솔-미〉의 선율형으로 되어 있고 메나리토리의 특징을 나타낸다. 제3~4마디는 〈레′-시-라〉의 선율형으로 되어 있는데 〈레〉음에서 꺾어서 〈시〉음으로 하행하는 것은 육자백이토리의 특징을 나타낸다. 이런 메나리토리와 육자백이토리의 특징은 각각 제6, 16마디와 제7, 10, 11, 14마디에서 볼 수 있다. 따라서 이 악곡은 메나리토리와 육자백이토리가 혼용된 혼합형으로 본다.

　　〈악보 31〉 베짜기노래 악곡의 구성음은 〈레 미 솔 라 시 레′ 미′〉이며, 종지음은 〈라〉이다. 악곡의 제1마디와 제3마디는 각각 〈미′-레′-시〉와 〈레′-미′-시〉의 선율형으로 되었는데, 이것은 육자백이의 〈도′-시〉의 꺾는 대목과 유사하다. 제2마디와 제4마디는 각각 〈라-미-솔-라-솔-미〉와 〈라-미-솔-라〉로 되었는데 이것은 반경토리의 선율 특징이다. 제5마디는 〈솔-라-솔-라-시-레-미〉로 되었고 〈레〉음은 최하위

〈악보 31〉   베짜기노래 (번호 27)

김종환 노래, 리황훈 채보

에 놓인다. 이것은 수심가토리의 선율형으로 볼 수 있다. 따라서 이 악곡은 반경토리, 육자백이토리, 수심가토리가 혼용된 혼합형으로 본다.

위에서 분석한 〈라〉 종지음으로 된 39곡은 기본형 20곡과 변화형 19곡으로 되었다. 기본형 20곡은 메나리토리 13곡([표 15]의 번호 1번부터 13번), 육자백이토리 6곡(번호 18번부터 23번), 반경토리 1곡(번호 34번)으로 되었다. 변형된 19곡은 반경토리 변화형 7곡(번호 28~29번, 35~39번), 메나리토리 변화형 6곡(번호 14~17번, 31~32번), 육자백이토리 변화형 2곡(번호 30번과 33번), 혼합형 4곡(번호 24번부터 27번)이다.

이상 노동요 103곡의 음조직 분석을 통하여, 각 악곡에서 나타나는 토리의 기본형과 변화형을 살펴보았다. 그 결과를 정리하면 다음의 [표 16]과 같다.

[표 16] 노동요 기본형 토리와 변화형 토리의 악곡수 비교

형＼토리	메나리토리	경토리		육자백이토리	수심가토리	소 계
		진경	반경			
기본형	29	17	1	7	0	54
변화형	13	3	9	2	7	34
혼합형						15
합 계						103

위의 [표 16]과 같이 노동요 103곡은 토리의 기본형 54곡과 변화형 33곡 및 토리의 혼합형 15곡으로 되었다. 즉 기본형은 54곡이고 변화형은 48곡이다. 그 중 메나리토리는 기본형 29곡으로 다른 토리에 비해 가장 많이 나타나고 있다.

(2) 의식요

『집성』 자료집의 의식요는 크게 기원의식요, 벽사의식요, 통과의식요 등 3개 부분으로 분류된다. 그 중 통과의식요는 결혼요와 장례요로 세분된다.

기원의식요에는 안녕기원요로 분류되는 <지신풀이>, <지신밟기>, <고사반소리> 등 3곡이 있다. 벽사의식요 중 축귀요에는 <성주풀이>(2), <성주엮음>, <회심곡>, <맹인덕담경> 등 5곡이 있다. 통과의식요 중 결혼요에는 <축혼가>[78], <혼례식가> 등 2곡이 있고, 장례요에는 <상여소리>(2곡), <황천가>, <제전> 등 4곡이 있다. 즉 『집성』 자료집에는 의식요가 모두 13곡이 나타난다. 이들 악곡의 구성음과 종지음을 정리하면 다음의 [표 17]과 같다.

─────────────

78) <축혼가>는 항일가요 <여자해방가>의 선율에 가사만 바꾼 것이므로 본 글에서는 제외하였다.

[표 17] 의식요의 구성음 및 종지음 분석

번호	페이지	악곡명	구성음(하행)	종지음
1	633	혼례식가	미 라 도′ 레′ (레′ 도′ 라 솔 미)	라
2	637	상여소리	미 라 도′ 레′ (레′ 도′ 라 솔 미)	미
3	689	회심곡	미 라 도′ 레′ (레′ 도′ 라 솔 미)	라
4	666	지신밟기	미 라 도′ (도′ 라 솔 미)	라
5	634	상여소리	미 솔 라 도′ 레′ 미′	미
6	638	황천가	미 라 도′ 레′ 미′ (미′ 레′ 도′ 시 라 미)	미
7	641	제전	솔 라 도′ 레′ 미′	솔
8	650	지신풀이	솔 라 도′ 레′ 미′	솔
9	671	고사반소리	솔 라 도′ 레′ 미′	도
10	674	성주풀이	솔 라 도′ 레′ 미′	도
11	677	성주풀이	솔 라 도′ 레′ 미′	도
12	704	맹인덕담경	라 도′ 레′ 미′ 솔′ 라 도″ 레″	레
13	679	성주엮음	라 도′ 레′	라

위의 [표 17]에 의하면, 메나리토리로 된 악곡이 4곡(번호 1번부터 4번), 진경토리로 된 악곡은 5곡(번호 7번부터 11번), 그 외 4곡은 변화된 악곡이다. 그 중 상여소리(5번)는 메나리토리의 변화형으로 볼 수 있고, 성주엮음(13번)은 반경토리의 변화형으로 볼 수 있고, 황천가(6번)는 육자백이토리와 메나리토리의 혼합형으로 볼 수 있고, 맹인덕담경(12번)은 반경토리와 수심가토리의 혼합형으로 볼 수 있다. 위의 세 가지 토리로 된 악곡과 그 변화형으로 볼 수 있는 악곡 및 혼합형으로 된 악곡을 각각 예를 들어 분석하려 한다.

<악보 32> 혼례식가 악곡은 상하행이 <미 라 도′ 레′/ 레′ 도′ 라 솔 미>로 된 메나리토리이다. 종지음은 <라>이고 변격 라선법이다. 악곡의 제4, 8, 12마디에서 <라-솔-미>의 선율 특징이 나타난다. [표 17]의 번호 3~4번 악곡도 혼례식가와 같은 <라> 종지음으로 된 메나

리토리 변격 라선법이다.

〈악보 32〉　　　　　　　　혼례식가 (번호 1)

〈악보 33〉　　　　　　　　상여소리 (번호 2)

　　<악보 33> 상여소리 악곡은 상하행이 <미 라 도′ 레′/ 레′ 도′ 라 솔 미>로 된 메나리토리이다. 종지음은 <미>이고 정격 미선법으로, 메기고 받는 형식으로 되어 있다. 메기고 받는 소리에서 <라-솔-미>의 선율 진행은 제4-5마디를 제외한 나머지 10마디에서 고루 나타난다.

　　[표 17]의 번호 1부터 4번 악곡 또한 모두 메나리토리의 기본형으로 되어 있다.

〈악보 34〉 　　　　　　　제전 (번호 7) 1~9마디

<악보 34> 제전 악곡은 구성음 <솔 라 도′ 레′ 미′>로 된 진경토리
이다. 종지음은 <솔>이고 정격 솔선법이다. [표 17]의 번호 8번 악곡
도 이 악곡과 같은 구성음으로 된 진경토리 정격 솔선법이다.

〈악보 35〉 　　　　　　고사반소리 (번호 9) 1~7마디

<악보 35> 고사반소리 악곡은 구성음 <솔 라 도′ 레′ 미′>로 된 진
경토리이다. 종지음은 <도>이고 변격 도선법이다. [표 17]의 번호 10
번과 11번의 악곡도 이 악곡과 마찬가지로 진경토리 변격 도선법이다.

[표 17]의 번호 7번부터 11번 악곡은 모두 진경토리의 기본형으로
되어 있다.

〈악보 36〉   상여소리 (번호 5)

                                             리주영 노래, 리황훈 채보

    <악보 36> 상여소리 악곡은 구성음 <미 솔 라 도′ 레′ 미′>로 되어 있으며, 즉 상하행 선율이 같게 나타난다. 그 중 <솔> 음은 <라>와 <미>음 사이에 출현하기는 하지만 하행선율인 <라-솔-미>의 진행이 아니라, <미>와 <라>음 사이에서 <미-솔-라>(제8, 11~12마디)의 상행 진행을 한다. 그러나 이 세 음은 앞뒤음의 순서만 바뀌었을 뿐 <솔>음은 중간에 짧은 시가로 나타나는 것은 동일하다. 즉 <미-솔-라>의 음형은 메나리토리의 특징 음형인 <라-솔-미>와 유사하므로 이 악곡은 메나리토리의 변화형으로 본다.

〈악보 37〉   성주엮음 (번호 13)

                                           정수회 노래, 리황훈 채보

    <악보 37> 성주엮음 악곡은 구성음 <라 도′ 레′>로 되었다. 악곡의 마지막 맺는 음은 <라-솔#>으로 표기되었는데, 전체 악곡의 선율 흐름을 보면 <라-솔#> 진행은 <라>음에서 흘러내리는 표기법을 사용해야 한다고 본다. 즉 이미 악보에 표기된 것처럼 흘러내리는 '⌒' 표기를

사용하되, 그 음을 <솔#>으로 나타내면 적합하지 않다고 본다. 즉 흘러내리는 음은 <라>에서 시작된 것으로 보아야 할 것이다. 이렇게 보면 이 악곡은 세 음으로 구성되어 있다. 따라서 이 세 음은 <라 도′ 레′ 미′ 솔′> 반경토리의 아래 세 음으로 볼 수 있다. 다시 말해서 이 악곡은 반경토리 기본형에서 <미′, 솔′> 두 음이 생략된 반경토리 변화형이다.

〈악보 38〉 　　　　　　황천가 (번호 6) 1–8마디

<악보 38> 황천가 악곡은 구성음 <미 라 도′ 레′ 미′/ 미′ 레′ 도′ 시 라 미>로 되었다. 전체 악곡은 육자백이토리의 특징을 나타내는 <미′-도′-시-라>의 선율형을 이루면서 여러 번 <도′-시>의 꺾는 대목이 나타난다. 이와 반면에 제7~8, 20~21마디에서는 메나리토리의 특징을 나타내는 <라-솔-미>의 선율형이 나타난다. 따라서 이 악곡은 육자백이토리와 메나리토리가 혼용된 혼합형으로 본다.

<악보 39> 맹인덕담경 악곡은 구성음 <라 도′ 레′ 미′ 솔′ 라′ 도″ 레″>로 되어 있다. 그 중 <라′ 도″ 레″>의 세 음은 <라 도′ 레′ 미′ 솔′>에서 옥타브 위로 늘어난 것으로 보면, 반경토리의 확장형으로 볼 수 있다. 그러나 종지음이 <레>로 나타나므로, 이 악곡은 <라 도′ 레′ 미′ 솔′>의 반경토리로만으로 해석할 수는 없다. 따라서 <레′ 미′ 솔′ 라′

도″>의 수심가토리와 겹친 것으로 볼 수 있다. 즉 이 악곡은 반경토리
와 수심가토리가 혼용된 혼합형이다.

〈악보 39〉   맹인덕담경 (번호 12)

지금까지 의식요에 속하는 악곡을 분석하였는데 이를 정리하면 다음
과 같다.

  의식요 13곡은 기본형 9곡과 변화형 4곡으로 되어 있다. 기본형 9
곡은 메나리토리 4곡([표 17]의 번호 1번부터 4번), 진경토리 5곡(번
호 7번부터 11번)으로 되어 있다. 변화형 4곡은 메나리토리 변화형 1
곡(번호 5번), 반경토리의 변화형 1곡(번호 13번)으로 되어 있다. 혼합
형은 2곡이다(번호 6번과 12번).

  이들 각 토리의 기본형과 변화형을 표로 나타내면 다음의 [표 18]과
같다.

[표 18]   의식요 기본형 토리와 변화형 토리의 악곡수 비교

형 \ 토리	메나리토리	경토리		육자백이토리	수심가토리	소 계
		진경	반경			
기본형	4	5				9
변화형	1		1			2
혼합형						2
합 계						13

의식요 13곡 중에는 기본형이 9곡이고 토리의 변화형은 2곡, 혼합형 2곡이다. 기본형 9곡 중에는 메나리토리가 4곡이고, 진경토리가 5곡이다. 육자백이토리와 수심가토리의 기본형은 나타나지 않지만 각각 다른 토리와 혼용되어 혼합형으로 각각 1곡씩 나타난다. 육자백이토리와 메나리토리의 혼합형은 [표 17]의 번호 40번 <황천가>이고, 수심가토리와 반경토리의 혼합형은 번호 41번 <맹인덕담경>이다.

(3) 유희요

『집성』 자료집의 유희요는 크게 동작유희요, 도구유희요, 언어유희요, 가창유희요 등 4개 부분으로 분류되며, 그 중 가창유희요가 가장 많다. 가창유희요는 기능에 따라 창곡요와 사설요로 나뉘지만, 본 글에서는 분류와 상관없이 유희요 전반 악곡에 대한 토리를 검토하기 위하여 종지음에 따른 분류방법을 사용할 것이다. 또한 앞의 노동요 항에서 분석한 것처럼 먼저 유희요 악곡을 종지음에 따라 분류한 다음, 이들 악곡의 음조직을 분석하여 토리를 살펴 볼 것이다.

유희요 악곡을 종지음별로 정리하면 다음의 [표 19]와 같다.

[표 19] 유희요 악곡의 종지음별 분류 및 악곡수

종지음	악곡명	소 계
도	경발림, 진도녀성의노래, 시집살이 등	24
레	애원성, 난봉가, 달거리 등	12
미	농부가, 동풍가, 시집살이 등	13
솔	새타령, 땅기타령, 사설난봉가 등	25
라	원앙가, 오늘해가다졌는가, 배노래 등	37
합계		111

위의 [표 19]에 의하면 유희요는 총 111곡이다. 그 중 <도>음으로 종지하는 악곡이 24곡이고, <레>음으로 종지하는 악곡이 12곡, <미>음으로 종지하는 악곡이 13곡, <솔>음으로 종지하는 악곡이 25곡, <라>음으로 종지하는 악곡이 37곡이다. 따라서 이들 악곡을 각각 <도>, <레>, <미>, <솔>, <라>의 종지음에 따라 분석하고자 한다.

① <도> 종지음에 의한 악곡의 음조직 분석

<도>로 종지하는 악곡의 구성음을 살펴보면 다음의 [표 20]과 같다.

[표 20] 〈도〉 종지음으로 된 악곡의 음조직 분석

종지음	번호	페이지	악곡명	구성음(하행)
도	1	277	진도녀성의노래	솔 라 도′ 레′ 미′
	2	741	그리운강남	솔 라 도′ 레′ 미′ 솔′
	3	362	시집살이	솔 라 도′ 레′ 미′ 솔′ 라
	4	387	오돌독	솔 라 도′ 레′ 미′ 솔′ 라
	5	723	반쪽달님	솔 라 도′ 레′ 미′ 솔′ 라 도″
	6	740	옥토끼	라 도′ 레′ 미′ 솔′ 라
	7	724	새야새야	라 도′ 레′ 미′
	8	403	한탄가	라 도′ 레′ 미′ (미′ 레′ 도′ 시 라)

위의 [표 20]에서 <도> 종지음으로 된 8곡은 구성음에 의해 기본형 6곡(번호 1~6번)과 변화형 2곡(번호 7~8번)으로 나눌 수 있다. 이들 기본형, 변화형을 예를 들어 분석하면 아래와 같다.

〈악보 40〉   진도여성의노래 (번호 1)

<악보 40> 진도여성의노래 악곡은 총 40마디로 되어 있다. 위의 악보는 <진도여성의노래>의 제1~20마디이다.

이 악곡은 구성음 <솔 라 도′ 레′ 미′>로 된 진경토리이다. 종지음은 <도>이고 변격 도선법이다. [표 20]의 번호 2번부터 5번까지는 이 악곡의 구성음과 종지음이 같은 진경토리 변격 도선법이다. 그 중 번호 2번 악곡은 구성음 <솔 라 도′ 레′ 미′>에서 위로 <솔′>음이 확장된 것이고, 번호 3~4번 악곡은 위로 <솔′, 라′> 두 음이 확장된 것이고, 번호 5번 악곡은 위로 <솔′, 라′, 도″> 세 음이 확장된 것이다. 이들 확장된 음들은 기본형에서 음역만 넓어졌을 뿐 토리의 변화를 일으키지는 않는다. 즉 번호 1~5번 악곡은 모두 진경토리 기본형이다.

〈악보 41〉　　　　　　　옥토끼 (번호 6)

〈악보 41〉 옥토끼 악곡은 구성음 〈라 도′ 레′ 미′ 솔′ 라〉로 되었고, 종지음은 〈도〉로 반경토리 변격 도선법이다. 즉 반경토리 기본형이다.

〈악보 42〉　　　　　　　새야새야 (번호 7)

〈악보 42〉 새야새야 악곡은 구성음 〈라 도′ 레′ 미′〉로 되었고, 종지음은 〈도〉이고 반경토리 변화형이다.

〈악보 43〉　　　　　　　한탄가 (번호 8) 1~15마디

<악보 43> 한탄가 악곡은 구성음 <라 도′ 레′ 미′/ 미′ 레′ 도′ 시 라>로 되어 있다. 악곡 중 <미′-레′-도′-시>의 하행진행은 육자백이토리 의 특징을 나타내며(제4, 7, 22마디를 참조바람), 종지음은 <도>이다. 육자백이토리는 <미>와 <라>로 종지하며, <도>로는 종지하지 않는다. 이 악곡은 육자백이토리 기본형에서 <미> 음이 빠져 있다. 따라서 이 악곡은 육자백이토리가 변화된 것으로 보인다.

지금까지 분석한 <도>로 종지하는 악곡은 기본형 6곡과 변화형 2곡 이다. 그 중 기본형 6곡은 진경토리 기본형 5곡([표 20]의 번호 1번부 터 5번까지)과 반경토리 기본형 1곡(번호 6번)으로 되어 있다. 변화형 2곡은 각각 반경토리 변화형 1곡(번호 7번)과 육자백이토리 변화형 1 곡(번호 8번)으로 되어 있다.

② <레> 종지음에 의한 악곡의 음조직 분석

<레> 종지음에 의한 악곡의 구성음을 살펴보면 다음의 [표 21]과 같다.

[표 21] 〈레〉 종지음으로 된 악곡의 음조직 분석

종지음	번호	페이지	악곡명	구성음(하행)
레	1	13	농사타령	레 미　솔 라　도′ 레′
	2	333	난봉가79)	레 미　솔 라　도′ 레′ 미′
	3	593	달거리	레 미　솔 라　도′ 레′ 미′
	4	322	애원성	레 미　솔 라　도′ 레′ 미′ 솔′
	5	325	애원성	레 미　솔 라　도′ 레′ 미′ 솔′
	6	343	잦은난봉가	레 미 파 솔 라 시 도′ 레′ 미′
	7	321	애원성	레 미　　라 시 도′ 레′ 미′
	8	350	사설난봉가	라 도′ 레′ 미′ 솔′ 라 도″ 레″

위의 [표 21]에서 <레> 종지음으로 된 8곡은 구성음에 의해 기본형
과 변화형, 혼합형으로 나눌 수 있다. 즉 기본형은 5곡(번호 1~5번)이
고, 변화형은 2곡(번호 6~7번), 혼합형은 1곡(번호 8번)이다. 이들 기
본형, 변화형, 혼합형을 예로 들어 분석하면 다음과 같다.

〈악보 44〉   농사타령 (번호 1)

<악보 44> 농사타령 악곡은 구성음 <레 미 솔 라 도′ 레′>로 되어
있다. 그 중 옥타브 위의 중복된 음 <레′>음을 빼면 수심가토리의 기
본형 <레 미 솔 라 도′>가 된다. 종지음은 <레>이고 정격 레선법이다.
<악보 45> 난봉가 악곡은 구성음 <레 미 솔 라 도′ 레′ 미′>이다.
그 중 옥타브 위의 중복된 <레′, 미′> 두 음을 빼면 <레 미 솔 라 도
′>의 수심가토리의 기본형이 된다. 종지음은 레이고 정격 레선법이다.
[표 21]의 번호 3~5번 악곡도 옥타브 위의 중복된 <레′, 미′>와 <레′,
미′, 솔>음을 빼면 난봉가와 마찬가지로 수심가토리 정격 레선법이 된다.

---

79) 이 악곡의 명칭은 <난봉가>이지만 수심가토리 정격 레선법이다. 이에 관한
   설명은 앞의 각주 77)을 참조 바람.

〈악보 45〉   난봉가 (번호 2)

〈악보 46〉   잦은난봉가 (번호 6)

<악보 46> 잦은난봉가 악곡은 구성음 <레 미 파 솔 라 시 도′ 레′

미′>이다. 그 중 <레′, 미′> 두 음은 옥타브 위의 중복된 음이므로 토리의 성격에 영향을 주지 않는다. 그리고 <파>와 <시>음은 악곡의 성격을 복잡하게 하는 역할을 한다. 즉 이 두 음이 추가됨으로써 기본형과는 다른 색채를 띠게 된다. 따라서 이 악곡은 수심가토리의 변화형으로 본다.

〈악보 47〉   애원성 (번호 7)

<악보 47> 애원성 악곡은 구성음 <레 미 라 시 도′ 레′ 미′>이다. 그 중 <레′, 미′> 중복된 음을 빼면 <레 미 라 시 도′>가 된다. 즉 기본형에서 <솔>음은 빠지고 <시>음은 추가된 것을 알 수 있다. 따라서 이 악곡은 수심가토리의 변화형으로 본다.

<악보 48> 사설난봉가 악곡은 구성음 <라 도′ 레′ 미′ 솔′ 라′ 도″ 레″>이고, 종지음은 <레>이다. 이 악곡을 종지음에 따라 <레′ 미′ 솔′ 라′ 도″ 레″>로 볼 수 있는데, 그 중 <레″>는 중복된 음이다. 그리고 <라, 도> 두 음은 수심가토리에서 아래쪽으로 늘어난 것이다(악곡의 제5, 6, 7, 16, 18마디를 참조바람). 이와 같이 아래쪽으로 늘어난

<라, 도´> 두 음에 의해 반경토리의 특징을 나타내고 있다. 따라서 이 악곡은 수심가토리와 반경토리의 혼합형으로 본다.

〈악보 48〉 　　　　　　사설난봉가 (번호 8) 1~22마디

위에서 분석한 <레> 종지음으로 된 악곡은 모두 8곡이다. 그 중 수심가토리의 기본형으로 된 악곡은 5곡([표 21]의 번호 1번부터 5번)이다. 변화형으로 된 악곡은 2곡(번호 6번과 7번)이고, 수심가토리와 반경토리의 혼합형으로 된 악곡은 1곡(번호 8번)이다.

③ <미> 종지음에 의한 악곡의 음조직 분석

<미> 종지음에 의한 악곡의 구성음을 살펴보면 다음의 [표 22]와 같다.

[표 22] 〈미〉 종지음으로 된 악곡의 음조직 분석

종지음	번호	페이지	악곡명	구성음(하행)
미	1	1	농부가	미 라 도′ 레′ 미′ (미′ 레′ 도′ 라 솔 미)
	2	234	동풍가	미 라 도′ 레′ 미′ (미′ 레′ 도′ 라 솔 미)
	3	353	시집살이	미 라 도′ 레′ 미′ (미′ 레′ 도′ 라 솔 미)
	4	493	심방곡	미 라 도′ 레′ 미′ (미′ 레′ 도′ 라 솔 미)
	5	287	백년언약을내캉하세	미 라 도′ 레′ (레′ 도′ 라 솔 미)
	6	429	방개홍개타령	미 라 도′ 레′ (레′ 도′ 라 솔 미)
	7	279	큰애기	미 라 도′ 레′ (레′ 도′ 라 솔 미)
	8	743	따북녀	미 라 도′ 레′ (레′ 도′ 라 솔 미)
	9	492	귀글읽기	미 라 도′ 레′ (레′ 도′ 라 솔 미)
	10	501	물동이타령	미 라 도′ 레′ (레′ 도′ 라 솔 미)
	11	570	새타령	미 라 도′ 레′ 미′ (미′ 레′ 도′ 시 라 미)

위의 [표 22]에서 〈미〉 종지음으로 된 악곡은 모두 11곡이고, 구성
음에 의해 메나리토리와 육자백이토리의 두 가지로 나뉜다. 그 중 메
나리토리는 10곡(번호 1번부터 10번)이고, 육자백이토리는 1곡(번호
11번)이다. 두 가지 형을 각각 살펴보면 다음과 같다.

〈악보 49〉   농부가 (번호 1)

<악보 49> 농부가 악곡은 상, 하행이 <미 라 도′ 레′ 미′/ 미′ 레′
도′ 라 솔 미>로 된 메나리토리이다. 종지음은 <미>이고 정격 미선법
이다.

[표 22]의 번호 2번부터 10번 악곡은 농부가와 같은 메나리토리 정격 미선법이다.

〈악보 50〉   새타령 (번호 11) 71~78마디

리상철 노래, 림성진 채보

소복 단 장꼽 게 하고 양 류 청 청 버들새 - 로 좌 우 로 날 아 울 음 운 다   이 산 으 로 가 도 꾀 꼴

저 산 으 로 가 도 꾀 꼴   꾀 꼴   꼬 리 꼽 게 꼽 게 - 빗 고 시 집 을 갈 까 - 말 까

<악보 50> 새타령 악곡은 상하행이 <미 라 도′ 레′ 미′/ 미′ 레′ 도′ 시 라 미>로 된 육자백이토리이다. 종지음은 <미>이고 정격 미선법이다.

위에서 살펴 본 바와 같이 <미> 종지음으로 된 유희요 악곡에는 메나리토리는 10곡([표 22]의 번호 1번부터 10번)이고 육자백이토리는 1곡(번호 11번)이다. 따라서 <미> 종지음으로 된 유희요는 변화형과 혼합형은 나타나지 않는다.

④ <솔> 종지음에 의한 악곡의 음조직 분석

<솔> 종지음에 의한 악곡의 구성음을 살펴보면 다음의 [표 23]과 같다.

[표 23] 〈솔〉 종지음으로 된 악곡의 음조직 분석

종지음	번호	페이지	악곡명	구성음(하행)
솔	1	484	새타령	솔 라 도′ 레′ 미′
	2	486	땅기타령	솔 라 도′ 레′ 미′

	3	346	사설난봉가	솔 라 도′ 레′ 미′ 솔′
	4	309	메나리	솔 라 도′ 레′ 미′ 솔′
	5	313	메나리	솔 라 도′ 레′ 미′ 솔′
	6	514	화토풀이	솔 라 도′ 레′ 미′ 솔′
	7	499	느리개타령	솔 라 도′ 레′ 미′ 솔′
	8	488	가난한양반	솔 라 도′ 레′ 미′ 솔′ 라′
	9	490	구구풀이	솔 라 도′ 레′ 미′ 솔′ 라′
	10	586	어서어서허락하소	솔 라 도′ 레′ 미′ 솔′ 라′
솔	11	597	월령가	솔 라 도′ 레′ 미′ 솔′ 라′
	12	495	등대타령	솔 라 도′ 레′ 미′ 솔′ 라′
	13	727	정월	솔 라 도′ 레′ 미′ 솔′ 라′
	14	745	엄마생각	솔 라 도′ 레′ 미′ 솔′ 라′
	15	355	시집살이	솔 라 도′ 레′ 미′ 솔′ 라′ 도″
	16	721	달노래	솔 도′ 레′
	17	730	별	미 솔 라 도′ 레′
	18	738	소금쟁이꽁꽁	미 솔 라 도′
	19	620	추석놀이	레 솔 라 시 도′ 레′ 미′

위의 <솔> 종지음으로 된 19곡은 기본형과 변화형, 혼합형으로 나뉜다. 기본형은 15곡(번호 1번부터 15번)이고, 변화형은 3곡(번호 16~18번)이고, 혼합형은 1곡(번호 19번)이다.

<악보 51>   새타령 (번호 1)

<악보 51> 새타령 악곡은 구성음 <솔 라 도′ 레′ 미′>로 된 진경토

리이다. 종지음은 <솔>이고 정격 솔선법이다.

[표 23]의 번호 2번 <땅기타령> 악곡은 위의 악곡과 구성음이 같은 된 진경토리 정격 솔선법이다.

[표 23]의 번호 3번부터 7번 악곡은 기본 구성음 <솔 라 도′ 레′ 미′>에 <솔′>음이 중복된 것이며, 번호 8번부터 14번 악곡은 <솔 라 도′ 레′ 미′>에 <솔′, 라′>두 음이 중복된 것이고, 번호 15번 악곡은 <솔 라 도′ 레′ 미′>에 <솔′ 라′ 도″> 세 음이 중복된 것이다. 이들 중복된 음들은 토리에 영향을 주지 않는다. 따라서 번호 2번부터 15번 악곡은 모두 진경토리 정격 솔선법이 된다.

〈악보 52〉   달노래 (번호 16)

<악보 52> 달노래 악곡은 구성음이 <솔 도′ 레′>이며, 종지음은 <솔>이다. 이 악곡은 구성음 <솔 라 도′ 레′ 미′>에서 <라>와 <미>음이 빠져 있으므로 진경토리의 변화형으로 볼 수 있다.

〈악보 53〉   별 (번호 17)

<악보 53> 별 악곡은 구성음이 <미 솔 라 도′ 레′>이며, 종지음은 <솔>이다. 이 악곡은 구성음 <솔 라 도′ 레′ 미′>에서 위의 <미′>음이 나타나지 않고, 반대로 아래에서 <미>음이 나타나면서 진경토리 기본형에서 변화되었다. 즉 진경토리 변화형으로 본다.

〈악보 54〉　　　　　　　　　　소곰쟁이꽁꽁 (번호 18)

<악보 54> 소곰쟁이꽁꽁 악곡은 구성음이 <미 솔 라 도′>로 되어 있고 종지음은 <솔>이다. 이 악곡은 구성음 <솔 라 도′ 레′ 미′>에서 위의 <레′ 미′> 두 음이 나타나지 않고, 아래에서 <미>음이 나타나므로 진경토리 기본형에서 변화되었다. 즉 진경토리 변화형으로 본다.

〈악보 55〉　　　　　　　　추석놀이 (번호 9) 1~22마디

<악보 55> 추석놀이 악곡은 구성음이 <레 솔 라 시 도′ 레′ 미′>이
며, 종지음은 <솔>이다. 종지음에 따라 구성음을 살펴보면 <솔 라 도′
레′ 미′>가 될 수 있다. <레> 음은 경토리의 아래쪽으로 늘어난 것으
로 보고 <시>는 <레>와 더불어 수심가토리의 색채를 나타낸다. 따라
서 이 악곡은 수심가토리와 경토리의 혼합형이다.

위에서 분석한 <솔> 종지음으로 된 19곡은 기본형 15곡과 변화형
3곡, 혼합형 1곡으로 되어 있다. 그 중 기본형 15곡([표 23]의 번호 1
번부터 15번)은 모두 진경토리 정격 솔선법으로 되어 있고, 변화형 3
곡(번호 16~18번)은 모두 진경토리 변화형이며, 혼합형 1곡(번호 19
번)은 수심가토리와 경토리의 혼합형이다.

⑤ <라> 종지음에 의한 악곡의 음조직 분석

<라> 종지음에 의한 악곡의 구성음을 살펴보면 다음의 [표 24]와
같다.

[표 24] 〈라〉 종지음으로 된 악곡의 음조직 분석

종지음	번호	페이지	악곡명	구성음(하행)
라	1	280	원앙가	라 도′ 레′ 미′ 솔′ 라′
	2	401	오늘해가다졌는가	라 도′ 레′ 미′ 솔′ 라′
	3	275	배노래	미 라 도′ 레′ 미′ (미′ 레′ 도′ 라 솔 미)
	4	311	메나리	미 라 도′ 레′ 미′ (미′ 레′ 도′ 라 솔 미)
	5	320	메나리	미 라 도′ 레′ 미′ (미′ 레′ 도′ 라 솔 미)
	6	359	시집살이	미 라 도′ 레′ 미′ (미′ 레′ 도′ 라 솔 미)
	7	395	함경도창곡	미 라 도′ 레′ 미′ (미′ 레′ 도′ 라 솔 미)
	8	561	남도령과서처자	미 라 도′ 레′ 미′ (미′ 레′ 도′ 라 솔 미)
	9	240	꽃	미 라 도′ 레′ (레′ 도′ 라 솔 미)
	10	282	대야대야축영대야	미 라 도′ 레′ (레′ 도′ 라 솔 미)
	11	505	나물타령	미 라 도′ 레′ (레′ 도′ 라 솔 미)

	12	588	달푸리	미 라 도′ 레′ (레′ 도′ 라 솔 미)
	13	623	치나칭칭나네	미 라 도′ 레′ (레′ 도′ 라 솔 미)
	14	626	칭칭가	미 라 도′ 레′ (레′ 도′ 라 솔 미)
	15	725	새쫓는소리	미 라 도′ 레′ (레′ 도′ 라 솔 미)
	16	749	신세소리	미 라 도′ 레′ (레′ 도′ 라 솔 미)
	17	427	방개타령	미 라 도′ (도′ 라 솔 미)
	18	2	농부가	미 라 도′ 레′ 미′ (미′ 레′ 도′ 시 라 미)
	19	10	농부가	미 라 도′ 레′ 미′ (미′ 레′ 도′ 시 라 미)
	20	416	황새타령	미 라 도′ 레′ 미′ (미′ 레′ 도′ 시 라 미)
	21	619	널뛰기	미 라 도′ 레′ 미′ (미′ 레′ 도′ 시 라 미)
	22	630	강강수월래	미 라 도′ 레′ 미′ (미′ 레′ 도′ 시 라 미)
라	23	332	잦은육자백이	미 라 도′ 레′ 미′ 라′ (라′ 미′ 레′ 도′ 시 라 미)
	24	317	메나리	미 라 레′ 미′ (미′ 레′ 라 솔# 미)
	25	628	강강수월래	미 라 도′ 레′ 미′ (미′ 레′ 도′ 시 라 솔 미)
	26	246	산타령	미 라 도′ 레′ 미′ 솔′ 라′ (라′ 솔′ 미′ 레′ 도′ 시 라 미)
	27	328	긴육자백이	미 라 도′ 레′ 미′ 솔′ 라′ (라′ 솔′ 미′ 레′ 도′ 시 라 미)
	28	331	잦은육자백이	미 라 도′ 레′ 미′ 솔′ 라′ (라′ 솔′ 미′ 레′ 도′ 시 라 미)
	29	329	긴육자백이	미 라 도′ 레′ 미′ 솔′ (솔′ 미′ 레′ 도′ 시 라 미)
	30	6	긴농부가	미 라 도′ 레′ 미′ 솔′ (솔′ 미′ 레′ 도′ 시 라 미)
	31	338	긴난봉가	미 라 시 도′ 레′ 미′
	32	334	중난봉가	레 미 라 시 도′ 레′
	33	341	잦은난봉가	레 미 솔 라 시 도′ 레′
	34	351	이별가	솔 라 도′ 레′ 미′ 솔′ 라′ 도″
	35	299	칠봉산꼭대기	솔 라 시 도′ 레′ 미′ 파 솔′

위의 [표 24]에 나타난 <라> 종지음으로 된 35곡은 구성음에 따라 크게 기본형 23곡(번호 1번부터 23번)과 변화형 12곡(번호 24번부터 35번)으로 나눌 수 있다.

<악보 56> 원앙가 악곡은 구성음이 <라 도′ 레′ 미′ 솔′ 라′ >이다. 그 중 옥타브 위의 중복된 음 <라′>를 빼면 반경토리 기본형이 된다. 종지음은 <라>이고 정격 라선법이다.

〈악보 56〉   원앙가 (번호 1)

[표 24]의 번호 2번 <오늘해가다졌는가> 악곡도 위의 악곡과 마찬
가지로 구성음과 종지음이 같게 나타나므로, 반경토리 정격 라선법이
다.

〈악보 57〉   배노래 (번호 3)

<악보 57> 배노래 악곡은 상하행이 <미 라 도′ 레′ 미′/ 미′ 레′ 도′
라 솔 미>로 된 메나리토리 기본형이다. 종지음은 <라>이고 변격 라
선법이다.

[표 24]의 번호 4번부터 17번 악곡도 모두 위의 배노래와 마찬가지
로 메나리토리의 기본형으로 되어 있으며, 종지음은 <라>이고 변격 라
선법이다. 그 중 번호 10번 악곡의 기보에 대하여 설명하려 한다.

〈악보 58〉   대야대야 축영대야 (번호 10) 1∼13마디

위의 악보에서 제2, 4, 10, 11, 13마디의 맺는 음은 모두 <솔#>음
으로 기보되었다. 이 <솔#>음은 앞의 <라>음에서 흘러내리는 소리로
보아야 할 것이다. 또한 <솔#>음은 앞의 <라>음의 연장선에서 노랫말
끝을 흐트러 놓는 소리로 보아야 한다. 따라서 표기는 '라〜'로 해야
할 것이다. 제2, 4, 6, 8, 9, 11, 12, 13마디의 <라-솔#-미> 중의 <솔
#>음은 짧은 16분음표의 시가로서 약박에 놓이며, 또한 템포가 비교
적 빠르기에 <솔>음과 뚜렷한 차이를 나타내지 못한다. 제10마디의
<미-솔#-미> 중의 <솔#>음도 역시 위와 같은 경우로 설명된다. 다시
말하면 이 악곡은 종지음을 <라>음으로 표기해야 할 것이고, <솔#>음
은 악곡의 토리에 영향을 주지 않기에 변화형으로 보지 않는다. 덧붙
여 말하면 <라-솔#-미> 중의 <솔#>음은 <솔>음 위에 올림 화살표(↑)
의 기호를 사용하여 적어주는 것이 타당할 것이다.

<악보 59> 농부가 악곡은 구성음 <미 라 도′ 레′ 미′/ 미′ 레′ 도′
시 라 미>로 된 육자백이토리이다. 종지음은 <라>이고 변격 라선법이
다.

〈악보 59〉   농부가 (번호 18)

〈악보 60〉   메나리 (번호 24)

[표 24]의 번호 19번부터 23번 악곡도 위의 악곡과 마찬가지로 같은 구성음(번호 23번은 〈라〉음 하나가 옥타브 위에서 중복됨)과 종지음으로 된 육자백이토리 변격 라선법이다.

〈악보 60〉 메나리 악곡은 상하행이 〈미 라 레′ 미′/ 미′ 레′ 라 솔#미〉(필자의 역보에 따른 것)로 되었다. 악곡은 총 52마디인데, 그 중

원악보의 1~12마디까지를 필자가 역보하여 비교한 것이다.

　　원래 악보는 구성음이 <레 솔 도′ 레′/ 레′ 도′ 솔 파# 레>이며, 종지음은 <솔>이다. 그리고 필자가 역보한 악보의 구성음은 <미 라 레′ 미′/ 미′ 레′ 라 솔# 미>이고 종지음은 <라>가 된다.

　　원래 악보에서는 <파#>음이 설명되지 않지만, 역보 후의 악보에서는 <솔#>음으로 바뀌게 되기 때문에 설명이 가능하다. <솔#>음은 위의 제3, 7, 11마디에서 나타나는데, <라>와 <미> 사이에 끼어서 짧은 시가로 약박의 위치에 놓인다. 즉 <라-솔#-미>의 형태로 나타난다. 이때의 <솔#>음은 강조되지 않을 뿐만 아니라 악곡의 템포(♪=130)가 빨라서 <솔>음과 별 차이를 나타내지 않는다. 따라서 <라-솔#-미> 음형은 <라-솔-미>와 마찬가지로 메나리토리의 특징을 나타내는 것으로 볼 수 있다. 그러므로 원래 악보는 역보된 악보처럼 고쳐 적어야 할 것이다. 즉 이 악곡은 메나리토리 기본형 상하행에서 <도′>음이 출현하지 않는다. 따라서 이 악곡은 메나리토리의 변화형으로 본다.

〈악보 61〉　　　　　　　　강강수월래 (번호 25)

<악보 61> 강강수월래 악곡은 상하행이 <미 라 도′ 레′ 미′/ 미′ 레′ 도′ 시 라 솔 미>로 되어 있다. 이 악곡은 <솔>음과 <시>음이 동시에 출현하면서 각각 메나리토리의 <라-솔-미> 음형과 육자백이토리의 <도′-시> 등의 음형이 뒤섞여서 육자백이토리와 메나리토리의 혼합형이 된다.

<악보 62> 산타령 악곡은 상하행이 <미 라 도′ 레′ 미′ 솔′ 라′/ 라′ 솔′ 미′ 레′ 도′ 시′ 라 미>로 되어 있다. 이 악곡은 <미 라 도′ 레′ 미′/ 미′ 레′ 도′ 시′ 라 미> 된 것에 <솔′, 라> 두 음이 추가된 것으로 볼 수 있다. 그 중 <솔′> 음의 출현으로 의해 이 악곡은 육자백이토리와 메나리토리의 혼합형으로 볼 수 있다. 그 이유는 육자백이토리 기본형 에는 <솔>음이 나타나지 않기 때문이다. 따라서 이 악곡은 육자백이토 리와 메나리토리의 혼합형으로 본다.

〈악보 62〉   산타령 (번호 26) 1~16마디

[표 24]의 번호 27번부터 30번 악곡은 위의 악곡과 구성음이 같은 형태를 나타나면서 모두 <솔>음과 <시>음이 동시에 출현한다. 그러므 로 이들 악곡은 모두 육자백이토리와 메나리토리의 혼합형이다.

<악보 63> 긴난봉가 악곡은 구성음이 <레 미 라 시 도′ 레′ 미′>이 며, 종지음은 <라>이다. 종지음에 따르면 이 악곡은 <라 도′ 레′ 미′

솔'>의 반경토리가 되어야 하지만 <솔> 음이 나타나지 않고, 또한 <시> 음이 출현하고 있으며, <라> 음 아래의 <레>와 <미>는 없어야 된다. 여기서 <시> 음은 <레, 미> 두 음과 같이 수심가토리를 나타내는 것으로 볼 수 있다. 따라서 이 악곡은 수심가토리와 반경토리의 혼합형으로 볼 수 있다.

〈악보 63〉   긴난봉가 (번호 31)

[표 24]의 번호 32번과 33번 악곡은 위의 악곡과 마찬가지로 수심가토리와 반경토리의 혼합형으로 되어 있다. 그 중 번호 33번 악곡은 <솔> 한 음이 아래쪽으로 더 늘어난 것인데 위와 같은 분석 방법으로 해석된다.

<악보 64> 이별가 악곡은 구성음이 <솔 라 도′ 레′ 미′ 솔′ 라′ 도>이며, 종지음은 <라>이다. 종지음에 따르면 이 악곡을 <라 도′ 레′ 미′ 솔′>로 된 반경토리로 볼 수 있다. 이렇게 된다면 <라′, 도>의 두 음은 옥타브 위의 중복된 음이 될 것이고, <솔>은 아래쪽으로 늘어난 음으로 볼 수 있다. 실제 악곡의 첫머리 시작부분 제1~4마디의 선율을 보면 <솔>에서 시작하여 옥타브 위의 <솔′>에서 끝나는 것을 알

〈악보 64〉   이별가 (번호 34)

리경희 노래, 리황훈 채보

수 있다. 이 선율 진행은 진경토리에 해당한다. 그 뒤에 따르는 제
5~6마디는 〈솔〉 음에서 긴 박으로 정착하다가 제7~9마디에서는 다시
〈솔〉음에서 아래쪽으로 하행 진행하여 〈라〉음에서 맺는다. 즉 〈솔〉
음을 기점으로 하여 반경토리로 바뀐다. 따라서 이 악곡은 진경토리와
반경토리의 혼합형으로 본다.

〈악보 65〉   칠봉산꼭대기 (번호 35)

장재천 노래, 리황훈 채보

  <악보 65> 칠봉산꼭대기 악곡은 구성음이 〈솔 라 시 도′ 레′ 미′ 파′
솔′〉이며, 종지음은 〈라〉이다. 종지음 〈라〉로 된 토리를 살펴보면 메

나리토리 변격 라선법, 육자백이토리 변격 라선법, 반경토리 정격 라선법 및 난봉가토리가 있다. 그 중 난봉가토리는 이미 앞에서 언급한 것처럼 수심가토리와 반경토리의 혼합형으로 본다. 이와 같이 보면 이 악곡은 메나리토리나 육자백이토리 또는 반경토리로 되어야 하는데, 이들 토리에는 <시>와 <파′> 두 음은 모두 나타나지 않는다. 악곡의 제 7마디에서는 <라-시-도′-레>(악보에 ②로 표시한 부분 참조)의 선율 진행이 나타나는데, 여기서 <시>는 상행 단2도 진행을 한다. 즉 <라-시-도′-레>의 음형은 위의 세 가지 토리에서는 적용될 수 없는 것이며 단조[小調]에서만 있을 수 있는 선율 진행이라고 생각된다. 악곡의 제3, 6마디에서는 <파′-레′-미′-레′>(악보에 ①로 표시한 부분 참조)의 선율 진행이 나타나는데 여기서 <파′>음은 쌍보조음(雙補助音) <레′>음을 거쳐 <미′>음에로 하행 단2도 진행하여 <레′>음으로 향한다. 즉 <파′-미′-레′>의 하행 선율 진행을 한다. 이런 선율형 역시 위의 세 가지 토리에서는 볼 수 없는 것이며, 단조에서만 가능한 선율 진행형이다. 그 외 악곡의 시작부분의 제1-2마디를 보면 <솔′>음에서 하행 진행하여 <솔>음까지 내려오는 것을 알 수 있다. 이런 선율형은 진경토리에 해당된다고 본다. 그러나 종지음은 <솔>이 아닌 <라>에서 맺는다. 즉 단조의 주음(主音)에서 맺는다. 그러므로 이 악곡은 진경토리와 단조가 섞인 혼합형으로 본다.

　지금까지 분석한 <라> 종지음으로 된 악곡을 정리하면 아래와 같다.

　<라> 종지음으로 된 악곡은 모두 35곡이며 기본형 23곡과 변화형 12곡이다. 기본형 23곡은 반경토리 정격 라선법 2곡([표 24]의 번호 1~2번), 메나리토리 변격 라선법 15곡(번호 3~17번), 육자백이토리 변

격 라선법 6곡(번호 18~23번)이다. 변화형 12곡은 메나리토리 변화형
1곡(번호 24번), 육자백이토리와 메나리토리의 혼합형 6곡(번호 25~30
번), 수심가토리와 반경토리의 혼합형 3곡(번호 31~33), 반경토리와
진경토리의 혼합형 1곡(번호 34번), 진경토리와 자연단조의 혼합형 1
곡(번호 35번)이다.

이상 분석한 유희요의 기본형, 변화형, 혼합형을 정리하면 다음의
[표 25]와 같다.

[표 25]   유희요 기본형 토리와 변화형 토리의 악곡수 비교

형 \ 토리	메나리토리	경토리		육자백이토리	수심가토리	소 계
		진경	반경			
기본형	25	20	3	7	5	60
변화형	1	3	1	1	2	8
혼합형						13
합 계						81

위의 [표 25]와 같이 유희요 81곡은 토리의 기본형 60곡과 변화형
8곡 및 토리의 혼합형 13곡으로 되었다. 즉 기본형은 60곡이고 변화
형은 21곡이다. 기본형 60곡 중에는 메나리토리가 25곡이고 진경토리
가 20곡으로 가장 많다.

본 항에서는 향토민요를 노동요, 의식요, 유희요의 세 부분으로 나
누어 음조직 분석을 하였다. 그 결과를 정리하면 아래의 [표 26]과 같
다.

[표 26] 향토민요의 기본형, 변화형, 혼합형 토리별 악곡수 비교

형 \ 토리		메나리토리	경토리		육자백이토리	수심가토리	소 계
			진경	반경			
기본형	노동요	29	17	1	7		54
	의식요	4	5				9
	유희요	25	20	3	7	5	60
	합 계	58	43	4	14	5	123
변화형	노동요	13	3	9	2	7	34
	의식요	1		1			2
	유희요	1	3	1	1	2	8
	합 계	15	6	11	3	9	44
혼합형	노동요						15
	의식요						2
	유희요						13
	합 계						30
합 계		197					

위의 [표 26]에 나타난 『집성』 자료집의 향토민요는 모두 197곡이
다. 그 중 각 토리의 기본형은 123곡이고, 변화형은 44곡, 혼합형은
30곡이다. 기본형 123곡 중에서 메나리토리는 58곡이고, 진경토리는
43곡, 반경토리는 4곡, 육자백이토리는 14곡, 수심가토리는 5곡으로
그 중 메나리토리가 가장 많이 나타난다. 변화형 44곡 중에는 메나리
토리의 변화형이 15곡이고, 진경토리 변화형이 6곡, 반경토리 변화형
이 11곡, 육자백이토리 변화형이 3곡, 수심가토리 변화형이 9곡이다.
이와 같이 변화형에서는 메나리토리의 변화형이 가장 많다. 혼합형 30
곡 중에는 노동요 15곡, 의식요 2곡, 유희요 13곡으로, 노동요와 유희
요에 혼합형이 가장 많이 나타난다.

2) 통속민요 및 신민요의 음조직

(1) 통속민요

연구자의 분석에 의하면 『집성』 자료집에는 통속민요로 볼 수 있는 악곡이 총 86곡이다. 이 장에서는 이들 통속민요의 음조직 분석을 위하여 먼저 악곡을 종지음에 따라 분류하고, 그 다음 구성음에 따른 토리를 살펴보고자 한다. 통속민요 악곡을 종지음 별로 나타내면 다음의 [표 27]과 같다.

[표 27] 통속민요 악곡의 종지음별 분류 및 악곡수

종지음	악곡명	소 계
도	풍년가, 아리랑, 제비가 등	24
레	박연폭포, 닐리리, 장단타령 등	8
미	아리랑, 밀양아리랑, 정선아리랑 등	11
솔	도라지, 양산도, 신녕변가 등	31
라	농부가, 방아타령, 베틀가 등	39
합 계		113

위의 [표 27]에 의하면 『집성』 자료집에 수록된 통속민요는 총 113곡이다. 그 중 <도> 종지음으로 된 악곡은 24곡이고, <레> 종지음으로 된 악곡은 8곡, <미> 종지음으로 된 악곡은 11곡, <솔> 종지음으로 된 악곡은 31곡, <라> 종지음으로 된 악곡은 39곡이다.

① <도> 종지음에 의한 악곡의 음조직 분석

<도> 음으로 종지하는 악곡의 구성음을 살펴보면 다음의 [표 28]과 같다.

[표 28] 〈도〉 종지음으로 된 악곡의 음조직 분석

종지음	번호	페이지	악곡명	구성음(하행)
도	1	502	단지타령	솔 라 도′ 레′ 미′
	2	231	제비가(경기잡가)	솔 라 도′ 레′ 미′
	3	181	아리랑	솔 라 도′ 레′ 미′ 솔′
	4	294	고사리타령	솔 라 도′ 레′ 미′ 솔′
	5	471	흥타령	솔 라 도′ 레′ 미′ 솔′
	6	219	삼아리랑	솔 라 도′ 레′ 미′ 솔′ 라′
	7	290	오동나무타령	솔 라 도′ 레′ 미′ 솔′ 라′
	8	377	라이라렛뚜리	솔 라 도′ 레′ 미′ 솔′ 라′
	9	252	뒤산타령(서도잡가)	솔 라 도′ 레′ 미′ 솔′ 라′
	10	256	경발림(서도잡가)	솔 라 도′ 레′ 미′ 솔′ 라′
	11	261	놀량(서도잡가)	솔 라 도′ 레′ 미′ 솔′ 라′
	12	565	함평천지(단가)	솔 라 도′ 레′ 미′ 솔′ 라′
	13	249	앞산타령(서도잡가)	솔 라 도′ 레′ 미′ 솔′ 라′ 도″
	14	283	노래가락	솔 라 도′ 레′ 미′ 솔′ 라′ 도″
	15	300	배꽃타령	솔 라 도′ 레′ 미′ 솔′ 라′ 도″
	16	420	꿈배타령	솔 라 도′ 레′ 미′ 솔′ 라′ 도″
	17	475	홍타령	라 도′ 레′ 미′ 솔′
	18	507	가야금타령	라 도′ 레′ 미′ 솔′ 라′
	19	267	산천초목(판소리)	라 도′ 레′ 미′ 파′ 솔′ 라′ 도″ 레″ 미″
	20	553	유산가(경기잡가)	도 레 미 솔 라
	21	450	아야홍타령	도 레 미 솔 라 시
	22	378	홀라리	도 레 미 솔 라 도′ 레′ 미′
	23	437	돈타령	미 솔 라 시 도′ 레′ 미′ 솔′
	24	59	풍년가	레 미 솔 라 도′ 레′ 미′

위의 [표 28]에서 〈도〉 종지음으로 된 악곡은 구성음에 의해 기본
형과 변화형, 혼합형으로 나뉜다. 기본형은 18곡(번호 1~16번과
17~18번)이고, 변화형은 3곡(번호 20~22번), 혼합형은 3곡(번호 19번
과 23~24번)이다.

〈악보 66〉　　　　　　　　　단지타령 (번호 1)

〈악보 66〉 단지타령 악곡은 구성음이 <솔 라 도′ 레′ 미′>인 진경토리 기본형이다. 종지음은 <도>이고 변격 도선법이다.

[표 28]의 번호 2번부터 16번 악곡 중에서 옥타브 위의 중복된 <솔′>(번호 3번부터 5번), <솔′, 라′>(번호 6번부터 12번), <솔′, 라′, 도″>(번호 13~16번) 음을 빼면 모두 기본형을 나타내는 진경토리 변격 도선법이 된다. 즉 번호 1번부터 16번까지는 모두 진경토리 기본형이다.

〈악보 67〉　　　　　　　　　흥타령 (번호 17)

〈악보 67〉 흥타령 악곡은 구성음이 <라 도′ 레′ 미′ 솔′>로 된 반경토리이다. 종지음은 <도>이고 변격 도선법이다.80)

---

80) 진경토리 변격 도선법은 <솔 라 도′ 레′ 미′ 솔′>에서 <도′>로 종지하는 것을

[표 28]의 번호 18번 악곡도 위의 흥타령과 마찬가지로 반경토리 변격 도선법으로 되었다.

〈악보 68〉   유산가 (번호 20) 1~10마디

<악보 68> 유산가의 1~10마디는 구성음이 <도 레 미 솔 라>이며, 종지음은 <도>이다. 악곡 중의 <솔>음의 반복과 종지음 <도>음은 진경토리의 성격을 강조한다. 또한 <도, 레, 미> 세 음은 진경토리 구성음 <솔 라 도′ 레′ 미′>의 옥타브 아래에서 중복된 것으로 볼 수 있는데, 이들 세 음에 의해 악곡의 성격이 변한다. 따라서 이 악곡은 진경토리 변화형으로 본다.

〈악보 69〉   아야흥타령 (번호 21)

말할 때 반경토리 변격 도선법은 <라 도 레′ 미′ 솔′>에서 <도′>로 종지하는 것을 말한다.

<악보 69> 아야흥타령 악곡은 구성음이 <도 레 미 솔 라 시>이며,
종지음은 <도>이다. 악곡의 제2, 4, 5, 6, 7마디의 <라-솔>의 하행 장
2도 진행과 제8, 10, 12마디의 <레-도>의 하행 장2도 진행은 각각
<솔>과 <도>음을 강조하면서 진경토리의 성격을 나타낸다. 또한 <시>
음은 단 한 번만 출현하며 <시-도′>의 단2도 상행진행을 하지 않는다.
악곡 중의 <도, 레, 미> 세 음은 구성음 <솔 라 도′ 레′ 미′>의 아래
쪽에서 나타난 것으로 보면 이 악곡은 진경토리의 변화형으로 볼 수
있다.

〈악보 70〉   홀라리 (번호 22)

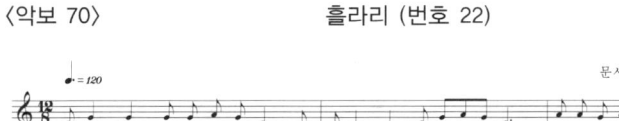

<악보 70> 홀라리 악곡은 구성음이 <도 레 미 솔 라 도′ 레′ 미′>
이며, 종지음은 <도>이다. 악곡 중의 <도, 레, 미> 세 음은 진경토리
기본형 <솔 라 도′ 레′ 미′>에서 <도′, 레′, 미′> 세 음이 옥타브 아래
에서 중복된 것으로 볼 수 있다. 옥타브 아래쪽으로 늘어난 세 음에
의해 악곡의 성격이 변한다. 따라서 이 악곡은 진경토리 변화형으로
본다.

<악보 71> 돈타령 악곡은 구성음이 <미 솔 라 시 도′ 레′ 미′ 솔>
이며, 종지음은 <도>이다. 악곡의 제8~10마디, 23마디, 33~34마디의
<미′-도′-시-라>의 선율진행은 육자백이토리 성격을 나타낸다. 악곡의

제27, 40마디의 <솔> 음은 육자백이토리 기본형에는 없는 음이다. 특히 제42~43마디의 <솔-도´>의 진행은 진경토리의 종지형을 나타낸다. 따라서 이 악곡은 육자백이토리와 진경토리의 혼합형으로 본다.

<악보 71>   돈타령 (번호 23)

<악보 72>   풍년가 (번호 24)

<악보 72> 풍년가 악곡은 구성음이 <레 미 솔 라 도´ 레´ 미´>이며,

종지음은 <도>이다. 악곡의 제4, 12마디에 나타난 <레, 미> 두 음은 진경토리 기본형 <솔 라 도′ 레′ 미′>의 아래쪽으로 늘어난 것으로 본다. 또한 이 두 음은 제일 아래에 위치하므로 수심가토리의 성격을 띤다고 할 수 있다. 따라서 이 악곡은 진경토리와 수심가토리의 혼합형으로 본다. [표 28]의 번호 19번 악곡은 구성음이 <라 도′ 레′ 미′ 파′ 솔′ 라′ 도″ 레″ 미″>이며, 종지음은 <도>이다. 악곡의 구성음은 <라 도′ 레′ 미′ 솔′>과 <레′ 미′ 솔′ 라′ 도″>가 겹친 것으로 볼 수 있으며 <파′>음은 변화음으로 볼 수 있다. 따라서 위의 풍년가와 마찬가지로 진경토리와 수심가토리의 혼합형으로 본다.

위에서 분석한 <도>음으로 종지하는 악곡은 24곡으로, 기본형 18곡과 변화형 3곡, 혼합형 3곡이다. 기본형 18곡 중에서 16곡([표 28]의 번호 1번부터 16번)은 진경토리 변격 도선법이고, 2곡(번호 17~18번)은 반경토리 변격 도선법이다. 변화형 3곡(번호 20~22번)은 진경토리 변화형으로 되었고, 혼합형 3곡은 육자백이토리와 진경토리가 혼합된 것이 1곡(번호 23번)이고, 진경토리와 수심가토리가 혼합된 것이 1곡(번호 24번)이고, 반경토리와 수심가토리가 혼합된 것이 1곡(번호 19번)이다.

② <레> 종지음에 의한 악곡의 음조직 분석

<레> 종지음에 의한 악곡의 구성음을 살펴보면 다음의 [표 29]와 같다.

[표 29] 〈레〉 종지음으로 된 악곡의 음조직 분석

종지음	번호	페이지	악곡명	구성음(하행)
레	1	392	장단타령	레 미 솔 라 도′ 레′
	2	370	닐리리	레 미 솔 라 도′ 레′ 미′
	3	479	왜생경	레 미 솔 라 도′ 레′ 미′
	4	517	긴배따라기(장잡가)	레 미 파# 솔 라 시 도′ 레′
	5	610	수심가엮음(잡가)	레 미 솔 라 시 도′ 레′ 미′
	6	372	닐리리타령	라 도′ 레′ 미′ 솔′ 라′ 시′
	7	235	박연폭포	라 도′ 레′ 미′ 솔′ 라′ 시′ 도″ 레″
	8	483	자라가	라 레′ 미′ 파′ 솔′ 라′ 도″ 레″

위의 [표 29]에서 〈레〉 종지음으로 된 8곡은 구성음에 의해 기본형
과 변화형, 혼합형으로 나뉜다. 기본형은 3곡(번호 1번부터 3번)이고,
변화형은 2곡(번호 4-5번)이고, 혼합형은 3곡(번호 6번부터 8번)이다.
이들 기본형과 변화형, 혼합형에 속하는 악곡을 예로 들어 분석하면
아래와 같다.

〈악보 73〉   장단타령 (번호 1)

조종주 노래, 리황훈 채보

<악보 73> 장단타령 악곡은 구성음이 <레 미 솔 라 도′ 레′>이다.
그 중 <레′> 음은 수심가토리 기본형 <레 미 솔 라 도>의 옥타브 위
중복된 음이다. 그러므로 이 악곡은 수심가토리의 기본형이다. 종지음

은 <레>이고 정격 레선법이다.

[표 29]의 번호 2~3번 악곡도 같은 분석 방법으로 <레′, 미′>를 옥
타브 위 중복음으로 본다면 수심가토리 기본형이 된다. 종지음은 <레>
이고 정격 레선법이다.

⟨악보 74⟩　　　　　　　긴배따라기 (번호 4) 330~355마디

<악보 74> 긴배따라기 악곡은 총 355마디로 되어 있다. 위의 악보
는 그 중 330~355마디이다. 이 악곡은 구성음 <레 미 파# 솔 라 시
도′ 레′>로 되었다. 그 중 <레> 음은 수심가토리 기본형 <레 미 솔
라 도′>의 옥타브 위 중복된 음으로 볼 수 있고, <파#>과 <시>음은
변화음으로 볼 수 있다. 따라서 이 악곡은 수심가토리의 변화형이다.

<악보 75> 수심가엮음 악곡은 총 58마디로 되었다. 위의 악보는 그
중 1~18마디이다. 이 악곡은 구성음이 <레 미 솔 라 시 도′ 레′ 미′>
로 되어 있다. 그 중 <레′, 미′>의 두 음은 수심가토리 기본형 <레 미
솔 라 도′>의 옥타브 위 중복된 음으로 볼 수 있으며, 이들 두 음은

토리의 성격에 영향을 주지 않는다. 하지만 <시>음은 변화음이 첨가된 것이므로 이 악곡은 수심가토리의 변화형으로 본다.

<악보 75>　　　　　　수심가엮음 (번호 5) 1~18마디

<악보 76>　　　　　　　닐리리타령 (번호 6)

　　<악보 76> 닐리리타령 악곡은 구성음이 <라 도′ 레′ 미′ 솔′ 라′ 시′>이다. 그 중 <라′>음은 반경토리 기본형 <라 도′ 레′ 미′ 솔′>에서 옥타브 위로 중복된 음이며, <시′>음은 새로 출현한 음으로 볼 수 있다. 이렇게 본다면 이 악곡을 반경토리의 변화형이 된다. 그러나 종지음이 <레>이므로 수심가토리와 섞인 것으로 보아야 한다. 즉 이 악곡은 반경토리와 수심가토리의 혼합형으로 본다.

　　[표 29]의 번호 7번 악곡은 구성음이 <라 도′ 레′ 미′ 솔′ 라′ 시′ 도″

레″>이다. 그 중 <시′>음은 새로 추가된 것으로 보고 <레″>음은 옥타브 위의 중복된 음으로 보면 이 악곡은 <라 도′ 레′ 미′ 솔′>와 <레′ 미′ 솔′ 라′ 도″> 두 개의 토리가 섞인 것을 알 수 있다. 따라서 이 악곡도 위의 악곡과 마찬가지로 반경토리와 수심가토리의 혼합형으로 본다.

〈악보 77〉   자라가 (번호 8)

<악보 77> 자라가 악곡은 구성음이 <라 레′ 미′ 파′ 솔′ 라′ 도′ 레″>이다. 그 중 <파′> 음은 새로 추가된 것으로, <레″>음은 옥타브 위의 중복된 것으로, <라>음은 아래쪽으로 늘어난 것으로 보면 <레′ 미′ 솔′ 라′ 도′>의 수심가토리가 된다. 하지만 여기서 아래쪽으로 늘어난 <라> 음이 있기에 반경토리가 섞인 것으로 보아야 한다. 따라서 이 악곡은 수심가토리와 반경토리의 혼합형으로 본다.

위에서 분석한 <레> 종지음으로 된 악곡은 기본형 3곡과 변화형 2곡, 혼합형 3곡이다. 기본형 3곡([표 29]의 번호 1번부터 3번)은 수심가토리 정격 레선법으로 되었다. 변화형 2곡(번호 4~5번)은 수심가토리 변화형으로 되어 있다. 혼합형 3곡(번호 6~8번)은 수심가토리와 반

경토리의 혼합형으로 되어 있다.

③ <미> 종지음에 의한 악곡의 음조직 분석

<미> 종지음에 의한 악곡의 구성음을 살펴보면 다음의 [표 30]과 같다.

[표 30] 〈미〉 종지음으로 된 악곡의 음조직 분석

종지음	번호	페이지	악곡명	구성음(하행)
미	1	186	아리랑	미 라 도′ 레′ 미′ (미′ 레′ 도′ 라 솔 미)
	2	199	정선아리랑	미 라 도′ 레′ 미′ (미′ 레′ 도′ 라 솔 미)
	3	376	리리흘라리	미 라 도′ 레′ 미′ (미′ 레′ 도′ 라 솔 미)
	4	451	각설이타령	미 라 도′ 레′ 미′ (미′ 레′ 도′ 라 솔 미)
	5	214	평안아리랑	미 라 도′ 레′ (레′ 도′ 라 솔 미)
	6	216	긴아리랑	미 라 도′ 레′ (레′ 도′ 라 솔 미)
	7	411	권학가	미 라 도′ 레′ (레′ 도′ 라 솔 미)
	8	615	이별가(잡가)	미 라 도′ 레′ (레′ 도′ 라 솔 미)
	9	570	새타령(장잡가)	미 라 도′ 레′ 미′ (미′ 레′ 도′ 시 라 미)
	10	379	리라리라리요	미 솔 라 도′ 레′ 미′
	11	188	밀양아리랑	도 레 미 솔 라 도′ 레′ 미′

위의 [표 30]에서 <미>를 종지음으로 하는 11곡은 구성음에 의해 메나리토리 8곡(번호 1번부터 8번)과 육자백이토리 1곡(번호 9번), 메나리토리의 변화형 2곡(번호 10~11번)으로 나뉜다. 변화형 2곡은 메나리토리 자체가 변화된 1곡(1번호 10번)과 메나리토리와 기타토리가 혼용된 혼합형 1곡(번호 11번)으로 나뉜다.

〈악보 78〉　　　　　　　　　아리랑 (번호 1)

송응전 노래, 김원창 채보

<악보 78> 아리랑 악곡은 상하행이 <미 라 도′ 레′ 미′/ 미′ 레′ 도′ 라 솔 미>로 된 메나리토리로, 종지음이 <미>인 정격 미선법이다. [표 30]의 번호 2번부터 8번 악곡도 아리랑과 마찬가지로 메나리토리의 기본형으로, 종지음이 <미>인 정격 미선법이다.

[표 30]의 번호 9번 악곡은 상하행이 <미 라 도′ 레′ 미′/ 미′ 레′ 도′ 시 라 미>로 된 육자백이토리로, 종지음은 <미>이고 정격 미선법 이다.

〈악보 79〉　　　　　　　　리라리라리요 (번호 10)

리송준 노래, 원봉훈 채보

<악보 79> 리라리라리요 악곡의 구성음은 상, 하행이 같은 <미 솔 라 도′ 레′ 미′>이다. 악곡 중의 <솔> 음은 상하행 시에 고루 나타난 다. 따라서 이 악곡은 메나리토리의 기본형으로 보지 않고 변화형으로 본다.

〈악보 80〉   밀양아리랑 (번호 11)

강성기 노래, 황훈, 성민 채보

날좀보 - 소 날좀보 - 소 날좀 - 보 - 소 - 동지선 - 달 - 꽃본듯 - 이 -
날 - 좀 - 보 소 - 아 리아 리랑 스리스 리랑 아라 리 가났 - 네 -
아 리 - 랑 - 고 개 - 로 - 넘 어 - 간 다 -

   〈악보 80〉 밀양아리랑 악곡은 구성음이 〈도 레 미 솔 라 도′ 레′
미′〉이다. 그 중 〈도, 레, 미〉 세 음을 〈솔 라 도′ 레′ 미′〉의 아래쪽
으로 늘어난 것으로 보면 이 악곡은 진경토리에 해당된다. 그러나 종
지음이 〈미〉이므로, 메나리토리토리의 성격을 띤다. 따라서 이 악곡은
진경토리와 메나리토리의 혼합형으로 본다.[81]

   위에서 살펴 본 바와 같이 〈미〉 종지음으로 된 11곡은 메나리토리
정격 미선법 8곡([표 30]의 번호 1번부터 8번)과 육자백이토리 1곡(번
호 9번), 메나리토리 변화형 1곡(번호 10번) 및 메나리토리와 진경토
리의 혼합형 1곡(번호 11번)으로 되어 있다.

   ④ 〈솔〉 종지음에 의한 악곡의 음조직 분석
   〈솔〉 종지음에 의한 악곡의 구성음을 살펴보면 다음의 [표 31]과
같다.

---

81) 이보형은 〈밀양아리랑〉이 조선말기 일제초기에 박남포(박시춘의 부친)가 작곡
   하였다고 한다. 하지만 문헌자료에서 증명이 되지 않기에 본 논문에서는 이
   악곡을 신민요로 보지 않고 통속민요로 볼 것이다.

[표 31] 〈솔〉 종지음으로 된 악곡의 음조직 분석

종지음	번호	페이지	악곡명	구성음(하행)
솔	1	222	도라지	솔 라 도 레′ 미′
	2	304	매화타령	솔 라 도 레′ 미′
	3	482	뽕따러가세	솔 라 도′ 레′ 미′
	4	496	비단타령	솔 라 도′ 레′ 미′
	5	530	남병산싸움(서도잡가)	솔 라 도′ 레′ 미′
	6	533	공명가(서도장잡가)	솔 라 도′ 레′ 미′
	7	607	수심가엮음(잡가)	솔 라 도′ 레′ 미′
	8	686	잦은염불	솔 라 도′ 레′ 미′
	9	184	아리랑	솔 라 도′ 레′ 미′ 솔′
	10	288	창부타령	솔 라 도′ 레′ 미′ 솔′
	11	182	아리랑	솔 라 도′ 레′ 미′ 솔′ 라′
	12	193	단천아리랑	솔 라 도′ 레′ 미′ 솔′ 라′
	13	273	뽕타령	솔 라 도′ 레′ 미′ 솔′ 라′
	14	285	봄이오네	솔 라 도′ 레′ 미′ 솔′ 라′
	15	408	이팔청춘가	솔 라 도′ 레′ 미′ 솔′ 라′
	16	419	꿍드렁타령	솔 라 도′ 레′ 미′ 솔′ 라′
	17	476	범벅타령	솔 라 도′ 레′ 미′ 솔′ 라′
	18	271	관산융마(서도잡가)	솔 라 도′ 레′ 미′ 솔′ 라′
	19	368	닐니리타령	솔 라 도′ 레′ 미′ 솔′ 라′ 도″
	20	375	갑산닐리리	솔 라 도′ 레′ 미′ 솔′ 라′ 도″
	21	404	암만하여도 못사리라	솔 라 도′ 레′ 미′ 솔′ 라′ 도″
	22	406	청춘가	솔 라 도′ 레′ 미′ 솔′ 라′ 도″
	23	613	청북수심가(잡가)	솔 라 도′ 레′ 미′ 솔′ 라′ 도″
	24	241	신녕변가82)	솔 라 도′ 레′ 미′ 솔′ 라′ 도″ 레″ 미″
	25	412	담바구타령	미 솔 라 도′ 레′ 미′
	26	414	담바구타령	미 솔 라 도′ 레′ 미′
	27	586	어서어서허락하소	미 솔 라 도′ 레′ 미′
	28	211	아리랑	레 미 솔 라 　 도′ 레′ 미′
	29	551	별조단가	레 미 솔 라 시 도′ 레′ 미′
	30	226	양산도	레 　 솔 라 　 도′ 레′ 미′ 솔′ 라′
	31	548	단가	레 　 솔 라 시 도′ 레′ 미′

82) 엄하진은 <신녕변가>가 1930년대 말경에 주동인 작사로 창작 보급되었다고 하면서 <신녕변가>는 후에 <평북녕변가>로 바꾸어 불렀다고 한다.(엄하진, 『조

앞의 <솔> 종지음으로 된 31곡은 기본형과 변화형, 혼합형으로 나
뉜다. 기본형은 24곡(번호 1번부터 24번)이고, 변화형은 3곡(번호
25~27번), 혼합형은 4곡(번호 28번부터 31번)이다.

〈악보 81〉   도라지 (번호 1)

<악보 81> 도라지 악곡은 구성음이 <솔 라 도′ 레′ 미′>인 진경토
리이다. 종지음은 <솔>이고 정격 솔선법이다. [표 31]의 번호 1번부터
8번 악곡 또한 위의 도라지와 같이 진경토리 정격 솔선법이다.

[표 31]의 번호 9번과 10번 악곡은 <솔 라 도′ 레′ 미′> 기본형에서
옥타브 위로 <솔′> 음이 중복된 것이고, 번호 11번부터 18번 악곡은
<솔′, 라′> 두 음이 중복된 것이다. 번호 19번부터 23번 악곡은 <솔′
라′ 도″> 세 음이 중복된 것이고, 번호 24번 악곡은 <솔′ 라′ 도″ 레″

선민요의 유래』, 북한 평양: 예술교육출판사, 1992, 136쪽) 필자는 작사자만
있는 것은 신민요로 보지 않을 것이다. 왜냐하면 작사는 기존 민요 선율을 바
꾸지 않고도 창작이 가능하기 때문이다. 그러므로 작곡자가 밝혀져 있지 않는
것은 신민요로 취급하지 않는다는 것을 밝혀 둔다.

미″> 다섯 음이 중복된 것이다. 그러므로 이들 번호 9~24번 악곡은
모두 진경토리 기본형으로 된 정격 솔선법이다.

〈악보 82〉   담바구타령 (번호 25)

<악보 82> 담바구타령 악곡은 구성음이 <미 솔 라 도′ 레′ 미′>이
다. 그 중 <미>음은 진경토리 기본형 <솔 라 도′ 레′ 미′>의 아래쪽으
로 중복된 것이다. <미>음은 악곡의 맨 아래에 놓이면서 진경토리의
성격에 변화를 준다. 따라서 이 악곡은 진경토리의 변화형으로 본다.
[표 31]의 번호 26번과 27번 악곡은 위의 담바구타령과 같은 구성음
으로 되었기에 역시 진경토리의 변화형으로 본다.

〈악보 83〉   아리랑 (번호 28)

<악보 83> 아리랑 악곡은 구성음이 <레 미 솔 라 도′ 레′ 미′>이다. 이 구성음은 다시 수심가토리 기본형 <레 미 솔 라 도′>와 진경토리 기본형 <솔 라 도′ 레′ 미′>로 나누어 볼 수 있다. 앞의 구성음으로 볼 때 <레′, 미′> 두 음은 옥타브 위로 중복된 것이고, 뒤의 구성음으로 볼 때 <레, 미> 두 음은 옥타브 아래로 중복된 것이다. 악곡의 맨 아래 음은 <레>가 되지만 종지음은 <솔>이기에 이 악곡은 수심가토리와 진경토리의 혼합형이다.

[표 31]의 번호 29~31번 악곡은 위의 악곡과 구성음 중에서 위로 <라′> 음이 더 중복된 것과 아래로 <미> 음이 중복되지 않은 것이 다르고 <시>음이 첨가된 것도 다르지만 역시 같은 방법으로 분석된다. 따라서 이들 악곡은 위의 악곡과 마찬가지로 수심가토리와 진경토리의 혼합형이다.

위의 <솔> 종지음으로 된 31곡은 기본형과 변화형, 혼합형으로 나뉜다. 기본형은 24곡([표 31]의 번호 1번부터 24번)이고, 변화형은 3곡(번호 25~27번), 혼합형은 4곡(번호 28~31번)이다.

위에서 살펴 본 바와 같이 <솔> 종지음으로 된 31곡은 기본형 24곡과 변화형 3곡, 혼합형 4곡으로 나뉜다. 기본형 24곡([표 31]의 번호 1번부터 24번)은 진경토리 정격 솔선법이고, 변화형 3곡(번호 25~27번)은 진경토리 변화형이고, 혼합형 4곡(번호 28~31번)은 수심가토리와 진경토리의 혼합형이다.

⑤ <라> 종지음에 의한 악곡의 음조직 분석

<라> 종지음에 의한 악곡의 구성음을 살펴보면 다음의 [표 32]와 같다.

[표 32] 〈라〉 종지음으로 된 악곡의 음조직 분석

종지음	번호	페이지	악곡명	구성음(하행)
라	1	378	라이쏘	라 도′ 레′ 미′ 솔′ 라
	2	390	은실타령	라 도′ 레′ 미′ 솔′ 라
	3	393	경복궁타령	라 도′ 레′ 미′ 솔′ 라
	4	433	장기타령	라 도′ 레′ 미′ 솔′ 라′
	5	243	몽금포타령	라 도′ 레′ 미′ 솔′ 라′ 도″
	6	374	닐리리	라 도′ 레′ 미′ 솔′ 라′ 도″
	7	174	베틀가	라 도′ 레′ 미′ 솔′ 라′ 도″
	8	197	청주아리랑	미 라 도′ 레′ 미′ (미′ 레′ 도′ 라 솔 미)
	9	204	경상도아리랑	미 라 도′ 레′ 미′ (미′ 레′ 도′ 라 솔 미)
	10	210	영천아리랑	미 라 도′ 레′ 미′ (미′ 레′ 도′ 라 솔 미)
	11	292	삼동주타령	미 라 도′ 레′ 미′ (미′ 레′ 도′ 라 솔 미)
	12	191	고성아리랑	미 라 도′ 레′ (레′ 도′ 라 솔 미)
	13	194	충청도아리랑	미 라 도′ 레′ (레′ 도′ 라 솔 미)
	14	422	징검이타령	미 라 도′ 레′ (레′ 도′ 라 솔 미)
	15	449	각시타령	미 라 도′ 레′ (레′ 도′ 라 솔 미)
	16	503	부뚜막타령	미 라 도′ 레′ (레′ 도′ 라 솔 미)
	17	207	진도아리랑	미 라 도′ 레′ 미′ (미′ 레′ 도′ 시 라 미)
	18	439	개구리타령	미 라 도′ 레′ 미′ (미′ 레′ 도′ 시 라 미)
	19	568	토끼타령(판소리)	미 라 도′ 레′ 미′ (미′ 레′ 도′ 시 라 미)
	20	4	농부가(판소리)	미 라 도′ 미′ (미′ ′ 도′ 시 라 미)
	21	441	개구리타령	미 라 도′ 레′ 미′ 라′ (라′ 미′ 레′ 도′ 시 라 미)
	22	434	장기타령	솔 라 도′ 레′ 미′
	23	509	주머니타령	솔 라 도′ 레′ 미′
	24	474	홍타령	미 솔 라 도′ 레′
	25	454	장타령	미 솔 라 도′ 레′ 미′
	26	480	령감로친[83]	미 솔 라 도′ 레′ 미′ 솔′ 라′
	27	305	어랑타령	미 라 도′ 레′ 미′ 솔′

---

83) <령감로친>은 REGAL C205-A 俗謠 <령감타령>과 가사가 같게 나타난다.
(이진원, 「新民謠 硏究(1)」, 『韓國古音盤學』(제7호), 한국 서울: 韓國古音盤硏
究會, 1997, 390쪽) 그러나 선율이 같은 점을 찾아보기 어렵다. 따라서 이
두 악곡은 가사는 같지만 선율은 다른 악곡이다. 또한 <령감로친>은 작곡자
가 밝혀지지 않았기에 신민요로 보지 않고 통속민요로 보았다.

라	28	192	양강랑아리랑	미 라 도′ 레′ 미′ 솔′
	29	228	한강수타령	미 라 도′ 레′ 미′ 솔′
	30	245	오봉산타령	미 라 도′ 레′ 미′ 솔′ 라
	31	431	까투리타령	라 도′ 레′ 미′ 솔′ 라 시′
	32	473	흥타령	라 도′ 레′ 미′ 솔′ 라 시′
	33	688	산념불	라 시 도 레′ 미′
	34	302	동배꽃타령	미 라 도′ 레′ 미′ 솔′ 라 (라 솔′ 미′ 레′ 도′ 시 라 미)
	35	274	뽕타령	미 라 도′ 레′ 미′ 솔′ 라 (라 솔′ 미′ 레′ 도′ 시 라 솔 미)
	36	296	타령	미 라 도′ 미′ 솔′ 라 (라 솔′ 미′ 도′ 시 라 미)
	37	469	흥타령	라 미 라 도′ (도′ 시 라 솔 미)
	38	137	방아타령(판소리)	미 솔 라 시 도′ 레′ 미′ 솔′ 라
	39	576	새타령(남도잡가)	라 시 미 솔 라 시 도′ 레′ 미′ 솔′ 라 시′ 도″

위의 [표 32]에 나타난 <라> 종지음으로 된 39곡은 구성음에 따라 크게 기본형 21곡(번호 1번부터 21번)과 변화형 18곡(번호 22~39번)으로 나눌 수 있다. 기본형은 다시 반경토리 7곡(번호 1~7번), 메나리토리 9곡(번호 8~16번), 육자백이토리 5곡(번호 17~21번)으로 나뉜다. 변화형은 자체토리의 변화형 12곡(번호 22~33번)과 혼합형 6곡(번호 34~39번)으로 나뉜다.

〈악보 84〉   라이쏘 (번호 1)

<악보 84> 라이쏘 악곡은 구성음이 <라 도′ 레′ 미′ 솔′ 라>로 된 반경토리이다. 종지음은 <라>이고 정격 라선법이다.

[표 32]의 번호 2번부터 7번까지의 악곡도 위의 라이쏘와 마찬가지로 반경토리 정격 라선법으로 되어 있다. 그 중 번호 5~7번 악곡은 구성음 <라 도′ 레′ 미′ 솔′>에서 위로 <라′, 도″> 두 음이 중복되었을 뿐이므로, 번호 1번부터 7번까지는 모두 반경토리 정격 라선법이다.

〈악보 85〉   청주아리랑 (번호 8)

<악보 85> 청주아리랑 악곡은 상하행이 <미 라 도′ 레′ 미′/ 미′ 레′ 도′ 라 솔 미>로 된 메나리토리이다. 종지음은 <라>이고 변격 라선법이다. [표 32]의 번호 9번부터 11번의 악곡도 위의 청주아리랑과 구성음이 같게 된 메나리토리 변격 라선법이다. 번호 12번부터 16번 악곡은 구성음 가운데서 <미>음이 빠져 있지만 역시 위의 악곡과 마찬가지로 기본형에 속하며 메나리토리 변격 라선법이다. 즉 번호 8~16번 악곡은 모두 메나리토리 변격 라선법이다.

〈악보 86〉　　　　　　진도아리랑 (번호 17)

　　〈악보 86〉 진도아리랑 악곡은 상하행이 <미 라 도′ 레′ 미′/ 미′ 레′
도′ 시 라 미>로 된 육자백이토리이다. 종지음은 <라>이고 변격 라선
법이다. [표 32]의 번호 18번부터 21번까지 악곡도 위의 진도아리랑과
마찬가지로 모두 육자백이토리 변격 라선법으로 되었다. 따라서 번호
17~21번 악곡은 육자백이토리 변격 라선법이다.

〈악보 87〉　　　　　　장기타령 (번호 22)

　　〈악보 87〉 장기타령 악곡은 구성음이 <솔 라 도′ 레′ 미′>로 되어

있다. 여기서 <솔>음은 종지음이 아니고 반경토리 <라 도′ 레′ 미′ 솔′>
에서 <솔′>이 아래쪽으로 중복된 것으로 볼 수 있다. 그것은 이 악곡
의 종지음은 <라>이기 때문이다. 따라서 이 악곡은 반경토리의 변화형
으로 본다. [표 32]의 번호 23번 악곡은 위의 장기타령과 마찬가지로
반경토리의 변화형이다.

〈악보 88〉   홍타령 (번호 24)

<악보 88〉 홍타령 악곡은 구성음 <미 솔 라 도′ 레′>로 되어 있다.
악곡의 제2, 6마디의 <솔>음은 메나리토리에서의 <솔>음과 다르게 맺
는 음에서 나타난다. 이 경우와 달리 악곡의 가운데 나타나는 <솔>음
은 서로 다른 성격을 띤다. 특히 가운데 나타나는 <라-솔-미>에서의
<솔>은 메나리토리의 성격을 지니지만, 종지음으로 나타나는 <솔>음
은 메나리토리에 잘 쓰이지 않는 것이다. 따라서 이 악곡은 메나리토
리의 변화형으로 본다. [표 32]의 번호 25번과 26번의 악곡도 위의
홍타령과 같이 분석된다. 번호 25번 악곡은 위의 악곡보다 <미′> 한
음이 더 중복되고 번호 26번 악곡은 <솔′, 라> 두 음이 더 중복된 것
만 다를 뿐 역시 메나리토리의 변화형으로 되어 있다. 즉 번호 24~26
번의 악곡은 메나리토리의 변화형으로 되어 있다.

〈악보 89〉   어랑타령 (번호 27)

　　<악보 89> 어랑타령 악곡은 구성음이 <미 라 도′ 레′ 미′ 솔′>이며,
종지음은 <라>이다. 최하위 <미>음은 <라 도′ 레′ 미′ 솔′>의 아래쪽
으로 중복되면서 토리에 변화를 준다. 따라서 이 악곡은 반경토리의
변화형으로 본다.

　　[표 32]의 번호 27번부터 30번 악곡은 위의 악곡처럼 모두 반경토
리 변화형으로 되었다. 그 중 번호 31~33번 악곡의 제일 아래음은
<미>가 아니지만, <시>음이 첨가되면서 기본형 <라 도′ 레′ 미′ 솔′>
에 변화를 준 것이다. 즉 번호 27번부터 33번 악곡은 모두 반경토리
변화형이다.

〈악보 90〉   동배꽃타령 (번호 34)

<악보 90> 동배꽃타령 악곡은 상하행이 <미 라 도′ 레′ 미′ 솔′ 라′ / 라 솔′ 미′ 레′ 도′ 시 라 미>로 되었다. 그 중 상하행에서의 <솔′> 음은 육자백이토리 기본형 <미 라 도′ 레′ 미′ / 미′ 레′ 도′ 시 라 미> 에 추가 된 것으로 보이며, <라′>음은 옥타브 위의 중복된 음으로 보인다. <솔′>음은 악곡의 제7, 15, 21, 29마디에서 <미>와 <미>음 사이에 나타나면서 뒤의 <미>음을 강조하여 가사 '꽃'자를 두드러지게 한다. 이렇게 <미>음을 강조하기 위하여 짧은 시가로 나타나는 <솔′> 음은 메나리토리의 성격을 나타낸다. <솔′>음과 결합된 음형 외의 기타 선율 진행에서는 육자백이토리의 성격을 나타내는 <도′-시>의 꺾는 대목, <라-도′-시>, <도′-시-미′>, <도′-시-미>, <도′-시-라-미> 등을 쉽게 찾아볼 수 있다. 즉 전반 악곡은 육자백이토리가 우세를 차지한다. 따라서 이 악곡은 육자백이토리와 메나리토리의 혼합형으로 본다.[84)]

[표 32]의 번호 35번과 36번 악곡도 위와 같이 볼 수 있다. 그 중 번호 35번 악곡은 하행 시에 <솔>음이 하나 더 추가되고, 번호 36번 악곡은 상하행 시에 <레′> 음이 나타나지 않는다. <솔>음은 옥타브 위의 <솔′>음의 중복이므로, 위의 동배꽃타령과 다른 점이 없다고 본

---

84) 이보형은 <동백꽃타령>을 한일섭이 작곡하였다고 한다. 하지만 문헌자료가 없으므로 본 논문에서는 신민요로 보지 않고 통속민요로 보았다.

다. <레′>음은 나타나지 않아도 육자백이토리 기본형에는 손상을 주지 않는다. 따라서 이 두 악곡은 번호 34번 악곡과 마찬가지로 육자백이토리와 메나리토리의 혼합형으로 본다.

〈악보 91〉　　　　　　　　흥타령 (번호 37)

　　　　　　　　　　　　　　　　　　　고영래 노래, 리황훈 채보

　　<악보 91> 흥타령 악곡은 상하행이 <라85) 미 라 도′/ 도′ 시 라 솔 미>로 되었다. 그 중 <라>음은 최하위 음으로서 <미 라 도′/ 도′ 시 라 솔 미>에서 아래쪽으로 늘어난 것이다. 또한 하행 시의 <솔>음은 육자백이토리 <미 라 도′/ 도′ 시 라 미>에 추가된 것이다. 이 <라>와 <솔>음이 늘어나고 추가되면서 이 악곡은 메나리토리의 성격을 나타낸다. 이런 이유로 이 악곡은 육자백이토리와 메나리토리의 혼합형으로 본다. 즉 [표 32]의 번호 34~37번 악곡은 모두 육자백이토리와 메나리토리의 혼합형이다.

　　<악보 92> 방아타령 악곡의 구성음은 <미 솔 라 시 도′ 레′ 미′ 솔′ 라′>이며, 종지음은 <라>이다. 이 악곡은 전반적으로 육자백이토리로 되었다. 악곡 가운데에 나타나는 <미′-도′-시>, <레′-시> 등 <시>음으로 꺾는 대목은 전형적인 육자백이토리의 음형이다. 제6마디에서 나

---

85) ‘*라*’는 ‘라’보다 한 옥타브 낮은 음을 표시함.

〈악보 92〉 　　　　　　　방아타령 (번호 38)

타난 〈미′-솔′〉, 〈솔′-미′〉와 제10마디에서 나타난 〈미-솔〉 등 〈솔〉음으로의 진행은 육자백이토리에는 해당되지 않는 것이며, 반경토리에 해당된다고 본다. 따라서 이 악곡은 육자백이토리와 반경토리의 혼합형으로 볼 수 있다. [표 32]의 번호 39번 악곡도 위의 악곡과 마찬가지로 육자백이토리와 반경토리의 혼합형으로 되어 있다.

　위에서 살펴 본 바와 같이 〈라〉 종지음으로 된 39곡은 구성음에 따라 기본형 21곡과 변화형 18곡으로 나뉜다. 기본형 21곡은 반경토리 정격 라선법으로 된 것이 7곡([표 32]의 번호 1번부터 7번)이고, 메나리토리 변격 라선법으로 된 것이 9곡(번호 8번부터 16번)이다. 육자백이토리 변격 라선법으로 된 것은 5곡(번호 17번부터 21번)이다. 변화형 18곡은 자체토리의 변화형 12곡(번호 22~33번)과 토리의 혼합형 6곡(번호 34~39번)이다. 그 중 자체토리의 변화형은 진경토리의 변화형이 2곡(번호 22번과 23번)이고, 메나리토리의 변화형이 3곡(번호

24~26번)이며, 반경토리의 변화형은 7곡(번호 27~33번)이다. 혼합형은 육자백이토리와 메나리토리의 혼합형이 4곡(번호 34~37번)이고, 육자백이토리와 반경토리의 혼합형이 2곡(번호 38~39번)이다.

위에서 분석한 통속민요의 기본형, 변화형, 혼합형을 정리하면 다음의 [표 33]과 같다.

[표 33] 통속민요의 기본형, 변화형, 혼합형 악곡수 비교

형 \ 토리	메나리토리	경토리		육자백이토리	수심가토리	소계
		진경	반경			
기본형	17	40	9	6	3	75
변화형	4	8	7		2	21
혼합형						17
합 계						113

위의 [표 33]과 같이 통속민요 113곡은 토리의 기본형 75곡과 변화형 21곡 및 토리의 혼합형 17곡으로 되어 있다. 기본형은 75곡 중에는 경토리가 49곡으로 가장 많고, 그 다음으로 메나리토리가 17곡으로 나타난다. 변화형 38곡에는 자체토리의 변화형 21곡, 토리가 혼용된 것이 17곡으로 나타난다.

(2) 신민요

신민요는 앞에서 이미 언급한 바와 같이 1930년대에 생성된 민요이다. 본 논문에서는 『집성』 자료집에 수록된 신민요 4곡만을 분석 대상으로 할 것이다. 이들 신민요의 작사, 작곡가 및 창작연도를 살펴보면 아래의 [표 34][86)와 같다.

[표 34] 신민요의 작사, 작곡가 및 창작 연도

번 호	『집성』페이지	악곡명	작사, 작곡	연 도
1	220	강남아리랑	공사일, 형석기	1935
2	224	노들강변	신불출, 문호월	1934
3	435	장이야군야	반야월, 김용환	1935
4	237	팔경가	왕평, 형석기	1934

〈악보 93〉　　　　　　　　　강남아리랑 (번호 1)

김학수 노래, 리황훈 채보

　　〈악보 93〉 강남아리랑 악곡은 구성음이 〈솔 라 도′ 레′ 미′ 솔′ 라′ 도″〉이다. 그 중 〈솔′, 라′, 도″〉 세 음은 옥타브 위의 중복된 음으로 볼 수 있으므로, 결과적으로 이 악곡은 〈솔 라 도′ 레′ 미′〉의 구성음으로 된 진경토리로가 된다. 종지음은 〈솔〉이고 정격 솔선법이다.

　　〈악보 94〉 노들강변 악곡은 구성음 〈솔 라 도′ 레′ 미′ 솔′ 라′〉로 되어 있다. 그 중 〈솔′, 라′〉 두 음은 옥타브 위의 중복된 음이다. 종지음은 〈도〉이고 진경토리 변격 도선법이다.

---

86) [표 34]의 작사, 작곡 및 연도는 최순덕, 「음악사」, 『예술사』(한국 서울: 서울대학교 출판부, 1994, 111쪽)의 글을 참조하였다.

〈악보 94〉　　　　　　노들강변 (번호 2)

〈악보 95〉　　　　　　장이야군야 (번호 3)

　　〈악보 95〉 장이야군야 악곡은 구성음 〈라 도′ 레′ 미′ 솔′ 라′ 도″〉
로 되어 있다. 그 중 〈라′, 도″〉 두 음은 옥타브 위의 중복된 음으로
본다면 이 악곡은 구성음이 〈라 도′ 레′ 미′ 솔′〉로 된 반경토리의 기
본형을 나타낸다. 종지음은 〈라〉이고 정격 라선법이다.

〈악보 96〉　　　　　　　　팔경가 (번호 4)

　　〈악보 96〉 팔경가 악곡은 구성음 〈솔 라 도′ 레′ 미′ 솔′ 라′ 도″〉
로 되었다. 이 악곡을 반경토리 기본형 〈라 도′ 레′ 미′ 솔〉로 보면,
〈라′, 도″〉의 두 음은 옥타브 위의 중복된 음이 되고, 〈솔〉음은 아래
쪽으로 늘어난 것으로 된다. 따라서 이 악곡은 반경토리와 진경토리의
혼합형으로 볼 수 있다.

　　위에서 살펴 본 바와 같이 신민요 4곡은 종지음과 구성음에 따라
기본형 3곡과 변화형 1곡으로 나뉜다. 기본형 3곡은 진경토리 정격 솔
선법 1곡([표 34]의 번호 1번), 진경토리 변격 도선법 1곡(번호 2번),
반경토리 정격 라선법 1곡(번호 3번)이며, 변화형 1곡(번호 4번)은 반
경토리와 진경토리의 혼합형으로 되어 있다.

　　지금까지 조선족 민요의 음조직 분석을 통해 향토민요, 통속민요와
신민요의 토리를 살펴보았다. 그 결과를 정리하면 다음과 같다.

　　조선족 민요에는 주로 메나리토리, 경토리(진경, 반경), 육자백이토리,
수심가토리가 있으며, 이들 토리는 기본형과 변화형으로 나타난다. 기
본형에는 메나리토리와 경토리가 많이 나타나며, 변화형 또한 메나리토
리와 경토리의 변화형이 많이 나타난다. 육자백이토리나 수심가토리는
전체 악곡 300여 곡 중에서 각각 20여 곡과 10여 곡으로 나타나 비교

적 적은 수를 차지한다. 또한 향토민요에는 메나리토리가 많고 통속민
요에는 경토리가 많이 나타남을 알 수 있다. 전체적으로 조선족 지역에
는 메나리토리와 경토리의 민요가 많이 전승되었음을 알 수 있다.

2. 조선족 민요의 음악적 특징

앞에서 언급한 토리 유형 중에서 메나리토리와 경토리가 많이 전승
된 실제를 구체적으로 밝히기 위하여 이 항에서는 조선족 민요의 토리
양상을 악곡의 기능과 가창자에 의한 지역별 특성의 두 부분으로 나누
어 그 음악적 특징을 살펴보고자 한다.

1) 민요의 기능별 토리 활용양상

(1) 메나리토리

조선족 민요에 가장 많이 사용된 메나리토리는 향토민요 중의 노동
요와 통속민요 중의 아리랑류 등의 악곡에서 볼 수 있다.

노동요는 노동의 종류에 따라서 농업노동요와 어업노동요 및 기타
잡역노동요로 나뉜다. 그 표현 형태는 노동의 강도와 합작성(合作性)
여부에 따라 집단노동요와 개인노동요로 나타난다. 그 중 집단노동요
는 주로 메기고 받는 형식이다. 메기는 부분은 일정한 선율에 의하여
즉흥적으로 가사 내용을 바꾸어 부르는 것이 특징적이고, 받는 부분은
흔히 단순하고 리듬이 강한 선율에 간단한 가사를 반복하여 부르는 것
이 특징이다. 따라서 메기고 받는 형식으로 된 집단노동요는 악곡의
음역이 비교적 좁고 리듬이 강조되는 것이 대부분이다. 반면에 개인노

동요는 노동현장에서의 합작을 필요로 하지 않기 때문에 상대적으로
리듬이 강조되지 않고 선율성을 강조하게 된다. 집단노동요와 개인노
동요 중의 메나리토리 사용 예를 살펴보면 각각 <악보 97>, <악보
98>과 같다.

<악보 97>   보리타작 (『집성』 42쪽)

<악보 97> 농산노동요인 보리타작 악곡은 메나리토리이다. 악곡 중
의 <솔#>음은 <솔>음을 높게 부르는 표기로 해석된다. 악곡은 전반적
으로 1마디를 메기고 1마디를 받는 형식으로 되었고, 메기는 부분의
선율은 조금씩 다르게 나타나지만 받는 부분이 가사 '옹헤야'87)에 선
율 <라-솔#-미-미>로 동일하게 나타난다. 메기고 받는 형식에서 메기
는 부분의 길이와 받는 부분의 길이는 악곡의 내용에 따라 다르게 나

---

87) '옹헤야'라는 뜻은 '에헤야' 또는 '에헤요' 등 흥을 돋구는 감탄구가 오랜 세
월 흐르는 과정에서 바뀌어 굳어진 것이다.(엄하진, 『조선민요의 유래 1』, 북
한 평양: 예술교육출판사, 1992, 147쪽)

타난다. 흔히 메기는 부분과 받는 부분의 길이가 같거나, 메기는 부분의 길이가 더 길게 나타난다. 이러한 집단노동요는 메기고 받는 형식으로서 선율보다 리듬을 강조하는 특징을 나타낸다. 이와 같은 예로는 토건노동요 <가래질소리>(『집성』 58쪽), 수산노동요 <노젓는소리>(122쪽), 공산노동요 <방아타령>(140쪽) 등이 있다.

〈악보 98〉   밭가리소리 (『집성』 20쪽)

<악보 98> 농산노동요인 밭가리소리 악곡은 메나리토리이다. 이 악곡은 혼자서 밭을 갈면서 부르는 노래이므로 리듬이 자유롭고 선율성이 강한 특징을 나타낸다. 또한 악곡 가운데 선율 없이 '이랴' 등 소모는 소리도 삽입되어 있다. 이처럼 개인노동요는 집단노동요에 비하여 상대적으로 리듬의 제한 없이 선율성을 강조하는 것이 특징적이다. 이와 같은 예로는 임산노동요 <지게소리>(『집성』 74쪽), 공산노동요 <풍구타령>(91쪽), 수산노동요 <배띄워라>(117쪽) 등이 있다.

중국에서는 조선족 민요를 말할 때 흔히 <아리랑> 악곡을 대표로 꼽는 것이 일상화된 것처럼 보인다. 역사적으로 한반도에는 수많은 아리랑 이야기가 전해오고 있으며, 각 지방마다 <아리랑> 민요가 전해오고 있다. 『집성』 자료집의 아리랑류 악곡을 정리하면 다음의 [표 35]와 같다.

[표 35] 아리랑류 악곡의 토리 정리표

번호	페이지	곡명	구성음(하행)	종지음	토리
1	181	아리랑	솔 라 도′ 레′ 미′	도	진경토리
2	182	아리랑	솔 라 도′ 레′ 미′	솔	진경토리
3	184	아리랑	솔 라 도′ 레′ 미′	솔	진경토리
4	186	아리랑	미 라 도′ 레′ 미′(미′ 레′ 도′ 라 솔 미)	미	메나리
5	188	밀양아리랑	라 도′ 레′ 미′ 솔′ 라	라	반경토리
6	191	고성아리랑	미 라 도′ 레′ (레′ 도′ 라 솔 미)	라	메나리
7	192	양강낭아리랑	라 도′ 레′ 미′ 솔′ 라	라	반경토리
8	193	단천아리랑	솔 라 도′ 레′ 미′	솔	진경토리
9	194	충청도아리랑	미 라 도′ 레′ (레′ 도′ 라 솔 미)	라	메나리
10	197	청주아리랑	미 라 도′ 레′ 미′(미′ 레′ 도′ 라 솔 미)	라	메나리
11	199	정선아리랑	미 라 도′ 레′ 미′(미′ 레′ 도′ 라 솔 미)	미	메나리
12	204	경상도아리랑	미 라 도′ 레′ 미′(미′ 레′ 도′ 라 솔 미)	라	메나리
13	207	진도아리랑	미 라 도′ 레′ 미′(미′ 레′ 도′ 시 라 미)	라	육자백이
14	210	영천아리랑	미 라 도′ 레′ 미′(미′ 레′ 도′ 라 솔 미)	라	메나리
15	211	아리랑	레 미 솔 라 도′ 레′ 미′	솔	난봉가
16	214	평안아리랑	미 라 도′ 레′ (레′ 도′ 라 솔 미)	미	메나리
17	216	긴아리랑	미 라 도′ 레′ (레′ 도′ 라 솔 미)	미	메나리
18	219	삼아리랑	솔 라 도′ 레′ 미′	도	진경토리
19	220	강남아리랑	솔 라 도′ 레′ 미′	솔	진경토리

위의 [표 35]의 총 19곡 중에서 메나리토리로 된 악곡은 9곡이다. 그 중 전렴과 후렴이 있는 유절형식으로 된 악곡을 각각 예로 들면

다음의 <악보 99>, <악보 100>과 같다.

<악보 99>　　　　　　　충청도아리랑 (번호 9)

리상철 노래, 김봉관 채보

<악보 99> 충청도아리랑 악곡은 전렴이 있는 유절형식이다. 전체 악곡은 16마디로 되어 있으며, 1~8마디는 전렴이고, 9~16마디는 본렴이다. 전렴의 가사 "아리라랑 아리라랑 아라리요 / 아리라랑 어절씨구 아라리야"는 변하지 않지만, 본렴의 가사는 절마다 다르게 나타난다. 매 번 변하는 본렴의 가사는 다음과 같다.

　　　1절: 아리랑 타령을 그 누가 썼나 / 이웃집 김도령 내가 썼네
　　　2절: 아리랑 타령이 얼마나 좋은지 / 밥 주다 말구서 엉덩춤 춘다
　　　3절: 아리랑 팔년에 왜 난리 나고 / 갑오년 이후로 외독 울치마
　　　4절: 문경에 새재 박달나무 / 홍두깨 방망이루 다 날아 난다
　　　5절: 홍두깨 방망이 팔자가 좋아 / 큰애기 손길루만 다 녹아 난다
　　　6절: 앞통이 산에야 줄밤나무 / 량반의 신주로만 다 날아 난다

〈악보 100〉   고성아리랑 (번호 6)

<악보 100> 고성아리랑 악곡은 후렴이 있는 유절형식이다. 전체 악곡은 24마디로 되어 있으며 앞의 16마디는 본렴이고, 뒤의 8마디는 후렴이다. 후렴의 가사는 "아리아리 스리스리 아라리요 / 아리아리 고개로 넘어간다"는 절마다 동일하게 나타나며, 본렴의 가사는 절마다 다르게 나타난다. 1절 가사는 악보의 것을 참조하고 2절 가사는 다음과 같다.

> 열두폭 반물치마 / 살강결에 걸어놓고 / 이리가며 저리가며 / 눈물 씼기 다젖었네

통속민요 아리랑류의 악곡은 노동요의 메기고 받는 형식이 전렴 또는 후렴이 있는 유절형식으로 바뀐다. 유절형식에서의 각 절은 메기고 받는 형식에서의 메기는 부분과 유사한 특징을 나타내며, 전렴과 후렴은 받는 부분과 같이 같은 선율에 같은 가사를 중복하는 것이 특징적이다.

(2) 경토리

앞에서 분석한 조선족 민요 중의 통속민요에는 경토리가 다른 토리에 비해 많이 나타나는 것을 파악하였다. 경토리는 경기도 민요의 음악적 특징을 나타내는 토리를 일컫는 말로서 지방적으로 서울과 경기도 및 충청도 일부지방의 민요를 가르키는 말로 사용되는데, 경기명창들이 부르는 타 지역의 통속민요도 경토리권에 포함한다.88) 이들 경토리로 된 통속민요에는 '타령'이란 뒷말이 붙은 악곡이 많은 수량을 차지한다. 『집성』 자료집의 통속민요 중에서 경토리의 음악적 특징을 가진 악곡은 50여 곡이다. 그 중에서 '타령류'89) 악곡을 정리하면 다음의 [표 36]과 같다.

다음의 [표 36]의 경토리 타령류 26곡은 진경토리 16곡(번호 1~16번)과 반경토리 10곡(번호 17~26번)으로 나뉜다. 진경토리 16곡은 다시 정격솔선법 10곡(번호 1~10번)과 변격도선법 6곡(번호 11~16번)으로 나뉘고, 반경토리 10곡은 정격라선법 8곡(번호 17~24번)과 변격도선법 2곡(번호 25번과 26번)으로 나뉜다. 이들 각 토리의 예는 이미

---

88) "현재 경기창으로 부르고 있는 민요는 '경기도' 민요에 국한하지 않고 있다. 8도민요 중에서 충청도민요로 분류되는 천안삼거리를 비롯하여 강원도민요인 강원도아리랑·정선아리랑·한오백년·경상도민요인 밀양아리랑·울산아가씨·뱃노래, 황해도 민요인 산염불·몽금포타령, 함경도민요인 신고산타령, 궁초댕기 등 다른 지방의 민요 17여 곡이 추가로 불려지고 있다"(최태현, 「경토리 선율특성에 관한 고찰」, 『경기도 전통음악의 발굴과 그 계승·발전을 위한 구체적 방안 연구』, 한국 서울: 진단전통예술보존협회·한국전통예술학회, 2002, 66쪽)

89) 악곡분석의 편리를 위해 악곡명에 타령이란 뒷말이 붙은 노래들을 '타령류'라고 한정한 것이며 '타령'이란 뒷말이 붙은 것이 곧 통속민요가 아님을 밝혀 둔다.

앞에서 언급한 바 있기에 여기서 따로 예를 들어 설명하는 것은 생략
하고자 한다.

[표 36] 경토리 타령류 악곡의 토리 정리표

번호		곡명	구성음	종지음	토리
1	273	단천아리랑		솔	진경토리 정격솔선법
2	288	창부타령			
3	304	매화타령			
4	368	닐리리타령			
5	412	담바구타령			
6	414	담바구타령			
7	419	꿍드렁타령			
8	471	흥타령	솔 라 도′ 레′ 미′		
9	476	범벅타령			
10	496	비단타령			
11	252	뒤산타령(서도잡가)		도	진경토리 변격도선법
12	290	오동나무타령			
13	294	고사리타령			
14	300	배꽃타령			
15	420	꿈배타령			
16	502	단지타령			
17	228	한강수타령		라	반경토리 정격라선법
18	243	몽금포타령			
19	245	오봉산타령			
20	305	어랑타령			
21	390	은실타령	라 도′ 레′ 미′ 솔′		
22	393	경복궁타령			
23	433	장기타령			
24	473	흥타령			
25	475	흥타령		도	반경토리 변격도선법
26	507	가야금타령			

경토리 타령류 악곡은 대부분 독창형식으로 불리는 것이 특징이다. 따라서 노동요나 아리랑류의 메기고 받는 형식, 전렴과 후렴이 있는 형식보다는 제한성이 적기에 널리 유행될 수 있었으며, 민요의 주요한 체재로 형성되었다고 본다. 조선족 사회에서는 흔히 타령(타령류 악곡)을 민요의 대칭어로 사용하기도 한다.

2) 민요의 지역별 토리 분포양상

『집성』 자료집에 나타난 각 지역의 가창자는 모두 168명이다. 그 중 연변지역의 가창자는 135명이고 기타 지역의 가창자는 33명이다. 이를 정리하면 다음의 [표 37]과 같다.

[표 37] 지역별 가창자 명단 및 악곡수

	용정	연길	화룡	도문	훈춘	왕청	안도	돈화	기타지역
1	趙鐘周	金文子	辛仁順	姜浩赫	林有玉	禹齊江	劉俊善	具龍煥	宋玉珠
2	李炳地	申玉花	金守玉	姜成基	申哲	高英來	崔大鎮	魚律文	金京模
3	金學洙	朴貞烈	李鉉奎	金允植	朴勝明	宋元花	李泰云	金末順	李相順
4	金京模	禹玉蘭	李智英	申仁淑	金明鎬	金相國	朴京子	金炳地	禹玉蘭
5	蘆在基	李相順	尹仁順	韓金玉	徐光洙	吳壽萬	孫福吾	方龍範	李福禮
6	趙漢龍	金善玉	許鳳春	姜成吉	李相哲	金京模	朴今世	林大南	崔龍順
7	金鎮玉	朴貞子	許今哲		金順愛	李海相	朴明龍	朴彩鳳	金斗植
8	李相喜	全花子	金貞順		趙鳳南	林寶玉	安明珠	金仲煥	趙英來
9	俞京淑	金仁淑	李柱燮		李景喜	孫錫權	金基淑	李福禮	田致善
10	金貞順	李元實	權東洙		嚴英實	金泰男	宋音殿	李熙烈	金尙玉
11	崔今玉	金連花	車松文		金順善	朴林英	朴禹鮮	李泰云	金末順
12	朴淳德	張玉姬	吳英今		金彩鳳	李順蓮	啓 云	崔南斗	韓正民
13	尹山玉	姜成吉	張義天		崔甲順	馬吉子	柳俊善	張田龍	金順男
14	崔貞淑	田永春	崔 淑		高基俊	崔仁順	黃云宣		張在天
15	韓宗德	安明洙	李熙榮				安銀哲		金順全
16	金允七	崔英姬					鄭洛順		李在弦
17	林粉洙	禹齊江					文時鳳		南曉海

18	韓昌錄	朴今德					李松俊		趙基周
19	韓今玉	李今德					朴東旭		孫億出
20	金末順	河太翼					金明女		俞順達
21	李鳳奎	孫正一					姜基淑		呂七星
22	韓玉順	洪元花					金洪爕		朴基石
23	金粉玉	金東湖					黃貞淑		崔致善
24	玄春月								金必女
25	朴文寬								李校根
26	鄭壽熙								李柱榮
27	蘆三峰								康京敏
28									尹應熙
29									李俊周
30									金聖珠
31									李基順
32									張仁順
33									吳洙英
지역별 악곡수	68	38	30	8	24	21	36	38	54

위의 [표 37]의 나타나듯이 연변지역의 가창자 중에는 용정이 가장 많고 다음은 연길, 안도, 화룡, 훈춘, 왕청, 돈화 등 순으로 나타난다. 하지만 실제 악곡수는 가창자수와 다르게 나타난다. 즉 위의 표에서 기타 지역의 가창자는 33명으로 가장 많지만 채록된 악곡수는 54곡으로서 용정지역의 27명 가창자에 의해 채록된 68곡 보다 적음을 알 수 있다. 또한 돈화지역의 가창자 13명에 의해 채록된 38곡은 안도지역의 가창자 23명에 의해 채록된 36곡보다 많음을 알 수 있다.

이는 한 사람이 민요를 반드시 한 곡씩 부른 것이 아니기 때문이다. 본 논문에서는 이들 가창자에 의해 채록된 『집성』 자료집을 텍스트로 사용하기 때문에 가창자에 따른 지역별 분포상황은 어느 정도 편차가 있을 것이라는 점을 미리 밝혀둔다.

민요의 지역별 토리 분포양상은 주로 메나리토리와 경토리로 한정한다. 그것은 앞에서 이미 살펴 본 것처럼 조선족 민요에는 육자백이토리와 수심가토리는 전체 민요 300여 곡 중에서 각각 20여 곡과 10여 곡으로 적게 나타나기 때문이다.

(1) 메나리토리

앞에서 분석한 것에 의하면 향토민요 중 메나리토리는 73곡(자체토리의 변화형 포함)이고, 통속민요 중의 메나리토리는 21곡(자체토리의 변화형 포함)으로 전체 메나리토리 악곡은 94곡이다. 이들 메나리토리 악곡을 각 지역별로 나타내면 아래의 [표 38]과 같다.

[표 38] 지역별 메나리토리 악곡수

지역	용정	연길	화룡	도문	훈춘	왕청	안도	돈화	기타
악곡 수	15	5	7	2	14	4	15	18	14

위의 [표 38]에서 확인할 수 있듯이 메나리토리는 두만강 연안지역(용정, 연길, 화룡, 도문, 훈춘)에 43곡과 왕청, 안도, 돈화지역에 37곡으로 비슷하게 나타난다. 즉 메나리토리는 두 지역에서 골고루 나타남을 알 수 있다.

다음으로 각 지역에서 3곡 이상 채록된 가창자를 살펴보면 다음과 같다. 용정에서는 리병지(李炳地)가 15곡 중에서 7곡을 채록하였고, 훈춘에서는 신철(申哲)과 림유옥(林有玉)이 각각 3곡과 4곡을, 안도에서는 최대진(崔大鎭)과 손복오(孫福吾)가 각각 3곡을, 돈화에서는 김말순(金末順)과 구룡환(具龍煥)이 각각 7곡과 4곡을 채록하였다.

(2) 경토리

앞에서 분석한 것에 의하면 향토민요 중 경토리(진경, 반경토리 포함)는 64곡이고, 통속민요 중 경토리(진경, 반경토리 포함)는 64곡, 신민요 중 경토리는 4곡이다. 전체 경토리 악곡은 132곡이다. 각 지역별 경토리 악곡수는 아래의 [표 39]와 같다.

[표 39] 지역별 경토리 악곡수

지역	용정	연길	화룡	도문	훈춘	왕청	안도	돈화	기타
악곡 수	30	23	14	2	5	9	13	11	25

위의 [표 39]에서 용정과 연길 두 지역에는 각각 30곡과 23곡으로 다른 지역에 비해 경토리의 악곡이 많이 나타남을 알 수 있다. 그 주요 원인은 경토리 가창자들이 조선족 사회의 문화 중심지인 용정과 연길에 집중되어 있었기 때문이다. 즉 이들 가창자 조종주(趙鐘周), 우제강(禹齊江), 김문자(金文子), 박정렬(朴貞烈), 김인숙(金仁淑), 박정자(朴貞子), 김선옥(金善玉), 전화자(全花子), 우옥란(禹玉蘭) 등은 민요가수 또는 연변가무단과 연변예술학교의 성악교수이다.90)

이상에서 『집성』 자료집을 대상으로 조선족 민요를 향토민요와 통속민요, 신민요로 나누어 음조직과 토리 양상을 살펴보았다. 이를 정리하면 다음의 [표 40]과 같다.

---

90) 조종주(민요가수 : 369쪽), 우제강(민간예인 : 469쪽), 김문자(민간예인 : 65쪽), 박정렬(민간예인 : 273쪽), 김인숙(성악가 : 147쪽), 박정자(성악가 : 273쪽), 김선옥(성악가 : 75쪽), 전화자(성악가 : 345쪽), 우옥란(성악가 : 469쪽) 김덕균·김득청 주편, 『조선민족음악가사전』(중국 연길 : 연변대학출판사, 1998)

[표 40] 조선족 민요의 토리 정리표

토리	기능별 악곡수		지역별 악곡수								
	향토민요	통속·신민요	용정	연길	도문	화룡	훈춘	왕청	안도	돈화	기타
메나리	73	21	15	5	2	7	14	4	15	18	15
경토리	63	68	30	23	2	14	5	9	13	11	22
수심가	14	5	11	6		2	3		4	3	3
육자백이	17	6	6	6	3	1	1	4		4	7
합계	167	100	62	40	7	24	23	17	32	36	47

위의 [표 40]을 통해 조선족 민요의 음악적 특징을 정리하면 다음과
같다.

첫째, 조선족 민요는 크게 향토민요와 통속민요, 신민요의 세 가지
유형으로 분류하였고 향토민요는 다시 노동요, 의식요, 유희요로 세분
하여 음조직을 분석하였다. 조선족 민요는 음조직에 따라 메나리토리,
경토리(진경, 반경토리 포함), 수심가토리, 육자백이토리의 네 가지로
정리할 수 있었다. 위의 네 가지 토리 중에서 향토민요에는 메나리토
리가 가장 많았고, 통속민요에는 경토리가 많았음을 알 수 있었다. 그
외 수심가토리나 육자백이토리는 향토민요 또는 통속민요에서도 적게
활용되었음을 확인할 수 있었다.

둘째, 메나리토리는 향토민요 중의 노동요와 통속민요 중의 아리랑
류 악곡에서 많이 사용되었음을 알 수 있었다. 반면 경토리는 통속민
요 중의 타령류 악곡에서 많이 나타남을 알 수 있었다.

셋째, 메나리토리는 두만강 연안지역(용정, 연길, 화룡, 도문, 훈춘)
과 기타 지역에 골고루 나타남을 알 수 있었고, 경토리는 연변문화의
중심지인 용정과 연길에 많이 나타남을 확인하였다.

IV.

조선족 민요의 유입과
전승·침체 및 변용기

조선족 민요의 역사는 조선족의 이주와 함께 시작된다. 조선족의 이주는 자발적인 이주로부터 일제에 의한 강제이주 및 기타 요인으로 이루어진다. 이 장에서는 조선족 민요의 역사와 변화를 살펴보기 위하여 먼저 조선족의 이주시기에 따른 민요의 유입 과정을 살펴 볼 것이다. 그것은 한반도의 민요가 연변의 어느 지역에 어떤 민요의 토리가 많이 또는 적게 유입되었는지를 밝히기 위해서이다. 따라서 조선족 민요의 지역별 특징이 밝혀질 것이다.

다음은 조선족 민요가 중국의 역사 발전단계에 의한[91] 전승, 변화되어 가는 실제를 살펴보기 위하여 조선족 민요를 전승과 침체기 및 변용기의 두 단계로 나누어 고찰하고자 한다. 따라서 이 장에서는 조선족 민요의 역사를 크게 민요의 유입기, 전승과 침체기 및 변용기의 세 부분으로 나누어 그 변화과정을 살펴볼 것이다.

1. 조선족 민요의 유입기

조선족 민요의 유입기는 조선족의 이주에 따라 향토민요의 전래기와

---

91) 조선족은 중국의 소수민족으로 정착하면서 중국의 역사 발전 단계에 의한 음악문화의 영향을 받게 된다. 따라서 중국 본토의 한족 및 기타 민족의 음악문화를 수용하게 된다. 그러나 본 논문은 주로 연변 지역에 전승된 조선족 민요와 한반도의 민요를 비교 분석하는 것이 핵심 사항이므로 조선족 민요와 중국의 한족 및 기타 소수민족 민요와의 상호 연관성에 대하여서는 논의하지 않겠다.

통속민요·신민요의 편입기로 나누어서 고찰할 것이다. 그 중 향토민요의 전래기는 1860년대부터 1910년까지, 통속민요·신민요의 편입기는 1910부터 1949년까지로 나누어 민요의 전승양상을 살펴 볼 것이다.[92]

1) 향토민요의 전래기

향토민요의 전래기는 조선족의 초기 이주시기로 볼 수 있다. 물론 향토민요는 초기 이주시기에만 유입되고 후기 이주시기에는 유입되지 않은 것은 아니다. 하지만 이렇게 시기를 초기와 후기로 나눈 것은 앞에서 언급한 것처럼 1860년대부터 조선북부지역의 사람들은 몇 년간 연속되는 자연재해를 피하여 두만강을 건너 연변지역으로 몰려들기 시작하던 때부터 일제에 의하여 1910년부터는 집단이주가 되었는데, 이때부터는 음반매체를 통한 통속민요가 유입되었기에 시기를 나누어서 설명하기 위함이다.

초기 이주시기의 조선족 이주는 주로 생계를 유지하기 위한 수재민들과 경제적 이유로 인한 자발적인 이주로 구분된다. 이주민의 절대다수는 서민계층인 농민들이었기에 그들이 중국 땅에 가지고 온 음악유산도 민요가 주류를 이루었음을 알 수 있다. 따라서 이 시기는 향토민요의 전래시기라고 말할 수 있다.

앞의 3장에서 향토민요의 음조직 분석을 통해 토리별 기본형과 변화형을 살펴보았다. 그 결과 향토민요 197곡 중에서 메나리토리는 기본형 58곡과 변화형 15곡을 합쳐서 모두 73곡으로 가장 많은 것을 알 수 있었다. 그것은 앞의 이주경로 항에서 언급하였듯이 연변 지역에는

---

92) 본 논문에서는 1860년부터 1910년까지를 조선족의 초기 이주시기로, 1910부터 1949년까지를 후기 이주시기로 본다.

함경도 출신의 사람이 다수이기 때문이다. 이 또한 함경도 향토민요
중에는 메나리토리가 다른 토리에 비해 많다는 것에서 증명될 것이
다.93) 이와 같은 통계는 『집성』 자료집에 의한 것이라는 점에 유의해
야 한다. 즉 이들 민요가 모두 초기 이주시기에만 불려진 것인지에 대
하여서는 확인할 수 없다는 것이다. 그러나 이런 민요들은 초기나 후
기를 막론하고 계속 불려져 온 것만은 사실이다.

　각 토리의 변화형 중에서도 메나리토리의 변화형이 15곡으로서 다
른 토리의 변화형보다 많고 혼합형 역시 다른 토리의 혼합형보다 많다
는 것이 주목된다. 변화형 15곡은 창자에 의한 것도 있겠지만, 지리
문화적 접변에 의하여 이루어진 것도 없지 않다고 보아진다. 그 예로
는 메나리토리 하행 시에 <솔#>음이 나타난 노동요 <지게소리>, <모
찌는소리>, <모심는소리>, <벼치는소리>, <보리타작>, <어사영>, <가
래질소리> 등을 들 수 있다. 이들 민요에 나타난 이런 선율 형태의
메나리토리는 조선족 지역에만 나타나는 특수성이라고 말할 수 있다.

---

93) [참고표] 함경도 향토민요의 토리별 악곡수

조선민족음악전집		민요편 1	민요편 2	민요편 3	악곡수
메나리토리		17곡	60곡	10곡	87
경토리	진경토리	2곡	9곡	20곡	31
	반경토리	5곡	19곡	9곡	33
육자백이토리		0곡	1곡	0곡	1
수심가토리		3곡	5곡	7곡	15
기　　타		4곡	0곡	2곡	6
합　　계					173

　*『조선민족음악전집』(1,2,3)(북한 평양: 예술교육출판사, 1998, 1998, 1999)
　　중의 함경도민요에 의한 통계임을 밝힌다.

　위의 표에서 함경도 향토민요 173곡 중에서 메나리토리는 87곡으로 다른 토
리에 비해 많다는 것을 알 수 있다.

혼합형 16곡은 메나리토리와 육자백이토리가 혼용된 것 15곡과 메나리토리와 진경토리가 혼용된 것 1곡이다. 그 예로는 <엿장사타령>, <남포질소리>, <장사타령>, <호미타령>, <물푸는소리>, <농부가>, <산타령>, <강강수월래>, <긴육자백이>, <잦은육자백이>, <긴육자백이>, <잦은목도소리>(메나리토리와 진경토리의 혼합형) 등을 들 수 있다. 이와 같은 현상이 나타나는 것은 연변지역에 함경도, 강원도, 경상도, 황해도, 평안도, 충청도, 전라도 등의 지역에서 이주한 이주민이 뒤섞여 있기 때문일 것이다. 그것은 창자들의 이동에서도 살펴 볼 수 있다.

조종주는 1914년 평안북도에서 태어나 1943년에 안도현으로 이주하였고, 그 후 1954년에는 연길현(지금의 용정시)으로 자리를 옮겼다. 우제강은 1899년에 함경북도에서 태어나 1944년에 왕청현으로 이주하였고, 1964년에는 연길시로 옮겼다. 김문자는 1908년에 황해도에서 태어나 1941년에 심양으로 이주하고, 1958년에 연길시로 옮겼다. 신옥화는 1919년에 전라북도에서 태어나 1944년에 목단강으로 이주하고, 1956년에 연길시로 옮겼다. 이와 같이 연변지역에는 한반도 각 도에서 한 곳으로 모여 오게 됨으로써 민요의 토리가 혼용되는 것은 자연스러운 현상이라고 생각된다. 다른 토리의 혼용도 마찬가지로 해석할 수 있다.

다시 말하면 『집성』 자료집의 향토민요(노동요, 의식요, 유희요) 197곡 가운데 각 토리의 기본형으로 된 악곡은 123곡이고, 변화형(혼합형 포함)으로 된 악곡은 74곡이다. 즉 변화형의 악곡은 74곡으로서 전체 악곡수의 절반을 차지하는데, 이는 이주로 형성된 조선족 사회에서 민요가 변화되어 가는 역사를 설명해 준다.

2) 통속민요 · 신민요의 편입기

후기 이주시기는 1910년부터 1949년까지이다. 이 시기는 향토민요 외에 새로운 형태로 나타나는 통속민요와 신민요가 이주와 함께 조선 족 사회에 편입된다.

1910년 한일합방 이후의 20, 30년 동안 해마다 수 천, 수 만의 조 선인들이 연변지역에 이주하여 왔다.[94] 당시 중국 동북에 거주하는 조 선인들의 인구집계를 보면 1907년에 7만여 명이었는데, 1930년에는 중국의 조선인 인구가 63만에 달했으며, 그 중 64%정도는 '간도'를 비롯한 몇 개 현(縣)에서 살았다고 한다.[95] 이렇게 중국 동북지역에 조선인들의 이주가 증가하게 된 것은 독립운동 집단의 정치적 이유보 다도 일제의 경제적 수탈로 인한 극심한 빈곤이 핵심적인 원인이 되었 다. 여기에 1909년 9월에 중국과 일본 사이에 체결된 간도협약으로 인하여 간도지역에 개척 이주를 허용함으로써 조선인의 자유로운 이주 의 길을 열어 놓았다.

앞에서 언급한 것처럼 초기 이주시기의 향토민요는 후기 이주시기에 서도 계속 전승되었다는 것은 의심할 바 없을 것이다. 그러므로 여기 서는 주로 통속민요와 신민요를 중심으로 다루고자 한다. 그 중에서도 통속민요를 중심으로 다룰 것이다.[96]

앞의 3장 통속민요 항에서 분석한 결과를 보면 다음과 같은 사실을

---

94) 천수산, 「길림성에로의 조선족의 이주」, 『길림조선족』(中國 延吉: 연변인민출 판사, 1995), 7~10쪽.

95) 정판룡, 『세계속의 우리민족』(中國 沈陽: 요녕민족출판사, 1996), 237쪽.

96) 『집성』에는 신민요가 4곡만 수록되었기 때문에 한 장르로 다루기에는 무리가 있다고 보기 때문이다.

알 수 있다. 『집성』 자료집의 통속민요는 113곡이 수록되었는데 기본형이 75곡이고 변화형이 38곡이다. 기본형 75곡에는 경토리가 49곡으로 다른 토리보다 많고 변화형 38곡에는 경토리와 기타토리의 혼합형이 15곡으로 가장 많다. 즉 이 시기에 유입된 통속민요 중에는 향토민요와는 달리 경토리가 많음을 알 수 있다. 그것은 한반도의 문화 중심지인 경기도 민요 또는 경기창으로 부르는 민요가 음반매체를 통해 널리 전파되었음을 말해준다.

여기서 주목되는 것은 이들 통속민요는 전문소리꾼에 의해 불려진 것이 아니라는 점이다. 당시 조선족 사회는 한반도처럼 일본의 축음기 회사가 진출하지 않았고, 많은 명창들도 없었거니와 음반을 취입한 사람도 없었다. 따라서 통속민요는 주로 이주민들이 스스로 익혀 온 것을 구두로 전파하였다고 본다.

한편 1930년대에 들어서면서부터 유랑악극단의 순회공연에 의해 유행가와 더불어 통속민요 또는 신민요가 조선족 사회에 전파된다.

당시 "유랑악극단은 조선반도는 물론이요, 일본·미국·만주 땅 용정·목단강·할빈·봉천 등 다녀가지 않은 곳이 없다. 그들은 한곳에서 공연을 시작하기 전에 우선 '마찌마와리'(가두순회 街頭巡廻)를 하였다. 그것은 공연에 관한 광고와 인기가수들을 소개하는 가두선전이었다. 선전대열의 맨 앞엔 악극단의 이름과 공연종목, 가수의 이름을 쓴 큰 깃발과 악대가 줄지어서고 그 뒤로 인력거 또는 마차행렬이 줄지어 선다. 행렬의 맨 뒤에는 인기가수들이 앉은 차들이 따라선다."[97] 유랑악극단의 공연은 주로 유행가이지만 그 중에는 통속민요 또는 신민요가

---

97) 북경대학 조선문화연구소, 중국조선민족문화사대계 3, 『예술사』(한국 서울: 서울대학교 출판부, 1994), 105쪽.

섞여 있었다. 가수 선우일선은 <조선팔경가>를 불렀고, 왕수복은 <능
수버들>, 리은파는 <노들강변>, 이화자는 <어머님전상서>를 불렀다고
한다.[98]

당시 유랑극단은 주로 용정시(龍井市)[99]에서 많은 활동을 하였다.
용정은 당시 조선족 사회의 문화중심지였다. 이러한 사실은 아래의 기
사들에서도 엿볼 수 있다.

> 1923년 8월 26일부 <간도신보> 3면 기사 : 龍井音樂俱樂部 조
> 선인 同好者 發起에 따라 市內洪淳模君外四名은 요지음 龍井中央
> 音樂俱樂部組織에 대해 同好者들을 권유하여 2~3일만에 委員을
> 選擧했다. 結果 總務에 洪淳模君이 당선되고 副長에 趙允根君이
> 當選되어 每月 二回의 音樂會를 가지기로 했는데 第一回는 九月
> 上旬에 개최될 것이다.

> 1936년 10월 14일부 <간도신보> 3면 기사 : 天才的인 바이올
> 린연주가 白高山(6歲) 來龍 22일에 公會堂에서 獨奏會 열림……
> 이번 22일과 23일에 龍井公會堂에서 獨奏會를 가지는데 曲目은
> 다음과 같은 世界的名曲을 能熟하게 演奏한다. 第一部(중략) 第三
> 部…… 아리랑(朝鮮民謠), 양산도(朝鮮民謠)(후략)[100]

---

98) 북경대학 조선문화연구소, 중국조선민족문화사대계 3, 『예술사』(한국 서울:
    서울대학교 출판부, 1994), 106쪽.

99) 용정시(龍井市)의 원명(原名)은 연길현(延吉縣)이다. 광서28년(光緖二十八年;
    1902년)에는 연길청(延吉廳)이었고, 선통원년(宣統元年; 1909년)에는 연길부
    (延吉府)로 승급된다. 1913년에 연길부를 연길현으로 개칭한다. 1950년에 현
    정부(縣政府)가 용정으로 옮긴다. 1983년에 연길현은 용정현으로, 1988년에
    용정시로 개칭된다.(『延邊州志』, 中國 延吉: 112쪽)

100) 북경대학 조선문화연구소, 중국조선민족문화사대계 3, 『예술사』(한국 서울:
    서울대학교 출판부, 1994), 118~119쪽, 재인용.

당시의 문화중심지였던 용정은 지금도 조선족이 기타민족보다 많이 집결된 지역이다. 1994년 용정의 조선족 인구는 68.6%이고[101] 최근 2002년에는 67.33%[102]로 줄어드는 추세를 나타나지만 그래도 현재의 기타 각 현, 시의 조선족 인구 구성비율 보다는 높게 나타난다. 이런 상황은 조선족의 이주사와 직접적인 연관성이 있다고 본다. 당시 두만 강을 건너 이주해 온 조선인은 수적으로 절대 다수를 차지한다는 것과 이들이 이주한 지역은 개산둔[開山屯], 용정(龍井), 화룡(和龍), 연길 (延吉), 도문(圖們) 등과 같은 지역이라는 것도 밝힌 바 있다. 그 중 개산둔은 용정에 속하며 연길도 용정에 속한다고 보아야 한다. 그 외 화룡, 도문은 넓은 의미에서는 모두 용정[103] 지역으로 확대하여 볼 수 있다. 그것은 이들 지역이 모두 두만강 연안에 자리한 것에서 비롯된

---

101) 용정은 총 인구 27.5만명 중에서 조선족 인구가 68.6%를 차지하고, 화룡은 총 인구 24.2만명 중에서 조선족은 62.8%, 도문은 총 인구 14만명 중에서 조선족 59.8%, 연길은 총 인구 33만명 중에서 조선족은 59.4%, 훈춘은 총 인구 19.8만명 중에서 조선족은 44.3%, 왕청은 총 인구 28만명 중에서 조 선족은 32.6%, 안도는 총 인구 21.7만명 중에서 조선족은 24%, 돈화는 총 인구 48만명 중에서 조선족은 4.8%를 차지한다.(文龍吉 主編, 『건설도상의 전국모범자치주 - 연변』(中國 延吉: 연면인민출판사, 1994, 165~208쪽)

102) 앞의 [표 3] 연변조선족자치주 각 현, 시별 인구와 구성비율.(『연변통계연감』, 中國 延吉; 연변인민출판사, 2002, 85쪽)

103) 건국 전의 용정은 넓은 의미에서 지금의 행정구역으로 구분된 연길, 도문, 화룡, 훈춘 등 지역을 포함한다. 그 중 연길은 용정과 한지역으로 볼 수 있 다.(1952년 9월 3일, 연변조선민족자치구가 성립 후 연길시는 구(區) 소재지 로 되고, 1953년 5월에 연길시는 연길현에서 분리되어 현급시(縣級市)로 된 다.(『延邊州志』, 中國 延吉: 108~109쪽) 그 외 도문, 화룡 등 지역은 용정 을 중심으로 모두 북한의 함경북도와 두만강을 사이하고 있다. 따라서 연변 지역은 크게 용정을 중심으로 한 두만강 연안의 지역(도문, 화룡, 훈춘)과 안도, 왕청, 돈화 등의 지역으로 나누어 설명할 수 있다.

다. 이렇게 두만강 연안 지역을 크게 용정을 중심으로 확대하여 볼 때
『집성』에 수록된 조선족 민요도 다수가 이 지역의 민요임을 확인할
수 있다. 『집성』에 수록된 민요 320곡(향토민요 197곡, 통속민요 113
곡, 신민요 4곡, 무지역 표기된 것 3곡) 중에서 용정지역(연길, 화룡,
도문, 훈춘, 왕청)에는 168곡으로 나타나고 안도, 왕청, 돈화 등 지역
에는 95곡이 나타나고 기타 연변 주변지역에는 54곡으로 나타난다.

즉 이주시기의 조선족 민요는 절대 다수가 이주민에 의해 용정 지
역(연길, 도문, 화룡, 훈춘)을 중심으로 전승되었다. 또한 이들 이주민
다수가 함경도 출신이기에 용정지역에는 안도, 왕청, 돈화 등 지역보다
상대적으로 메나리토리가 많이 전승되었다고 본다.

하지만 조선족 민요는 원형그대로 전승된 것도 있지만 다른 토리와
혼용되어가는 변화의 양상을 나타낸다. 이러한 현상이 나타나는 것은
좁은 지역에 여러 곳의 이주민이 함께 살아 온 것과 이주민들이 유동
하는데서 비롯된 것으로 볼 수 있다. 즉 지리 문화적 접변으로 인한
현상으로 볼 수 있다.

한편 통속민요와 신민요는 조선족의 이주와도 관련이 있겠지만 향토
민요와는 달리 음반매체를 통한 것과 유랑극단의 공연 등 사회환경의
변화에 따라 전승되었다고 본다. 따라서 이들 민요에는 한반도 문화중
심지인 경기도 민요, 경기창으로 부르는 민요가 많은 것이 특징이다.
다시 말해서 통속민요와 신민요는 향토민요처럼 이주에 의한 지역적
특징은 나타내지 않지만 연변 지역의 문화 중심지였던 용정에 많이 전
승되었음을 알 수 있다.

2. 조선족 민요의 전승과 침체기

중국은 1949년 건국이래, 1976년까지는 봉쇄정책을 실시한 사회주의 건설의 길을 걸어왔고, 1977년부터는 '동란(動亂)'을 마치고 대외(對外)에 문을 열어놓는 개혁개방시기의 길을 걸어왔다. 이와 같이 두 가지로 양분되는 시기는 사회전반의 정치, 문화 등 모든 방면에서 커다란 변화를 일으키게 된다. 이 절에서는 조선족 민요의 변화 양상을 ① 조선족 민요의 전승기, ② 조선족 민요의 침체기의 두 단계로 나누어서 고찰하려고 한다.

1) 조선족 민요의 전승기

조선족 사회는 이주와 함께 형성되었음은 앞에서 이미 언급한 바 있다. 조선족의 음악문화는 한민족의 한 지류로서 수십 년 동안의 이주를 거쳐 중국 땅에 정착되면서부터 기타 다른 민족과 접촉함으로써 여러 모로 변화의 양상을 보여준다. 정착된 이후 즉, 중국의 소수민족 정책과 이중 정체성 등 여러 가지 요인으로 인하여 변모되기 시작하였다.

우선 1945년 광복을 맞은 후 중국에 거주하던 많은 조선족은 해방된 조국으로 돌아가게 된다. 『조선연감』(1948년)에는 "1945년 현재, 중국에 거주하는 조선족의 인구수는 2,163,115명에 달한다."라는 기록이 있다. 그 후 1990년 7월 1일자의 통계에 의하면, 그 중 약 70만 명이 해방된 조선 땅으로 돌아가고 약 150만에 달하는 조선족이 중국의 동북지방에 정착하게 된다. 그 중에서 연변에 정착한 조선족은 821,479명이다.[104] 이와 같이 조선족 인구는 대폭 줄어들게 된다. 따라서 음악문화는 적지 않은 손실이 있었을 것으로 생각된다.

　다음은 중국 땅에 남은 조선족들이 중국의 국내 해방전쟁을 거쳐 1949년에 중화인민공화국을 창건함으로써 중국공민(中國公民)으로 인정받았고, 1952년에는 민족자치권리(民族自治權利)를 행사하여 연변조선족자치주를 창립한 결과로 인하여 조선민족으로부터 '조선족'이란 명칭을 얻게 되었다.

　중국은 건국 후 17년 동안 대륙(大陸)의 해방과 지방 인민정권(人民政權)의 건립을 경유하였고 항미원조(抗美援助), 3반(三反), 5반(五反) 운동, 국민경제의회복(國民經濟的回復)과 국민경제의 초보적인 개조를 맞는다. 또한 농업, 수공업과 자본주의 공상업(工商業)의 개조를 통해 사회주의 기본제도를 확립하는 과정에서 반우투쟁(反右鬪爭), 대약진(大躍進), 인민공사(人民公社), 3년곤란시기(三年困難時期)와 사회주의교육운동(社會主義敎育運動)[105] 등 부동한 단계를 맞이하게 된다. 따라서 조선족 민요의 전승은 중국의 정치, 경제, 문화 등 제반 요소의 제약과 영향을 받게 되는 것은 자연스러운 현상으로 보아진다.

　하지만 이러한 일련의 정치운동 속에서도 조선족 민요의 발굴 정리 사업은 정진옥(鄭鎭玉)[106] 등 작곡가들에 의해 진행된다. 1952년 정진

---

104) 김동화·김승철 주필, 『당대 중국조선족연구』(中國　延吉: 연변인민출판사, 1993), 3~4쪽.

105) 陳秉義 編著, 『中國音樂通史槪述』(中國　成都: 西南師範大學出版社, 2003), 275쪽.

106) 정진옥 ; 조선 작곡가. 1926년 14일 경상남도 통영군에서 출생. 1981년 10월 13일 평양에서 사망. 그는 출생 6개월만에 부모와 함께 중국 요녕성 무순시에 이주한다. 1952년 10월 하순부터 선후로 중국 연변가무단에서 음악교원, 부단장, 단장, 중국음악가협회상무이사, 연변음악가협회 주석 등 직을 맡는다. 1966년 11월 귀국하여 조선인민군협주단 작곡가, 평양예술단 작곡

옥은 연변의 화룡 등지에서 <성주풀이>, <넉두리>, <봉황가락>, <외삼경>, <애원성> 등을 수집하였고, 용정 일대에서 <새타령>을 비롯하여 서도소리, 남도창과 잡가들을 수집 정리한 것이 1954년에 『조선민요곡집』(49곡)으로 출판되었다.107) 그 후 1960년에는 중국음악가협회, 음악출판사와 중앙음악학원 등 단체에서 연합하여 각 성, 시, 자치구에 『중국민가집성(中國民歌集成)』을 편찬하는 것에 관한 지시를 내린다. 따라서 각 지역마다 민족 민간음악 연구기구(研究機構)를 설치하게 되고 전국적으로 또는 지역적으로 여러 가지 민요집이 출간되기 시작한다.108) 이러한 사실에 따라 1961년, 연변에서는 선후로 연변 민간예술 수집조109)가 설립되고 1963년에는 연변 민간문예 연구조110), 1966년에는 정길운, 김영규, 리황훈, 김덕균 등으로 조직된 민족전통음악 발굴소조111)가 설립된다. 당시 이들 각 연구팀에서 수집 정리한 민요는 그 대부분이 본 논문의 대상 자료로 쓰이는 『집성』에 수록되었다고 본다. 이와 같이 민요의 수집 정리 사업은 건국 후 17년 동안 꾸준히 진행되었다. 따라서 이주와 함께 전래된 조선족의 민요는 1982년에 이

가, 창작과장으로 사업하고 1974년 6월 24일 공훈예술가로 인정받는다.(金德均・金得清 主編, 『조선민족음악가사전』상, 中國 延吉: 연변대학출판사, 1998, 360쪽)

107) 李勛, 「中國 延邊朝鮮族 民族音樂의 史的 考察」(한국 서울: 서울大學校 大學院 音樂學科 國樂理論專攻 석사학위논문, 2001), 33쪽.

108) 陳秉義 編著, 『中國音樂通史槪述』(中國 成都: 西南師範大學出版社, 2003), 278쪽.

109) 김덕균, 『예술론문집』(中國 延吉: 동북조선민족교육출판사, 1995), 61쪽.

110) 중국민간가곡집성 길림성 편집위원회, 『중국민간가곡집성』(中國 延吉: 吉林省文化局・中國音樂家協會吉林分會, 1982), 907쪽.

111) 전성호, 『중국 조선족문학예술사 연구』(한국 서울: 이회문화사, 1997), 77쪽.

르러 비로소 전면적으로 자료화되기 시작한다. 이러한 자료화 작업을 하는 동시에 연변에서는 1958년과 1963년 두 차례의 연변조선족자치주 민간가수 콩쿨[112]을 조직하여 민요 부르는 열풍이 일어나게 하였다.

또한 음악 교육기관인 연변예술학교의 설립은 조선족 민요의 전승에 커다란 힘을 실어 주게 되었다. 연변예술학교는 중국 조선족의 유일한 예술학교로서 1957년에 연길시에 설립되었으며, 그 후로 길림예술학원 연변분원, 연변대학예술학원[113]으로 학교명칭을 바꾸어 왔다. 1957년 연변예술학교에서는 민족기악, 민족성악전공을 개설하여 박정열, 김문자, 신옥화 등 민간예인들을 교원으로 모시고 민족음악 후계자를 양성하기 시작하였다. 박정열은 남도소리와 판소리 및 장잡가를 가르치고, 김문자는 서도소리와 시조, 가곡, 가사를, 신옥화는 판소리, 창극을 가르쳤다.[114] 이들이 배양한 제자 가운데 전화자[115]와 강신자[116]를 꼽을

---

112) 이 콩쿨에는 조종주, 우제강, 신옥화 등이 참가하였다.(金德均·金得清 主編, 『조선민족음악가사전』(상), 中國 延吉: 연변대학출판사, 1998)

113) 1997년에 연변대학은 연변의학원, 연변농학원, 연변사범고등전과학교, 연변예술학원, 연변과학기술대학 등 5개 대학을 귀속시켜 종합대학교의 면모를 갖추었다. 현재 연변대학예술학원은 음악, 미술, 무용, 연극 등 4개 학부와 음악학, 미술학 석사과정 및 문화기초부가 설치되어 있고 300여 명의 교직원과 1000여 명의 학생이 재학하고 있다. 또한 그 산하에는 중등예술학교(음악, 무용, 미술)와 초등예비학교(음악, 무용)를 두고 있다.

114) 김예풍, 「연변조선족 전통음악문화」, 『민속악소식』(한국 전북 남원: 국립민속국악원, 이천삼년 여름호 통권 17호), 44쪽.

115) 전화자(1943, 5, 27); 여, 강원도 양양에서 출생. 1945년에 중국으로 이주. 현재 연변대학 예술학원 민족성악 교수.

116) 강신자(1941, 2, 1); 여, 중국 연변 도문시에서 출생. 현재 연변대학 예술학원 민족성악 교수.

수 있다.

한편, 이 시기에는 해방을 맞은 기쁨을 노래하는 많은 송가체(頌歌體) 가요가 만들어져 그것이 '연변인민방송국'117) 라디오방송을 통해 전파된다. 당시 창작된 <자치주성립경축의 노래>(차창준 사, 김성민 곡), <처녀의 노래>(최정연 사, 정진옥 곡), <고향산기슭에서>(김경석 사, 동희철 곡), <고향색각>(김인준 사, 허세록 곡), <노동전선으로> (김성휘 사, 리인희 곡), <사과배따는 처녀>(장동운 사, 최삼명 곡), <공산당과 모주석 은덕일세>(김경석 사, 림만호 곡), <공사벌에 붉은 해 솟았네> (리행복 사, 허원식 곡), <경사가 났네>(리룡영 사, 정준갑 곡), <연변인민 모주석을 열애하네>(한윤호 사, 김봉호 곡)118) 등 백 여 수의 노래는 라디오방송을 통해 급속히 전파된다. 또한 이런 노래 들은 50년대 중반기에 설립된 연변의 각 현, 시 문공단(文工團)의 공 연 종목으로 무대를 통해 전파된다. 물론 이 시기에 민요도 창작가요 와 마찬가지로 방송과 무대를 통하여 전파되기는 하였지만 그 수는 창 작가요에 비해 많지 않았다고 본다. 그것은 당시 사회가 해방의 기쁨 을 노래하는 경축활동을 많이 벌리는 시기였기에 민요의 가사로서는 이런 경축 내용을 나타내기에 제한성이 있었을 것으로 생각된다.

또한 1956년부터는 연변교육출판사에서 조선문으로 번역한 <한족민

---

117) 1938년에 연변에서 가장 먼저 설립된 일제시기의 연길방송국이 그 전신이었
으며, 중국 최초로 소수민족언어로 방송한 방송국이었다. 이것이 간도방송국,
연길신화방송국 등 변화를 거쳐서 1949년에 '연변인민방송국'으로 된다. 이
방송국에서는 중국 북경의 중앙방송뉴스를 제외한 모든 프로그램을 조선어
(朝鮮語)로 방송한다.

118) 중국음악가협회 연변분회 편집, 『중국조선족가요선집』(中國 北京: 민족출판
사, 1989)

요곡집>을 출판하게 되며 그 뒤를 이어 조선민족노래집에 적지 않은 한족노래(번역가요)가 실린다.[119] 따라서 조선족 사회에는 한족민요가 침투되기 시작한다. 게다가 연변의 공연단체들에서는 공연종목에 한족노래를 섞어서 공연하게 되며 라디오방송에서도 한족노래가 점점 큰 비중을 차지하게 된다. 그러므로 조선족 사회에서는 한족노래를 부르는 현상이 늘어나게 된다.

이와 같은 사회 문화적인 변화에 따라 조선족 민요는 위축되어 갈 수밖에 없었다고 생각된다. 즉 조선족 민요는 창작가요와 한족가요의 충격을 받게 된다.

2) 조선족 민요의 침체기

중국의 문화대혁명(文化大革命)[120]은 1966년부터 1976년까지 10년 동안 지속된다. 문화대혁명의 실제가 문예계(文藝界)의 수정주의(修正主義) 사조를 뒤엎기 위한 일종의 정치운동이므로 사회주의적 예술문화 발전에 영향을 끼치는 것은 모두 비판의 대상이 되었다.

문화대혁명 동안에 모든 노래는 주로 어록가요[語錄歌][121]와 숭배가

---

119) 김덕균, 『예술론문집』(中國 延吉: 동북조선민족교육출판사, 1995), 140쪽.

120) 문화대혁명; 중국 국가 주석인 모택동이 1966년 5월에 일으킨 정치운동이다. 모택동은 일찍이 1963년과 1964년에 전국 문화예술연합회(全國文聯) 각 소속 협회에 문예(文藝) 방면에 대한 두 가지 지시문을 내린 바 있다. 그 내용의 하나는 "사회주의 예술을 열심히 제창하지 않은데 관한 비평문"이고 다른 하나는 "사회주의 예술이 수정주의의 변두리에 닿았다"는 비평문이다. 그러므로 1966년부터 1976년의 "무산계급문화대혁명(無産階級文化大革命)"은 우선 먼저 문예계(文藝界)를 겨냥한 것이었다.(陳秉義 編著, 『中國音樂通史槪述』, 中國 成都: 西南師範大學出版社, 2003, 298쪽) 즉 문예계(文藝界)의 '수정주의(修正主義)' 사조를 제지시키기 위한 일종의 정치운동이다.

요[崇拜歌]를 불러야 했고, 가무극 등은 혁명적인 본보기극[革命樣板戲]만 공연하여야만 하였다. 그러므로 전통음악의 수집·정리 사업은 할 수 없게 되며 민요를 부르는 것도 큰 제한을 받게 된다.

　문화대혁명은 음악예술을 망라한 전반 예술분야에 커다란 재난을 가져다주었다. 조선족의 전통음악은 50년대에 새롭게 발돋움하게 되지만, 이 시기에 들어서자마자 한순간에 '복고주의', '봉건 잡귀신'으로 몰려서 쓰레기통에 들어가지 않을 수 없었다. 즉, 이때에는 전통문화와 외래문화를 전면 부정하였기에 민요를 부를 수 없었다. 심지어 애정, 사랑을 다룬 민요는 인간의 저급적 취미를 불러일으킨다고 하였고, 사람들 사이에 오가는 정, 부모처자간의 정, 친우간의 정도 자산계급적인 것이라고 비판하게 되었다. 또한 사회주의 체제하에서는 마르크스주의적 원칙에 입각하여 민요를 비판적으로 계승 발전시켜야 한다는 민요에 대한 새로운 수용론이 기존 민요의 활성화를 거부하였다.122)

　문화대혁명과 같이 전통문화와 외래문화를 전면 부정하는 시기에는 민간에서 존재하던 신앙의식은 '잡귀신'으로 취급되었기에 모조리 쓸어버리고 그 의식을 상징하는 산신당이며, 절이며, 사당을 전부 없애버렸다.123) 사회주의 체제는 무신론을 앞세우고 있으니 이와 관련된 의

---

121) 어록가요 ; 림표(林彪, 국가 부주석)가 만든 『모주석어록(毛主席語錄)』에 곡을 붙인 노래를 말한다. 당시 『모주석어록』 중의 주요한 단락과 '최신지시(最新指示)'에는 모두 곡을 붙여서 노래로 만들게 된다. 심지어 모주석의 '노삼편(老三篇)'(우공이 산을 옮기다[愚公移山], 인민을 위해 복무하자[爲人民服務], 뻬쮼을 기념하여[紀念白求恩])의 전체 문장까지에도 곡을 붙여서 노래로 만들었다. 이런 어록가요는 전국의 남녀노소를 막론하고 모두 배워야 하고 불러야만 하였다.

122) 김예풍, 「사회주의 리얼리즘과 연변조선족 민요」(한국 서울: 한국예술종합학교 음악원 음악학과 제2회 학술세미나, 2000), 62쪽.

식은 자연스럽게 소멸될 수밖에 없었다. 그 결과 의식에 수반된 이들 민요의 전승도 어렵게 되었던 것이다. 따라서 일부 의식가요는 그 전승이 중단되기도 하고, 일부는 의식의 수행이라는 기능과 분리되어 비기능요로 전환되기도 하였다.[124)

이와 같이 문화대혁명 10년 동안에는 조선족 민요의 수집·정리 사업은 정지되었을 뿐만 아니라 부르는 것 마저 금지되었다. 따라서 향토민요의 전승에 커다란 영향을 주게 된다.

3. 조선족 민요의 변용기

1) 북한과 한국 음악문화의 수용

(1) 북한 음악문화의 수용

조선족의 음악문화는 문화대혁명이 끝나면서 곧바로 북한 음악문화의 영향을 받게 된다. 즉 한동안 봉쇄정책이 폐지됨에 따라 같은 사회주의 국가인 북한과의 음악문화 교류가 이루어진다. 특히 70년대 말부터 녹음기가 유입되면서 많은 북한의 노래들이 조선족 사회에 흘러 들어 온다. 그 중에는 소위 '수령님에 대한 숭배가요'도 적지 않게 포함되어 있다. 이처럼 한동안 유행하던 북한의 노래는 90년대 초반부터 한국 음악문화와의 교류가 시작되면서 삽시간에 위축되었다.

조선족 음악문화에 끼친 북한 음악문화의 영향은 여러 방면에서 나

---

123) 김경일, 『중국조선족문화론』(中國 沈陽: 요녕민족출판사, 1994), 220쪽.

124) 김예풍, 「사회주의 리얼리즘과 연변조선족 민요」(한국 서울: 한국예술종합학교 음악원 음악학과 제2회 학술세미나, 2000), 68쪽.

타난다고 보지만, 조선족 민요를 중심 사항으로 다루고 있기에 주로
북한에서 개작한 민요의 가사가 조선족 민요의 전승에 주는 영향을 살
펴 볼 것이다.

중국은 개혁개방시기에 진입하면서 민족문화유산을 발굴·정리하는
사업을 폭넓게 진행한다. 하지만 사회주의사회에서는 모든 민족문화유
산을 그대로 계승할 수 없다는 점에 유의하여야 한다. 따라서 민요도
가사의 내용에 따라 사회역사적인 제한을 받을 수밖에 없다. 그것은
중국의 문예방침에 따라 인민의 사상 감정과 정서에 맞는 내용이어야
한다는 것이다. 다시 말해서 그 가사 내용이 사회주의 이념과 상부되
는 건전하고 교양적 가치가 있어야 한다. 이런 시기에 북한과의 음악
문화 교류를 통해 자연스럽게 사회주의 이념과 잘 어울리는 북한의 개
작된 민요를 받아 들이게 된다.

북한 개작민요의 개념에 대하여 김정일의 말을 인용하여 설명하면
다음과 같다.

> 민요를 시대적 미감에 맞게 재창조, 재형상하여야 한다. 지난날
> 의 민요에는 가사에 어려운 한문투가 섞여 있는 것도 있고 표현에
> 서 고티가 나는 것도 있다. 이러한 민요는 알기 쉬운 우리말로 풀
> 어주기도 하고 새로운 표현으로 바꾸기도 하면서 시대적 미감에 맞
> 게 재창조, 재형상하여 부르도록 하여야 한다. 민요의 선율도 미흡
> 한 점이 있으면 음악적으로 더 다듬고 세련시켜야 한다. 민요를 형
> 상하는 데서도 옛날에 부르던 식을 그대로 답습할 것이 아니라 연
> 주형식도 새롭게 하고 반주도 다양하게 하여 우리 시대 인민의 감
> 정에 맞게 하여야 한다.[125]

---

125) 김정일, 『음악예술론』(북한 평양: 조선로동당출판사, 1992), 27쪽.

가사에 의한 변용은 민요 악곡의 가사가 부분적으로 수정된 것과 전반 내용이 개작된 것의 두 가지로 나뉜다. 전자는 기존 가사의 지명을 북한의 지명으로 개작하는 것이고, 후자는 '수령님'에 대한 '숭배사상'을 나타내는 것으로 간주된다.

가사 내용이 부분적으로 수정된 것

〈악보 101〉   아리랑 (『집성』 181쪽)

〈악보 101-1〉   아리랑 (『1000곡집』 609쪽)

위의 〈악보 101〉과 〈악보 101-1〉(『1000곡집』)[126]의 두 악곡은

선율이 일치한다. 이들 악곡의 노랫말을 조선족과 북한의 것을 비교하면 아래의 [표 41]과 같다.

[표 41] 〈아리랑〉 가사 비교

곡 명	조선족의 가사	북한의 가사
아리랑	1. 아리랑 아리랑 아라리요 아리랑 고개를 넘어간다. 나를 버리고 가시는 님은 십리도 못 가서 발병난다.	1. 아리랑 아리랑 아라리요 아리랑 고개로 넘어간다. 나를 버리고 가시는 님은 십리도 못 가서 발병난다.
	2. 아리랑 아리랑 아라리요 아리랑 고개로 넘어간다. 청천하늘엔 별도 많고 우리네 살림엔 말도 많다.	2. 아리랑 아리랑 아라리요 아리랑 고개로 넘어간다. 청청하늘엔 별도 많고 우리네 **가슴엔 꿈도** 많다.
	3. 아리랑 아리랑 아라리요 아리랑 고개로 넘어간다. 인제 가거는 언제 오나 오마는 날이나 일러주소	3. 아리랑 아리랑 아라리요 아리랑 고개로 넘어간다. **저기저산이 백두산이라지 동지섣달에도 꽃만핀다**

위의 두 <아리랑>은 가사가 모두 3절로 되었는데 매 절의 첫 두행 (아리랑 아리랑 아라리요 / 아리랑 고개로 넘어간다)은 같게 나타나고 1절도 같게 나타난다. 2절과 3절에서 글꼴을 진하게 한 부분이 변화된 것이다. 그 중 3절의 변화된 가사 '백두산이라지'는 원래의 가사보다 한 글자가 더 늘어나면서 선율과 억양이 어울리지 않는다. 즉 '백두산이라지'가 '백두산이 / 라지'로 바뀌게 된다. 이런 가사 전달 방식은 바람직하지 않음을 지적한다.

---

126) 로익화 등 편집, 『조선민요 1000곡집』(북한 평양: 문학예술종합출판사, 2000)을 이하 『1000곡집』으로 약칭함.

〈악보 102〉   풍년가 (『집성』 59쪽)

〈악보 102-1〉   풍년가 (『1000곡집』 568쪽)

위의 <악보 102>와 <악보 102-1>의 두 악곡은 제5, 6, 7마디에서
선율이 장식음에 의해 서로 조금씩 다르게 나타날 뿐 기타 부분은 모
두 같다. 이와 같은 장식에 따른 선율의 상이는 악곡 전반의 선율구조
에 영향을 주지 않는다. 두 악곡의 가사를 비교하면 다음의 [표 42]와
같다.

[표 42] 〈풍년가〉 가사 비교

곡 명	조선족의 가사	북한의 가사
풍년가	1. 풍년이 왔네 풍년이 왔네 금수강산에 풍년이 왔네 지화자 좋다 얼씨구나 좋구좋다 금수강산에 풍년이 왔네	1. 풍년이 왔네 풍년이 왔네 금수강산에 풍년이 왔네 지화자 좋다 얼씨구나 **좀두나좋냐** **명년춘삼월에 화전놀이를 가세**
	2. 올해도풍년 래년에도 풍년 년년해마다 풍년이로구나 지화자좋다 얼씨구나 좋구좋다 년년해마다 풍년이로구나	2. 올해도 풍년 래년에도 풍년 년년해마다 풍년이로구나 지화자 좋다 얼씨구나 **좀두나 좋냐** **명년 하사월에 관등놀이를 가세**
	3. 저건너 김령감 거동을 보아라 노적가리 쳐다보고 춤만 덩실 추누나 지화자좋다 얼씨구나 좋구좋다 노적가리 쳐다보고 춤만 덩실 춘다	3. 저 건너 김령감 거동을 보아라 노적가리 쳐다보고 춤만 덩실 춘다 지화자 좋다 얼씨구나 **좀두나 좋냐** **명년 오뉴월에 달죽놀이를 가세**

위의 두 악곡의 가사 중 1, 2, 3절의 두 행(풍년이 왔네 풍년이 왔네 / 금수강산에 풍년이 왔네; 올해도풍년 래년에도 풍년 / 년년해마다 풍년이로구나; 저건너 김령감 거동을 보아라 / 노적가리 쳐다보고 춤만 덩실 추누나(춘다))은 각각 같게 나타난다. 그 외 기타 글꼴을 진하게 한 부분은 서로 다르게 나타난 부분이다.

〈악보 103〉   팔경가 (『집성』 237쪽)

〈악보 103-1〉   조선팔경가 (『1000곡집』 568쪽)

위의 〈악보 103〉과 〈악보 103-1〉의 두 악곡은 박자표기가 2/4와 4/4로 다르지만 선율은 같은 구조를 나타낸다. 두 악곡의 가사를 비교하면 다음의 [표 43]과 같다.

[표 43] 〈팔경가·조선팔경가〉 가사 비교

곡 명	조선족의 가사	북한의 가사
팔경가· 조선팔경가	1. 에 금강산 일만이천 봉마다 기암이요/ **한라산 높아높아 속세를 떠났구나**/ (후렴) 에헤라 좋구나 좋아 지화자 좋구나좋다/ 명승에 이강산 자랑이로구나/	1. 에 금강산 일만이천 봉마다 기암이요/ **백두산 높아높아 창공에 솟았구나** (후렴) 에헤야 좋구나 **좋다** 지화자 좋구나좋다/ 명승에 이강산 자랑이로구나/

위의 두 악곡의 가사는 1절만 비교한다. 그것은 『집성』에는 2, 3절 가사가 없기 때문이다. 표에서 진하게 표시된 부분은 가사가 변화된 부분이다. 즉 '한라산'을 '백두산'으로 고친 것인데, 둘 다 지명이고 또한 3자로 글자 수도 같기에 선율 붙임에는 영향을 주지 않는다.

〈악보 104〉   까투리타령 (『집성』 431쪽)

〈악보 104-1〉   까투리타령 (『1000곡집』 618쪽)

위의 〈악보 104〉와 〈악보 104-1〉의 두 악곡은 박자표기는 6/8과 12/8로 다르지만, 실제 선율구조는 같다. 두 악곡의 가사를 비교하면 다음의 [표 44]와 같다.

[표 44] 〈까투리타령〉 가사 비교

곡 명	조선족의 가사	북한의 가사
까투리타령	까투리 한 마리 푸르릉하니 매방울이 떨렁/ 우허우허우허 까투리사냥을 나간다/ 1. 청산이라 수리봉으로 꿩 사냥을 나간다/ 여기서 사냥을 더 잘하고 저산 꼭대기 당도하자/ (후렴) 까투리 한 마리 푸르릉 프르릉/ 매방울이 떨그렁 하늘로 감돈다/ 아따 마을의 저 종소리 그저 땡그렁 땡운다/ 까투리 한 마리 푸르릉하니 매방울이 떨렁/ 우허우허우허 까투리사냥을 나간다/	까투리 한 마리 푸르릉하니 매방울이 떨렁/ **우여우여우여** 까투리사냥을 나간다/ 1. **평안도라 묘향산으로** 꿩 사냥을 나간다/ **향로봉 강선봉 룡연담을 넘어** **칠성봉 꼭대기 당도하자/** (후렴) 까투리 한 마리 푸르릉 프르릉/ 매방울이 떨그렁 하늘로 감돈다/ **어떤 절간의** 저 종소리 그저 땡그렁 땡운다/ 까투리 한 마리 푸르릉하니 매방울이 떨렁/ **우여우여우여** 까투리사냥을 나간다/

위의 두 악곡의 가사는 '우허'와 '우여'가 다르게 발음되지만 그 내용에는 상관없다고 생각된다. 진하게 표시한 수정된 부분의 가사는 모두 북한의 지명으로 바뀌었다.

위에서 살펴 본 것처럼 북한에서는 가사 내용을 다듬어서 고치는 것도 있지만 대부분 경우는 고유의 지명을 북한의 것으로 바꾸어서 부른다. 즉 사회주의적 교양에 어긋난다고 생각되는 것은 임의로 수정하였던 것이다. 이 또한 북한 사회주의 체제에 부합되는 것으로 보아진다. 조선족 사회에서 북한의 개작 가사를 따라서 부르게 되는 것은 같은 사회주의 체제를 공감하기 때문일 것이다.

가사 내용이 전부 개작된 것

〈악보 105〉   도라지 (『집성』 222쪽)

〈악보 105-1〉   황금산 백도라지 (『유래1』 185쪽)

위의 〈악보 105〉와 〈악보 105-1〉(『유래1』[127]) 의 두 악곡은 선율
이 같다. 두 악곡의 가사를 비교하면 다음의 [표 45]와 같다.

---

127) 엄하진, 『조선민요의 유래 1』(북한 평양: 예술교육출판사, 1992)을 이하
    『유래1』로 약칭함.

[표 45] 〈도라지·황금산의 백도라지〉 가사 비교

곡 명	조선족의 가사	북한의 가사
도라지/ 황금산의 백도라지	1. 도라지 도라지 도라지 심심산천에 백도라지 한두뿌리만 캐여도 대바구니에 스리살살 다넘누나 (후렴) 에헤요 에헤요 에헤요 어야라난다 지화자자 좋네 네가 내 간장을 스리살살 다녹인다	1. 도라지 도라지 도라지 **황금산 기슭에 백도라지** **해마다 캐고 캐여도** **도라지 풍년만 든다누나** (후렴) 에헤요 데헤요 에헤요 우리네 농장 황금산 좋아 새들도 춤추며 날아든다
	2. 도라지 도라지 도라지 요몹쓸놈의 백도라지 하두날데가 없어서 돌바위틈에 났느냐 (후렴)	2. 도라지 도라지 도라지 **눈물로 캐던** 백도라지 **내 나라 주인된 오늘에는** **흥겨운 노래로 캔다네** (후렴)
	3. 도라지캐러 간다고 요핑게 저핑게하더니 총각랑군 무덤에 삼우제 지내려 가누나 (후렴)	3. **꽃피는 새 살림 알뜰살뜰** **도라지도 캔다네 약도라지** **어버이수령님 해빛아래** **도라지꽃도 활짝 피네** (후렴)

위의 두 악곡의 가사 중 진하게 표시한 부분이 다르다. 즉 북한에
서는 민요 〈도라지〉를 〈황금산의 도라지〉로 가사를 개작하여 수령님
에 대한 '숭배요'로 탈바꿈한다.[128)]

다음의 〈악보 106〉과 〈악보 106-1〉의 두 악곡은 첫째 악곡의 제3,
6, 7마디와 제15, 18마디는 둘째 악곡과 선율이 서로 다르게 나타나지

---

128) 엄하진은 "새롭게 개작된 〈황금산의 백도라지〉에서는 지난날 보잘것없던 산
간벽촌에서 눈물과 한숨 속에 도라지를 캐던 우리 인민들이 오늘은 위대한
수령님과 친애하는 지도자 동지의 크나큰 은덕에 의하여 해마다 백도라지풍
년이 드는 황금산에서 새 생활을 꽃피우게 된 행복한 생활감정을 진실하게
노래하고 있다."라고 설명한다.(엄하진, 『조선민요의 유래Ⅰ』, 북한 평양: 예
술교육출판사, 1992, 184쪽)

만 두 악곡은 모두 육자백이토리로서 같은 선율 구조를 나타낸다. 두
악곡의 가사를 비교하면 다음의 [표 46]과 같다.

〈악보 106〉   옹헤야 (『집성』 45쪽)

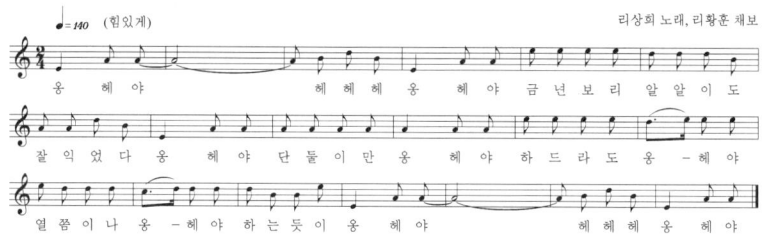

〈악보 106-1〉   옹헤야 (『1000곡집』 599쪽)

[표 46] 〈옹헤야〉 가사 비교

곡 명	조선족의 가사	북한의 가사
옹헤야	1. 옹헤야 헤헤헤 옹헤야 금년보리 알알이도 잘익었다 옹헤야 단둘이만 옹헤야 하드라도 옹헤야 열쯤이나 옹헤야 하는듯이 옹헤야 헤헤헤 옹헤야	1. 옹헤야 헤헤헤 옹헤야 금년**낟알** 알알이도 잘익었다 옹헤야 들을봐도 옹헤야 **산을봐도** 옹헤야 **황금물결 파도친다 풍년맞이** 옹헤야 헤헤헤 옹헤야

옹헤야	(없음)	2. 옹헤야 헤헤헤 옹헤야 이 풍년이 절로 왔나 말해보세 옹헤야 **기계농사** 옹헤야 **과학농사** 옹헤야 **주체농법 꽃피웠네** 풍년맞이 옹헤야 헤헤헤 옹헤야
	(없음)	3. 옹헤야 헤헤헤 옹헤야 **수령님의 농촌테제 꽃펴난다** 옹헤야 **우리 농촌 도시를 닮아간다** 옹헤야 **공산주의 한가정이 붉게 핀다** 옹헤야 헤헤헤 옹헤야

위의 두 악곡의 가사 중 진하게 표시된 부분을 보면 알 수 있듯이 가사의 전반적인 내용이 모두 바뀌었음을 알 수 있고, 수령님에 대한 '숭배요'로 탈바꿈하였음을 알 수 있다.

〈악보 107〉   이팔청춘가 (『집성』 408쪽)

〈악보 107-1〉   맑은 아침의 나라 (『1000곡집』 650쪽)

앞의 <악보 107>과 <악보 107-1>의 두 악곡은 박자가 각각 6/8과 12/8로 되었는데, 첫번째 악곡의 두 마디가 두번째 악곡의 한 마디에 해당하는 것으로 보면 첫번째 악곡의 1~8마디는 두번째 악곡의 1-4마디와 같다. 따라서 두 악곡의 선율 구조는 기본적으로 같게 나타난다. 그 중 두번째 악곡에서 조금씩 다르게 나타난 부분은 각각 괄호문자 ① ② ③으로 대조하여 표시하였다. 괄호문자 ④는 두번째 악곡의 5~8마디에서 앞의 네 마디를 반복할 때 첫 머리 부분의 <도>음을 옥타브 위에서 중복한 것을 나타낸다. 그 외 기타 부분 6~8마디는 앞의 2~4마디의 반복이다. 두 악곡의 가사를 비교하면 다음의 [표 47]과 같다.

[표 47] 〈이팔청춘가·맑은 아침의 나라〉 가사 비교

곡 명	조선족의 가사	북한의 가사
이팔 청춘가·맑은 아침의 나라	1. 이팔은 청춘에 소년몸 되어 문명의 학문을 닦아를 봅시다	1. 동녘이 밝아서 붉은해빛 넘치니 아름다운 아침에 산과물이 곱구나 강산이 변했다고 놀라지 말아라 사회주의 락원이 이땅우에 솟았다
	2. 세월이 가기는 흐르는 물같고 사람이 늙기는 바람결 같고나	
	3. 진나라 시황도 막을수 없었고 한나라 무제도 어쩔수 없었다	2. 가난과 어둠이 영원히 사라진 땅에 인민들의 로동은 즐겁기만 하구나 이 강산 그 어디나 오곡백과 넘치고 꽃피는 거리마다 노래소리넘친다
	4. 천금을 주고도 세월은 못사네 못사는 세월을 허송치 말아라	
	5. 노지를 말아라 노지를 말아요 이팔청춘에 노지를 말아라	3. 수령님 모시여 행복한 내 나라 인민들은 그 품에 화목하게 산다네 삼천리 우리 겨레 피줄은 하나요 제주도 끝까지 이 행복을 누리자
	6. 우리가 살면은 몇백년 살가요 살아서 생전에 사업을 이루세	
	7. 청춘에 할 일이 그무엇이 없어서 주사청루로 종사를 하느냐 8. 바람이 맑아서 정신이 쾌거든 좋은일 공부해 지식을 닦고요 9. 명월이 명랑해 정신이 쾌거든 옛일을 버리고 세월을 배우소 10. 근근코 자자히 공부를 하면은 덕유신하고요 부유독하리라 11. 청춘에 향락을 네좋다 말고서 이팔청춘에 노지를 말아라	(없음)

앞의 [표 47]에서 알 수 있듯이 <맑은 아침의 나라> 가사는 <이팔청춘> 가사와는 아무런 연관성 없이 완전히 개작된 것으로서 수령님 대한 '숭배요'로 되었다. <맑은 아침의 나라> 가사 1절은 <이팔청춘가>의 1~2절에 해당하고, 2절과 3절은 각각 3~4절과 5~6절에 해당한다.

이와 같이 가사의 전반 내용이 개작된 노래들은 마치 새로 창작된 노래인듯이 조선족 사회에 새롭게 유행된다. 이런 노래는 카세트 테이프를 통해 널리 유행됨은 물론이고, 심지어는 교육단체인 예술학교와 공연단체인 연변가무단 등의 기관에서 직접 학생들에게 가르쳤고 공연 종목으로도 부르게 되었다.

당시 이와 같은 개작된 북한의 노래가 많이 유입되고 불리게 된 것은 중국과 북한의 사회배경에서 비롯된 것이다. 우선 중국 정부는 개혁개방을 실시하면서 같은 사회주의 체제인 북한의 음악문화를 받아들이게 된다. 특히 조선족은 한족(漢族) 또는 기타 소수민족과는 달리 북한과 두만강을 사이 두고 있기에 제일 먼저 북한과의 교류가 진행된다. 또한 그 당시에는 한국 노래를 부르는 것은 정부에서 허용하지 않았다. 특히 1930년대의 유행가[129]는 '황색가요'로 취급되었고 이런 노래를 부르는 사람은 비판의 대상이 되었다.[130] 북한의 노래가 개작된

---

129) 당시 중국은 개혁개방을 실시하였지만 모든 것을 다 '개방'하지는 않았다. 특히 남북이 대치되어 있던 상황에서 중국 정부는 한국 노래를 부르는 것을 제창하지 않는다. 그 중 1930년대 일제지배시기에 산생된 유행가는 구슬픈 노래, 저속한 색정가요, 황색가요로 취급하게 되며 비판의 대상이 된다. 그 주요 원인은 주로 가사가 불건전하다는 것이었다.

130) 1981년 3월초, 개혁개방이후 유행가요가 성행하자 음악계와 사회의 혼란한 국면을 바로 잡기 위해 '유행가요 연구토론회'를 개최하고 동북3성 50여 명 음악가 작가 평론가들 모여 열렬히 토론, 회의 후 심사위원회를 조직하여 30년대 유행가를 분류하였다.(연변음악가협회 편집, 『연변음악』, 中國 延吉:

것이든, 창작가요이든간에 많이 불리게 된 원인 중의 하나는 연변에 이주한 대부분 조선족은 앞에서 밝힌 바와 같이 북한 출신이 많다는 점을 유의해야 할 것이다.

(2) 한국 음악문화의 수용

위에서 언급한 것처럼 조선족의 음악문화는 문화대혁명 이후 10여 년 동안 북한 음악문화의 영향을 받아왔다. 그러나 1990년대부터는 또 다시 한국 음악문화의 영향을 받게 된다. 특히 한국과의 수교를 시작한 이후부터 통속민요와 신민요는 대중가요[131]와 함께 조선족 사회에 다시 들어오게 된다. 그 경로는 민간단체의 교류와 방송업체의 교류 및 영업을 일삼는 음반매체 등이다. 따라서 연변에는 한국의 테이프, 음반은 물론 노래집도 여러 종류가 유행되고 있다. 더욱이 지금은 인터넷을 통한 교류가 활발하게 진행되고 있어 많은 음향자료들을 쉽게 찾아보게 된다. 또한 많은 조선족 후손들이 한국에서 유학하고 있는 한편 조선족 사회에서 한국에 대한 경제, 음악문화 방면의 선호도가 높아지고 있는 실정이다. 따라서 북한의 음악문화의 영향은 위축되어 가게 된다. 이와 같은 한국 음악문화의 영향은 오늘날까지 지속되고 있다고 말할 수 있다.

물론 한국 음악문화의 영향은 민요에만 있는 것은 아니지만 본 연

연변인민출판사, 2002, 148쪽) 당시 유행가에 대한 시비는 한·중 수교 전까지도 해결책을 보지 못했으며 수교 후에는 이에 대한 논쟁이 사라지고 '유행가'는 '대중가요'로 탈바꿈하여 불리고 있다.

131) 대중가요란 해방 후에 생긴 말이다.(김덕균, 『예술논문집』, 中國 延吉: 동북 조선민족교육출판사, 1995, 89쪽) 조선족 사회에서는 한민족의 '유행가', '흘러간 옛 노래'를 대중가요라고 하고, 중국의 '대중가요'는 통속가곡(通俗歌曲)이라 말한다.

구의 내용에 따라 이 시기에 많이 유입된 통속민요와 신민요를 다룰 것이다. 그것은 이들 민요가 이주민과 함께 또는 이주시기에 유입된 모습과 어떤 차이가 있는지를 밝히려는 데 그 목적이 있기 때문이다. 따라서 한국 음악문화의 영향은 주로 통속민요의 변용과 신민요의 변용을 살펴보고자 한다.

① 통속민요의 변용

통속민요는 이주시기부터 계속하여 조선족 사회에 잠재되어 왔다. 조선족이라면 누구나 <아리랑>, <도라지>를 부를 줄 모르는 사람은 없을 것이다. 하지만 통속민요가 본격적으로 널리 전파되고 불리게 된 것은 1993년부터라고 파악된다. 그 주요 원인은 연길을 중심으로 연변 각 지역에 '노래방'이 등장한 것에서 찾아 볼 수 있다. 1993년에는 한국의 대흥전자에서 제작한 '아리랑'기기가 유입되고, 1995년에 와서는 한국의 금영회사가 중국의 금영과기발전유한공사(金永科技發展有限公司)와 합자 기업을 맺으면서부터 금영노래방기기가 전 중국의 30여 개 도시로 확산된다. 현재 연변지역에는 '노래방'이 무려 150여 개가 운영되고 있다. 금영노래방 곡목 중에는 통속민요 29곡이 포함되어 있다.132)

『집성』에 수록된 통속민요는 86곡인데 비하여 현재 '노래방'에서 불리고 있는 통속민요는 29곡으로 많은 수가 줄어 들었음을 알 수 있다.

---

132) <각설이타령>, <갑돌이와 갑순이>, <강원도 아리랑>, <까투리타령>, <군밤타령>, <닐니리아>, <달타령>, <도라지타령>, <매화타령>, <몽금포타령>, <밀양아리랑>, <뱃노래>, <베틀가>, <새타령>, <성주풀이>, <신고산 타령>, <아리랑>, <양산도>, <오봉산타령>, <잘했군 잘했어>, <진도아리랑>, <창부타령>, <천암삼거리>(흥타령), <쾌지나 칭칭나네>, <태평가>, <풍년가>, <한강수타령>, <한오백년>

따라서 이주와 함께 유입된 통속민요는 점차 줄어드는 경향이 나타난다. 다시 말해서 '노래방' 곡목으로 등록되지 못한 이주시기의 통속민요는 자연스럽게 사라지게 된다. 이 또한 급작스럽게 변해가는 사회, 경제, 음악문화의 변동과 불가분의 관계가 있다고 본다. 즉 이러한 현상은 통속민요의 전승 과정에서 나타난 변이라고 말할 수 있다.

② 신민요의 변용

신민요도 건국 전과는 다른 모습으로 조선족 사회에 나타난다. 이 또한 통속민요와 마찬가지로 우선 전자음향에 의한 반주를 동반한 것이 특징적이며 다음은 무대공연종목으로 편곡하여 부르는 것도 한 특징이라 할 수 있다. 이러한 신민요는 조선족 사회의 거리와 시장 할 것 없이 모든 공공장소에서 들을 수 있다. 또한 오락시설인 노래방과 나이트클럽 등에서도 사람들의 주목을 끌고 있다. 이들 신민요의 곡목을 정리하면 아래의 [표 48]와 같다.

[표 48] 금영노래방 곡목 중의 신민요 악곡수

곡명(작사, 작곡)	곡명(작사, 작곡)
강남 아리랑(공사일 사, 형석기 곡)	삼천리 강산 에라 좋구나(전수린 사, 전수린 곡)
꽃타령(박귀희 사, 박귀희 곡)	신만고강산(최치수 사, 김종유 곡)
노다지타령(김용환 사, 김용환 곡)	아리랑 낭랑(추미림 사, 김교성 곡)
노들강변(신불출 사, 문호월 곡)	아리랑 목동(강사랑 사, 박춘석 곡)
노랫가락차차차(김영일 사, 김성근 곡)	앵두나무 처녀(천 봉 사, 한봉남 곡)
능수버들(반야월 사, 김교성 곡)	오동동 타령(야인초 사, 한복남 곡)
닐리리맘보(이인선 사, 김종유 곡)	짚세기 신고 왔네(유 호 사, 최창권 곡)
맹꽁이타령(이부풍 사, 형석기 곡)	처녀총각(구완서 사, 김준영 곡)
봄맞이(윤석중 사, 문호월 곡)	초립동(추미림 사, 김용환 곡)
뽕따러 가세(반야월 사, 나화랑 곡)	

앞의 [표 48]에 나타난 신민요 19곡은 『집성』에 4곡 보다 더 많음을 알 수 있다. 건국 전에 부르던 모든 신민요를 다시 부르게 된 것은 물론이며 더 많은 신민요가 유입된 것을 알 수 있다. 신민요는 말 그 대로 새로운 민요이고, 또한 작곡자에 의해 창작되는 것이므로 점점 늘어나는 추세가 나타나는 것은 합법칙성을 말해 준다. 또한 신민요는 통속민요와는 달리 '노래방'에 등록되지 않아도 작곡가를 통해서 노래 집, 방송, 음반 등 여러 가지 방법을 통해서 유행된다는 것에 유의하여야 한다. 따라서 오래 전에 작곡된 신민요들은 다시 작곡에 의해 발표되기 때문에 그 수가 늘어나게 된다.

이 시기는 주로 한국음악문화의 영향을 받는 것은 사실이지만, 신민요와 같은 노래들은 조선족 자체에서 창작된 신민요와 북한에서 창작된 신민요도 함께 유행되고 있다는 점도 유의해야 한다. 아래의 [표 49][133)는 조선족 자체에서 창작된 신민요이다.

[표 49] 조선족 신민요

번호	곡명	작사 / 작곡	년도
1	무산대중의 봄이 왔네	정길운 / 류광준	1945
2	농촌의 사시	작사, 작곡 미상	1946
3	새 아리랑	채택룡 / 허세록	1947
4	농민의 노래	천청송 / 류광준	1947
5	베짜기 노래	채택룡 / 허세록	1947
6	우리의 향토	림원갑 / 리경택	1948
7	새봄	김인준 / 허세록	1949
8	생산의 봄	홍성도 / 허세록	1949

---

133) 중국음악가협회 연변분회 편집, 『중국조선족가요선집』(中國 北京: 민족출판사, 1989), 3~29쪽을 참조한 것이다.

음악이 상품화되고 있는 현 단계에서, 또한 중국이 개혁개방을 선호하고 있는 이 시점에서는 여러 나라 음악을 함께 받아들이고 있다. 그 중에는 중국 민요(가곡)는 물론이고 연변의 신민요(가곡), 북한의 신민요(가곡)도 있을 뿐만 아니라, 일본 등 여러 나라의 민요 또는 가곡이 한데 뒤섞여 있다.

이와 같이 1990년대부터는 한국 음악문화의 영향을 받아 통속민요와 신민요가 다시 조선족 사회에서 유행된다. 이러한 통속민요와 신민요는 전자음향의 반주형태를 동반하는 것이 특징이며, 또한 무대 공연 종목으로 편곡되어 부르는 것이 특징이다. 하지만 이러한 통속민요나 신민요는 한편으로 중국 내의 타민족의 민요, 통속가요의 영향을 받으며 다른 한편으로는 외래의 댄스, 락, 발라드의 충격을 받아 갈수록 점점 적게 불리는 형편이다. 따라서 조선족 사회에서 민요는 점차 대중 속에서 멀어지는 추세를 보이고 있다.

2) 조선족 민요의 변용

문화대혁명은 1976년 천안문 광장에서 자유를 요구하는 학생과 인민의 시위와 함께 그 명을 다하고 문화예술이 해금되었다. 당중앙위원회 제11기 제3차 전원회의에서 채택된 정확한 노선의 지도 밑에 당의 일관적인 실사구시적 작풍이 회복되었다.134) 이러한 풍조는 『예술사』135)

---

134) 중공 제11기 3중전회 : 중국 공산당에 있어서 1978년 12월 18~22일은 역사적인 전환기가 된다. 당시 중앙위원회는 '문화대혁명'에 대해 종지부를 찍고 이전까지의 당의 좌경사상을 비판하기 위해 제11기 3중전회를 소집한 것이다. 이 회의의 의의는 첫째, 당무와 국정의 중심을 '경제건설'로 집약시켜 이전과 같은 비생산적인 정치논쟁을 중지하기로 한 데 있다. 둘째는 개혁과 개방정책을 지향한 점이고, 셋째는 이러한 변화에 걸맞도록 사회체제를 전면적으로 개정, 전환한다는 것이다. 곧 권력의 중앙집중 현상을 타파하고 권력

에 잘 나타나 있는데 이를 살펴보면, ①금지구역이 타파되자 중국 조선족의 원형이 회복되었다. ②조선을 비롯한 세계 각국의 음악문화를 자유로 배울 수 있게 되었다. ③산천과 새들도 새롭게 해방을 받아 음악무대에 나타났다. ④인정세태, 애정윤리를 자유롭게 다룰 수 있게 되었다. ⑤지식인도 근로자의 구성부분으로 인정받아 가송(歌頌)할 수 있게 되었다는 것이 핵심내용이다. 당시의 해금된 상황에서 예술가들은 비교적 심각하게 사회를 작품에 반영하였지만 사회주의 이념의 엄격한 원칙을 과감히 넘지는 못하였다.

하지만 사회주의 리얼리즘이 약화되고 실사구시적 작풍이 회복되자마자 당시에 중단되었던 민간문예발굴사업 등 여러 가지 사업이 다시 시작되었다. 이러한 실사구시를 추구하는 상황은 다음의 쟝쩌민(江澤民) 국가주석의 말을 통해 파악할 수 있다.

> '중국 특색의 사회주의' 문화의 주요 내용은 개혁·개방 이후 일관되게 제창해 온 사회주의 정신문명과 일치합니다. 문화는 경제·정치와 상대되는 말이며, 정신문명은 물질문명에 상대되는 말입니다. 경제와 정치·문화가 함께 발전하고 정신문명과 물질문명 모두 양호해야 중국 특색의 사회주의를 실현할 수 있습니다. (중략) 문화예술과 언론, 출판, 방송매체 등의 사업은 문화건설에 있어 중요한 부분을 차지하고 있습니다. 언론과 선전은 반드시 당성(黨性)의 원칙을 고수하고 실사구시를 추구해야 하며 여론의 동향을 정확히 파악해야 합니다. (중략) 또한 문화 분야의 체재를 개혁하고 문화경제정책을 구체적으로 실현하고 완비해야 합니다. 인민을 위해 봉사하고

을 개인과 지방에 대폭 이양하는 등 사회적 다원주의를 채택한 것이다.

135) 북경대학 조선문화연구소, 중국조선민족문화사대계 3, 『예술사』(한국 서울: 서울대학교 출판부, 1994), 189~194쪽.

　　　사회주의를 위해 봉사한다는 원칙을 고수하고 '백화제방 백가쟁명'
　　　의 방침으로 하나의 구호를 외치면서도 다양화를 제창해 사상성과
　　　예술성이 결합된 우수한 작품을 많이 창작해야 합니다.136)

　　이에 따라 생활의 리얼리티보다 민족문화에 더 관심을 갖게 되었다.
1979년에는 연변조선족자치주 민간가수대회가 열렸고, 같은 해 전국소
수민족 민간가수대회가 열렸다. 이 대회에서 조종주는 민요 <목도소
리>, <풍구타령> 등을 불러 수도(首都) 관중들과 음악계의 호평을 받
았다.137) 중국 정부에서는 이와 같은 민요의 연창대회를 개최하는 것
을 통해 각 민족의 전통음악을 발굴하고 전승해 나갈 것을 호소한다.
이 또한 중국의 소수민족정책의 일면을 보여준다. 이와 시기를 같이하
여 1978년 11월, 연변라디오텔레비전 방송예술단이 창립되고, 1981년
에는 연길시조선족예술단이 창립된다. 방송예술단은 자체적으로 조선족
의 민요, 가곡 등을 녹음할 수 있게 되며, 조선족예술단은 주로 민족
전통음악인 민요와 기악곡을 공연하게 된다.
　　또한 민요의 수집 발굴 및 정리사업도 다시 활발하게 시작되었다.
그 중 가장 중요한 사업으로는 『집성』138)과 중국음악가협회 연변분회
에서 1980년 12월에 탈고하여 1982년 6월에 연변인민출판사에서 출
판된 『민요곡집』을 꼽을 수 있다.
　　한편, 1980년부터 전국 조선민족중소학교에서는 통일교과서에 의하

---

136) 江澤民, "第15屆 全國代表大會上 政治報告" 중에서.

137) 金德均・金得淸 主編, 『조선민족음악가사전』(상)(中國 延吉: 연변대학출판
　　　사, 1998)

138) 吉林省編輯委員會, 『中國民間歌曲集成』(中國 延吉: 吉林省文化局・中國音
　　　樂家協會吉林分會, 1982)

여 음악과 교육을 진행하게 된다. 그로부터 현재 9년제 의무교육을 실시하고 있는 초·중등학교 음악교과서는 모두 15권으로 되어 있다. 그 중 초등학교 1~6학년 교과서는 학년별 2권씩 12권으로 되어 있고, 중등학교 1~3학년 교과서는 학년별 1권씩 3권으로 되어 있다. 그 내용을 살펴보면 다음과 같다.

음악교과서에는 총 210곡이 수록되었다. 그 중 창작요는 142곡이고, 번역요(외국)가 48곡이고, 조선족 민요는 20곡이다. 민요 20곡은 다음과 같다. <조선팔경가>, <새봄을 노래하네>, <금강산타령>, <흘라리>, <양양팔경가>, <신녕변가>, <산천가>, <풍구타령> <옹헤야>, <풍년가>, <아리랑>, <도라지>, <돈돌라리>, <닐리리야>, <밀양아리랑>, <오봉산타령>, <몽금포타령>, <농부가>, <베틀가>, <한오백년> 등이다.139)

이러한 민요가 음악교과서에 등장하게 된 것 또한 중국 소수민족정책의 일면을 나타낸다. 교과서에 실린 민요는 비록 창작요나 외국 번역요에 비해 수적으로는 적지만 조선족 후손들이 자기 민족의 민요를 공부하고 전통을 이어가는 데에 있어서는 큰 도움을 주고 있다고 생각한다.

전체적으로 보면 사회주의 개혁개방시기에 접어들면서 향토민요는 예술전문기관과 전문단체에 의해 부분적으로 복귀되어가고 있고, 통속민요나 신민요는 북한의 개작된 악곡의 영향을 받았던 것으로부터 다

---

139) 자료 : 의무교육 소학교 교과서 음악 1~12권, 의무교육 초급중학교 교과서 1~3학년용(中國 延吉:연변교육출판사, 2000~2001) 교과서에서 신민요에 대한 작자를 밝히지 않은 것과 민요의 출처를 밝히지 않은 것이 아쉬운 점으로 생각 한다.

시 한국 음악문화의 영향을 받아 전자음악의 반주형태를 동반하면서 무대공연종목으로 편곡되어 불리고 있지만 점점 약화되어가고 있다. 아무튼 모두 변화되어 가고 있음은 확고한 사실이다. 또한 민요의 악곡 수가 점점 줄어드는 추세를 보인다. 다시 말해서 건국 후 조선족 민요는 통속민요와 신민요가 주류를 이루었다고 말할 수 있다. 하지만 통속민요와 신민요는 건국전과는 달리 가사와 선율 및 반주형태 등 면에서 이미 변용되어 가는 양상을 나타낸다.

V.

결 론

조선족은 중국의 55개 소수민족 중의 하나로 이주민족에 속한다. 따라서 조선족의 민요는 한반도에서 중국 땅으로 이주한 이주민에 의해 생성된다. 그러므로 중국 조선족은 한민족의 음악을 토대로 하고 민족 공동체의 동질성을 보존하면서 자기의 음악문화를 형성하고 전승하게 된다.

본 논문에서는 조선족 민요의 전승현황과 변용에 대한 음악적 연구를 민요의 음조직 분석을 중심으로 진행하였다. 그 결과를 요약하면 다음과 같다.

Ⅱ장에서는 먼저 조선족 사회의 형성과정을 살펴보고 기존 조선족 민요의 분류를 재검토하였다. 다음은 새로운 분류에 따라 조선족 민요의 전승과정을 살펴보았다.

연변지역에 조선족이 이주해 온 것은 1860년 이후부터 1945년 광복까지이다. 조선족의 초기 이주시기는 1860년대부터 1910년까지로 보았고, 이 시기의 이주는 대부분 빈곤에서 이루어졌음을 밝혔다. 후기 이주시기는 1910년부터 1945년까지로 보았으며, 이 시기의 이주는 주로 일제하에 이루어졌음을 밝혔다. 조선족의 중국으로 이주는 해방과 함께 종결되면서 중국의 일원으로 조선족 사회를 형성하게 되었다. 그 결과 한반도의 민요는 이주민과 함께 새로운 중국 땅에서 자리매김하게 되었다.

조선족 민요를 향토민요, 통속민요, 신민요의 세 가지 유형으로 나누고 향토민요는 다시 기능에 따라 노동요, 의식요, 유희요로 세분하여 그 전승현황을 살펴보았다. 그것을 요약하면 다음과 같다.

노동요에는 농산노동요(農産勞動謠), 수산노동요(水産勞動謠), 임산노동요(林山勞動謠), 공산노동요(工産勞動謠), 토건노동요(土建勞動謠), 상업노동요(商業勞動謠), 가사노동요(家事勞動謠)가 전승되었다. 그 중에서 가장 많이 전승된 것은 농산노동요이다. 의식요에는 기원의식요(祈願儀式謠), 벽사의식요(辟邪儀式謠), 통과의식요(通過儀式謠)가 전승었다. 유희요에는 가창유희요(歌唱遊戲謠)가 가장 많이 전승되었다. 가창유희요에는 비기능창곡요(非技能唱曲謠)와 비기능사설요(非技能辭說謠)가 많은 수를 차지한다.

통속민요는 1910년 한일합방 이후 일본의 축음기회사가 한국에 들어오면서부터 향토민요와 분리되어 새로운 장을 열게 된다. 이런 통속민요는 전문 소리꾼에 의한 방송매체 또는 SP음반을 통해서 조선족 사회에 유입되고 전승된다.

신민요는 일제지배시기의 1930년대부터 생성되어 전승되지만 그 수가 매우 적다.

이상의 향토민요, 통속민요와 신민요는 주로 메나리토리, 경토리(진경, 반경), 육자백이토리, 수심가토리로 나타난다. 그 중 메나리토리와 경토리가 대부분을 이룬다.

Ⅲ장에서는 조선족 민요의 음조직 분석을 통해 그 음악적 특징을 밝혔다. 그것을 정리하면 다음의 [표 50]과 같다.

표에서 보듯이 조선족 민요의 음악적 특징은 다음과 같이 요약할 수 있다. 첫째, 조선족 민요는 음조직에 따라 메나리토리, 경토리(진경, 반경토리 포함), 수심가토리, 육자백이토리의 네 가지로 정리할 수 있다. 위의 네 가지 토리 중에서 향토민요에는 메나리토리가 가장 많고 통속민요에는 경토리가 많았음을 알 수 있다. 그 외 수심가토리나 육

자백이토리는 향토민요 또는 통속민요에서도 적게 활용되었음을 확인
하였다. 둘째, 메나리토리는 향토민요 중의 노동요와 통속민요 중의 아
리랑류 악곡에서 많이 사용된다. 반면 경토리는 통속민요 중의 타령류
악곡에서 많이 사용된다. 셋째, 메나리토리는 두만강 연안지역(용정,
연길, 화룡, 도문, 훈춘)과 기타 지역에 골고루 나타나고 경토리는 문
화의 중심지인 용정과 연길에 많이 나타난다.

[표 50] 조선족 민요의 토리 정리표

토리	기능별 악곡수		지역별 악곡수								
	향토민요	통속·신민요	용정	연길	도문	화룡	훈춘	왕청	안도	돈화	기타
메나리	73	21	15	5	2	7	14	4	15	18	15
경토리	63	68	30	23	2	14	5	9	13	11	22
수심가	14	5	11	6		2	3		4	3	3
육자백이	17	6	6	6	3	1	1	4		4	7
합계	167	100	62	40	7	24	23	17	32	36	47

Ⅳ장에서는 조선족 민요의 역사와 변화를 민요의 유입기와 전승·
침체기 및 변용기의 세 단계로 나누어 살펴보았다. 그것을 요약하면
다음과 같다.

첫째, 조선족 민요의 유입기는 향토민요의 전래기와 통속민요·신민
요의 편입기로 나누어 살펴보았다. 향토민요의 전래기는 초기 이주시
기로 보았고, 통속민요와 신민요의 편입기는 후기 이주시기로 보았다.
초기 이주시기 향토민요는 절대 다수가 이주민에 의해 용정 지역(연길,
도문, 화룡, 훈춘)을 중심으로 전승되었다. 또한 이들 이주민 다수가
함경도 출신이기에 용정지역에는 안도, 왕청, 돈화 등 지역보다 상대적

으로 메나리토리가 많이 전승되었다. 한편 통속민요와 신민요는 조선
족의 이주와도 관련은 있겠지만, 향토민요와는 달리 주로 음반매체를
통한 것과 유랑극단의 공연 등 사회환경의 변화에 따라 전승된다. 따
라서 이들 민요에는 한반도 문화중심지인 경기도 민요, 경기창으로 부
르는 민요가 많은 수를 차지한다. 다시 말해서 통속민요와 신민요는
향토민요처럼 이주에 의한 지역적 특징은 나타나지 않지만 연변 지역
의 문화 중심지였던 용정과 연길에 많이 전승되었음을 알 수 있다.

둘째, 조선족 민요의 전승과 침체기는 1950년부터 1976년까지로 보
았다. 이 시기에는 사회주의 리얼리즘이 대두되면서 민요의 전승에 큰
영향을 준다. 그것은 1950~1976년에는 사회주의 사실주의가 강화되면
서 가사 내용이 건전하지 못하거나 종교와 관련된 것은 모두 비판의
대상이 되었다. 따라서 민요 중의 의식요가 제일 먼저 소실되어 대부
분이 전승되지 않았다. 노동요는 1970년대 중반부터 이앙기 등 기계화
의 농사법이 도입되면서 논농사요가 사라진 것은 자연스러운 현상으로
되었다. 또한 물레방아, 베짜기 등과 같은 노동은 사회주의 제도 하에
서 여성의 지위가 상승됨에 따라 점점 멀리하게 된다. 따라서 이에 관
련된 민요도 점차 줄어들게 된다. 유희요는 노동요와 마찬가지로 사회
환경과 생활방식의 변화에 따라 줄어들게 된다. 즉 사회체제에 따라
많은 제약성을 받게 된다. 그것은 기타 민요와 마찬가지로 끊임없이
진행되는 정치운동 속에서 배태되는 '혁명성가요', '전투성가요', '숭배
가요', '어록가요' 등을 대량적으로 보급시키고 의무적으로 불러야만
했었기에 민요가 설 자리를 좁혀놓았기 때문이다. 따라서 이에 관련된
민요도 점차 줄어들게 된다.

셋째, 조선족 민요의 변용기는 중국의 개혁개방시기와 연관시켜 살

펴보았다. 조선족 민요의 변용 양상은 북한 음악문화의 영향과 한국 음악문화의 영향에서 나타난다. 조선족 민요는 사회주의 개혁개방시기에 접어들면서 다시 빛을 보게 된다. 하지만 향토민요는 예술기관인 연변대학음악학원과 음악단체인 연변가무단과 연길시조선족예술단 등 전문기관 또는 전문단체에서 겨우 그 명맥을 이어가는 형편이었다. 이와 달리 통속민요와 신민요는 다시 대중들 속에서 널리 불리기 시작한다. 이런 민요들은 북한과 한국 음악문화의 영향을 받게 된다.

북한 음악문화의 영향을 살펴보면 다음과 같다.

조선족의 음악문화는 문화대혁명이 끝나면서 곧바로 북한 음악문화의 영향을 받게 된다. 즉 한동안의 봉쇄정책이 폐쇄됨에 따라 같은 사회주의 국가인 북한과의 음악문화면의 교류가 이루어진다. 특히 70년대 말부터 녹음기가 생산되어 사회에 보급되면서 많은 북한의 노래들을 쉽게 접할 수 있었다. 조선족 음악문화에 끼친 북한 음악문화의 영향은 주로 북한의 주체사상의 지배하에 개작된 민요를 말한다. 이런 개작된 민요는 조선족 민요의 원래 모습을 점점 대중들 속에서 멀리하게 되는 현상을 초래하게 한다.

한국 음악문화의 영향을 살펴보면 다음과 같다.

조선족 민요는 1990년대부터 한국 음악문화의 영향을 받게 된다. 특히 한·중 수교 후 통속민요와 신민요는 오락시설인 노래방, 나이트클럽 등에서 많이 유행하게 된다. 한국 음악문화의 영향을 통속민요와 신민요의 두 유형으로 살펴보았는데, 이를 정리하면 다음과 같다.

첫째, 통속민요가 다시 조선족 사회에 유입된 것은 건국 전과 마찬가지로 경기민요가 주류를 이룬다고 말할 수 있다. 그러나 이들 민요의 재유입시에는 전자음향에 의한 반주 형태를 갖춘 것이 특징적이며,

무대 공연종목으로 편곡하여 기능적인 변화를 일으킨 것이 주목된다. 따라서 무대 공연종목으로 부르는 노래들이 많은 사람들에게 불려지게 된다. 그러므로 건국 전에 불리던 많은 민요들은 이미 자취를 감추게 되었다.

둘째, 신민요도 건국 전과는 다른 모습으로 조선족 사회에 나타난 다. 이 또한 통속민요와 마찬가지로 우선 전자음향에 의한 반주를 동 반한 것이 특징적이며, 다음은 무대 공연종목으로 편곡하여 부르는 것 이 특징적이다. 이러한 신민요는 조선족 사회의 거리나 시장 같은 모 든 공공장소에서 들을 수 있다. 또한 오락시설인 노래방과 나이트클럽 등에서도 사람들의 인기를 끌고 있다. 사회문화의 급작스런 변화에 따 른 노래방, 나이트클럽 등 오락시설이 생성됨에 따라 신민요는 널리 유행되기 시작한다. 한편 조선족 작곡가들에 의한 신민요 또는 가요는 대중들이 멀리하게 되는 현상을 초래한다.

본 연구에서는 조선족 민요의 전승과 변용의 과정을 민요의 음조직 분석을 중심으로 살펴보기 위하여 먼저 조선족의 민요를 이주사와 연 관시켜 살펴보았다. 따라서 조선족 민요에는 이주민에 의해 한반도의 향토민요를 중심으로 메나리토리, 경토리(진경, 반경), 수심가토리, 육 자백이토리 등이 골고루 나타남을 확인함과 아울러 그 중 메나리토리 가 가장 많이 전승되었음을 밝혔다. 그 원인은 연변지역에는 함경도 이주민이 다수를 차지하기 때문이며, 또한 함경도 민요 자체에는 메나 리토리가 많았기 때문이다. 이들 메나리토리는 주로 연변의 용정을 중 심으로 하는 연길, 도문, 화룡, 훈춘 등 두만강 연안 지역에 많다는 것 도 밝혔다. 반면에 연변의 안도, 왕청, 돈화 등 지역에는 용정을 거쳐 이주한 함경도 사람과 다른 이주경로를 거쳐 정착한 강원도, 경상도 사람들이 한데 뒤섞여 있을 뿐만 아니라 용정 지역처럼 집중되어 있지 않기 때문에 민요의 토리는 큰 차이가 나타나지 않는다.

이와 같이 조선족의 민요를 이주와 연관시켜 논의한 연구는 본 논문이 최초인 것으로 생각된다. 또한 조선족의 민요를 중국에서의 기존 연구 방법과는 달리 한국의 연구 방법에 따라 민요를 토리별로 규명한 것 또한 본 논문이 최초일 것이다. 따라서 본 논문은 중국 내에서 지금까지 한민족의 민요를 올바르게 이해하지 못하고 조선족 민요의 특징을 나타내는 음조직에 따른 토리를 언급하지 않고 중국의 5음음계 체계에 포함시키는 잘못된 경향을 바로 잡는 데 의의가 있다고 본다. 더불어 한민족의 민요 전반을 연구하는 데 의의가 있다고 생각한다.

이상과 같은 본 연구에서의 결과는 『집성』 자료집에 의한 것이므로 제한점이 없지 않다는 것을 지적하고자 한다.

첫째, 『집성』에 수록된 악곡으로만 연변 각 지역의 특징을 살펴보는 것은 어느 정도 편차가 있을 것으로 생각한다. 또한 음원에 대한 확인 작업이 이루어지지 않은 것도 민요의 토리를 밝히는 데에 오차가 있을 수 있을 것이다.

둘째, 조선족 민요에 나타난 토리의 변화형에 대한 원인은 이주민의 유동성에서도 찾을 수 있겠지만, 중국 본토의 한족 및 기타 소수민족들과의 접촉에서도 찾을 수 있을 것이다. 하지만 본 논문에서는 이에 대한 연구가 이루어지지 않았다.

셋째, 조선족 민요의 역사와 변화를 중국의 사회적인 변동과 한국, 북한의 영향에서 살펴보았지만 구체적인 사료를 제시하지 못한 것이 본 논문의 한계점이라고 본다.

앞으로 조선족 민요에 대한 광범위한 발굴 정리 사업을 통해 조선족 민요의 전반에 대한 악보와 음향자료가 시급히 정리되기를 기대하면서 본 연구에서 다루지 못한 조선족의 민요와 한족 및 기타 소수민족 민요와의 상호영향에 대한 연구 등 여러 면에서의 여러 가지 방법론에 의한 연구도 지속적으로 이루어져야 할 것으로 생각한다.

참고문헌

[악보자료]

吉林省編輯委員會, 『中國民間歌曲集成』(中國 延吉: 吉林省文化局・
中國音樂家協會吉林分會, 1982)

중국음악가협회 연변분회 편집, 『민요곡집』(中國 延吉: 연변인민출판
사, 1982)

중국음악가협회 연변분회 편집, 『중국조선족가요선집』(中國 北京: 민
족출판사 1989)

연변음악가협회 편집, 『연변음악』(中國 延吉: 연변인민출판사, 2002)

『조선민족음악전집』(민요편 1, 2, 3)(북한 평양: 예술교육출판사, 1998,
1998, 1999)

엄하진, 『조선민요의 유래 1』(북한 평양: 예술교육출판사, 1992)

로익화 등 편집, 『조선민요 1000곡집』(북한 평양: 문학예술종합출판사
2000)

김점도 엮음, 『우리민요 대백과』(한국 서울: 세광음악출판사, 1987)

『우리민요선집』(신민요 전래민요 합본)(한국 서울: 음악도서 삼호출판
사, 1992)

국립국악원・국악교육협의회 편 국악교육안내서 1, 『민요 이렇게 가르
치면 제맛이나요』(한국 서울 : 민속원 1998)

韓國民俗樂典, 『民謠三千里』(한국 서울: 聲音社, 1968)

[단행본]

김경일, 『중국조선족문화론』(中國 沈陽: 요녕민족출판사, 1994)

김남호, 『중국조선족민간음악연구』(中國 哈爾濱: 흑룡강조선민족출판
　　사, 1995)

김덕균, 『예술론문집』(中國 延吉: 동북조선민족교육출판사, 1995)

김덕균・김득청 주편, 『조선민족음악가사전』(상)(中國 延吉: 연변대학
　　출판사, 1998)

김동훈・김창호, 『조선족문화』(中國 長春: 길림교육출판사, 1990)

김동화・김승철 주필, 『당대 중국조선족연구』(中國 延吉: 연변인민출
　　판사, 1993)

권오성, 『한민족음악론』(한국 서울: 학문사, 1999)

권오성 외, 『북한음악의 이모저모』(한국 서울: 도서출판 민속원, 2001)

김영운 외, 『초・중등교사를 위한 우리음악의 이론』(개정판)(한국 서
　　울: 국립국악원, 1995)

김정일, 『음악예술론』(북한 평양: 조선로동당출판사, 1992)

김태갑・조성일, 『민요집성』(한국 서울: 한국문화사, 1996)

김택(주필), 『길림조선족』(中國 延吉: 연변인민출판사, 1995)

고정옥, 『조선민요연구』(한국 서울: 수선사, 1949)

남희철, 『조선민요의 선율양식과 발전수법』(북한 평양: 문학예술종합출
　　판사, 1997)

리창구, 『조선민요의 조식체계』(북한 평양: 예술교육출판사, 1990)

문용길 주편, 『건설도상의 전국모범자치주 연변』(中國 延吉: 연변인민
　　출판사 1994)

백대웅 외, 『전통음악개론』(한국 서울: 도서출판 어울림, 1995)

북경대학 조선문화연구소, 중국조선민족문화사대계 3, 『예술사』(한국
　　서울: 서울대학교 출판부, 1994)

서한범, 『국악통론』(한국 서울: 태림출판사, 1981)

심혜숙, 『중국 조선족 취락지명과 인구분포』(中國 延吉: 연변대학 지
　　리학부, 1992)

袁炳昌·馮光鈺 主編, 『中國少數民族音樂史』(上册)(中國 北京: 中央
　　民族大學出版社, 1998)

袁靜芳 主編, 『中國傳統音樂槪論』(中國 上海: 上海音樂出版社, 2000)

伍國棟, 『中國音樂』(中國 上海: 上海外語敎育出版社, 1999)

이성천, 『알기쉬운 국악개론』(한국 서울: 도서출판 풍남, 1995)

임범송 주필, 『중국조선민족예술론』(中國 沈陽: 요녕민족출판사, 1991)

장사훈·한만영 공저, 『국악개론』(한국 서울: 한국국악학회, 1975)

장사훈, 『한국의 음계』(한국 청주: 운초민족음악자료관, 1992)

江明惇, 『漢族民歌槪論』(中國 上海: 上海音樂出版社, 1999)

전성호, 『중국 조선족문학예술사연구』(한국 서울: 이회문화사, 1997)

정준갑, 『조선민족민간음악』(中國 延吉: 연변대학출판사, 1996)

정판룡, 『세계속의 우리민족』(中國 沈陽: 요녕민족출판사, 1996)

周耘, 『中國傳統民歌藝術』(中國 武漢: 武漢出版社, 2003)

周靑靑, 『中國民歌藝術欣賞』(中國 山西: 山西敎育出版社, 1993)

周靑靑, 『中國民歌』(中國 北京: 人民音樂出版社, 1997)

中國藝術硏究院音樂硏究所 『中國音樂詞典』編輯部, 『中國音樂詞典』

(中國 北京: 人民音樂出版社, 1984)

陳秉義 編著, 『中國音樂通史槪述』(中國 成都: 西南師範大學出版社, 2003)

田聯韜 主編, 『中國少數民族傳統音樂』(上)(中國 北京: 中央民族大學 出版社, 2001)

한상복·권태환, 『중국 연변의 조선족 사회의 구조와 변화』(한국 서울: 서울대학교출판부, 1994)

한영애, 『조선장단연구』(북한 평양: 예술교육출판사, 1989)

玄龍順·李政文·許龍九, 『朝鮮族百年史話』第一輯(中國 沈陽: 遼寧 人民出版社, 1982)

[논 문]

강등학, 「민요의 이해」, 『한국 구비문학의 이해』(한국 서울: 월인출판 사, 2000)

김영운, 「韓國 民謠 旋法의 特徵-旣存 硏究 成果의 再解析을 中心으로-」, 『韓國音樂硏究』第28輯(한국 서울: 韓國國樂學會, 2000)

김예풍, 「연변조선족 전통음악문화」, 『민속악소식』(한국 전북 남원: 국립민속국악원, 이천삼년 여름호 통권17호)

김예풍, 「사회주의 리얼리즘과 연변조선족 민요」(한국 서울: 한국예술 종합학교 음악원 음악학과 제2회 학술세미나, 2000)

金惠貞, 「女性民謠의 音樂的 存在 樣相과 傳承 原理」(한국 성남: 韓 國精神文化硏究院 韓國學大學院 博士學位論文, 2003)

杜亞雄, 「朝鮮族民歌的音樂特色」, 『中國音樂』第二期(第十八期)(中國

北京: 中國文聯出版公司, 1985)

리황훈, 「조선족민요개황」, 『中國民間歌曲集成』(中國 延吉: 吉林省文
化局·中國音樂家協會吉林分會, 1982)

李勳, 「中國 延邊朝鮮族 民族音樂의 史的 考察」(한국 서울: 서울大學
校 大學院 音樂學科 國樂理論專攻 석사학위논문, 2001)

박창욱, 「중국 조선족의 역사와 구역자치의 실시」, 『조선학연구』(제1
권)(中國 延吉: 연변대학출판사)

박창욱, 「조선족의 이주사연구」, 『역사비평』(中國 延吉: 역사비평사,
1991)

이보형, 「경서토리 음구조 유형에 관한 연구」(한국 서울: 문화재연구
소, 1992)

이진원, 「新民謠 研究(1)」, 『韓國音盤學』제7호(한국 서울: 韓國古音盤
研究會 1997)

조명철, 「조선족의 수전개발」, 『길림조선족』(中國 延吉: 연변인민출판
사, 1995)

陳梅, 「延邊朝鮮族音樂概況」, 『中央音樂學院』(中國 北京: 中央音樂學
院, 1960)

차상훈, 「안도현 조선족 이주실록」, 『길림조선족』(中國 延吉: 연변인민
출판사, 1995)

천수산, 「길림성에로의 조선족의 이주」, 『길림조선족』(中國 延吉: 연변
인민출판사, 1995)

최태현, 「경토리 선율특성에 관한 고찰」, 『경기도 전통음악의 발굴과
그 계승·발전을 위한 구체적 방안 연구』(한국 서울: 진단전통예
술보존협회·한국전통예술학회, 2002)

한만영, 「태백산맥 이동지방의 민요선법」, 『한국전통음악연구』(한국 서
　　울: 도서출판 풍남, 1991)

황유복, 「중국 조선민족이민사의 연구」, 『조선학』(中國 北京: 민족출판
　　사, 1993)

황준연, 「한국전통음악의 악조(평조와 계면조)」, 『국악원논문집5』(한국
　　서울: 국립국악원, 1993)

<English Abstract>

MUSICAL RESEARCHES INTO THE HERITAGE AND ITS TRANSFIGURATION OF THE KOREAN-CHINESE FOLK SONGS

by Jin Yi−feng

Graduate School of Korean Studies,
The Academy of Korean Studies.

The Korean-Chinese, one of the ethnic minorities in China, mainly have lived in Yanbian area of China. Unlike other minorities, they are the people who have migrated from Korea to China, so that their musical culture can be regarded as a branch of Korean culture.

The heritage and its transfiguration of the Korean-Chinese folk songs have been examined in this paper, especially based on the analysis of their scales and modes.

Chapter Ⅱ is about the forming process of the Korean-Chinese society and the classification of the Korean-Chinese folk songs. It was argued that the early stage of their migrating time was the period from the 1860's to the 1910's, and the later migration period was from the 1910's to 1945 when the People's Republic of China was established. As the Korean-Chinese domiciled themselves in the area of Chinese territory, the folk songs of Korean peninsula also settled down among them.

The Korean-Chinese folk songs can be classified into three groups ; aboriginal folk songs, popular folk songs, and newly-composed folk songs. Aboriginal folk songs include work songs, ritual songs, and amusement songs. Popular folk songs appeared from the ruling period of Japanese imperialism after 1910, with the Japanese electric phonograph companies' inroad into Korea. Newly-composed folk songs came into being from the 1930's, which were relatively few. The music styles of these three categories include *menari-tori*(music style of eastern area), *gyeong-tori*(music style of Seoul and its environs), *yukjabaegi-tori*(music style of south-western area), and *sushimga-tori*(music style of *north-western* area), among which menari-tori and *gyeong-tori* occupy a large majority.

The characteristics of the Korean-Chinese folk songs were examined in chapter III through the analysis of scales and modes. First, there are four music styles in the Korean-Chinese folk songs ; *menari-tori, gyeong-tori, yukjabaegi-tori,* and *sushimga-tori.* The aboriginal folk songs have more *menari-tori* than *gyeong-tori, yukjabaegi-tori,* or *sushimga-tori.* Second, in many cases, *menari-tori* is used in work songs among aboriginal folk songs and *arirang*-related songs among popular folk songs, when *gyeong-tori* is found in *taryeong*-related songs in popular folk songs. Third, *menari-tori* songs are found evenly in various districts including the basin of the *Duman* river, when *gyeong-tori* songs are mainly found in *Rongjing* and *Yanji* where are the central areas of the Korean-Chinese culture.

Chapter IV is related to the history and transfiguration of the

Korean-Chinese folk songs. They have three stages ; moving-in period, inheriting and stagnancy period, and transfiguration period.

First, at the *moving-in* period, most of aboriginal folk songs began to be sung especially in *Rongjing* area. Relatively more *menari-tori* songs spreaded to *Rongjing* than other area such as Antu, *Wangqing*, *Dunhwa*, because many of the emigrant in that time were from *Hamgyeong* province. Popular and newly-composed folk songs were rather related to the spread of phonograph or vagabond theatrical troupes than emigration, so that most of these songs had the characteristics of *gyeong-tori*.

Second, the inheriting and stagnancy period is from 1950 to 1976, when socialistic realism had great influences on folklore. Many kinds of folk songs became the subject of critique, as a result, most of ritual songs firstly disappeared. The number of work-related songs was diminished from the mid 1970's as the diffusion of mechanized farming in rural area. Amusement songs also decreased in number as the change of life-style and social environment.

Third, the transfiguration period is connected with Chinese reform and open-door policy. This policy brought about the cultural influence both from North Korea and South Korea, which could cause the change of music culture. As a result, the aboriginal folk songs could maintain its slender existence by means of professional music organizations. On the other hand, popular and newly-composed folk songs which were effected by music culture of North and South Korea were widely sung among people. North Korean influence started after the Cultural Revolution. According to the end of blockade policy, the cultural interchanges between China and North Korea began. Many songs of North Korea, mainly related the juche ideology, were sung among the Korean-Chinese from this time. Because of the wide-spread of these songs, the aboriginal songs were defamiliarized from them.

South Korean influence started from the establishment of diplomatic relations between China and South Korea in 1990's. Popular and newly-composed folk songs effected by South Korean culture widely began to be sung from this time. In popular folk songs transmitted from South Korea to China at that time, those of *Gyeong'gi* province formed a main stream. They were arranged for stage performance, having an accompany of electric sound that most people could like. This situation was the same in newly-composed folk songs.

This paper must be the first researches that relates the Korean-Chinese folk songs to the migration of Korean people, using the major research stream of South Korean music. The existing studies could not grab the folk songs of the Korean because most researchers would apply Chinese pentatonic scale system to the Korean-Chinese music. It can be argued that this paper can correct this existing erroneous custom.

<中文提要>

对朝鲜族民谣的传承与变迁的音乐性研究

西南民族大学艺术学院　金艺风

朝鲜族是中国56个民族中的一员, 作为少数民族主要分布在中国的东北地区, 集中分布区为延边朝鲜族自治州。朝鲜族与中国的其他少数民族不同, 是从朝鲜半岛迁移而成的民族。惟其如此, 可以认为朝鲜族的音乐文化与韩民族音乐文化具有不可分的渊源。

目前, 已拥有150余年历史的中国朝鲜族经过几个世代, 正经历着一个逐渐和中国文化在更多领域里发生共鸣的过程。本研究的目的在于通过分析存续于中国这一多民族文化中的朝鲜族音乐文化的地域特徵, 进一步了解整个韩民族的音乐文化。为此, 本文采取了比较分析朝鲜族民谣和韩半岛民谣的具体方法, 其重点在于现阶段的传承和变异的状况。

本研究以分析朝鲜族民谣为主, 在具体的研究实践过程中重点考察了它在形成期与韩国, 北韩民谣发生过的关系及在每个阶段受到的影响等。

为了便于研究的展开, 在第Ⅱ章里概述了朝鲜族的迁移和形成过程, 其次, 规范了本研究中使用的关于民谣的术语, 最后将朝鲜族民谣分成乡土民谣(劳动谣、游戏谣、仪式谣)、通俗民谣、新民谣等3个类型进行了考察和分析。将其结果扼要如下。

第一, 朝鲜族是从韩半岛迁移到中国的民族, 而延边朝鲜族的形成经历了初期移住期, 日帝统治期, 定居期等3个阶段。

初期移住期：

朝鲜族的迁移由来已久, 在本文则把1860年代至1910年的'韩日合邦'

止看做是移住初期。这个时期移住主要是因为维持生计等经济方面的原因, 属于自发的普通水灾民为主。

日帝统治期：

本文将自1910年始至1945年止看做是日帝统治期。这个时期的移住主要是由于日帝的政治, 军事统治所迫。即, 本文认为延边朝鲜族的移住主要起因于日帝残酷的殖民统治。

定居期：

本文将光复至延边朝鲜族自治州成立后的时期定为延边朝鲜族的定居期。

朝鲜人大规模的移住中国随着光复告了一个段落, 已移住的大部分朝鲜人也从此在中国逐渐形成了新的社会群体。即, 经过中国国内解放战争后, 1949年正式被公认为中国公民。朝鲜族, 这个名称在中国正式启用始于1952年9月3日成立的′延边朝鲜民族自治区′根据中华人民共和国宪法规定于1955年12月18日改称′延边朝鲜族自治州′之时。

朝鲜族作为从朝鲜半岛移住到中国的群体, 继承了朝鲜半岛的文化传统, 因此, 以朝鲜族的名称编入了中华民族的大家庭, 成了中国的一个少数民族。

第二, 规范了本研究中使用的关于民谣的术语, 并将朝鲜族民谣分成乡土民谣(劳动谣、游戏谣、仪式谣)、通俗民谣、新民谣等3个类型进行了考察和分析。

术语：

本研究在比较朝鲜族、韩国、北韩民谣的术语时沿用了韩国的乡土民谣、通俗民谣、新民谣等名称。

分类：

在上述关于术语进行规范的基础上本文将朝鲜族民谣分成了乡土民谣、通俗民谣、新民谣等3个类型, 进而又把乡土民谣分成了劳动谣、游戏谣、仪式谣等类型。同时, 根据乐曲的音调而异的腔大致分成了京腔(真京腔、伴京腔)、迷那里腔、愁心歌腔、六子白尔腔等类型进行了分析，将其结果扼要如下。

经过分析考察得以确认，朝鲜族的乡土民谣中迷那里腔多于其他类型的腔，并弄清了其原因在于延边地区的大多数居民来自咸镜道的事实(咸镜道民谣中迷那里腔明显多于其他腔)。与之相反，通俗民谣和新民谣则'京腔'明显多于其他腔，究其原因发现这个事实与朝鲜族的移住史实并无关联，造成这种状态主要是受位于韩半岛中心的京畿道民谣或者京腔唱法的影响之故，其途是无线电传播媒体。

Ⅲ章将朝鲜族民谣的传承过程分成两个阶段进行了考察，即1860年代至1910年的前期移住时期和1910-1949年的后期移住时期。本文认为前期移住时期可定性为乡土民谣的传来期来考察，并弄清了乡土民谣中的劳动谣和游戏谣里迷那里腔之所以占绝大部分的理由，从而分析了延边地区流传的腔与腔之间的差异。后期移住期则分成了1910-1930年通俗民谣流行期和1930-1949年新民谣的滥觞期，并分析了与乡土民谣有所区别的，京腔之所以占大部分的原因。

其一，如同前述，前期移住期的朝鲜族移住主要是因为维持生计等经济方面的原因，以自发的普通水灾民为主。由于移住民绝大多数都属庶民阶层之农民，因此，他们带到中国来的音乐遗产也理所当然地以民谣为主。所以，将这个时期定性为乡土民谣的传来期，并把乡土民谣分成劳动谣和游戏谣两个部分与韩半岛的民谣做了比较，其结果扼要如下：

延边地区的乡土民谣的劳动谣和游戏谣里迷那里腔占很大比重。具体的状况为延边地区8个市、县当中龙井市、图们市、和龙市、珲春市、延吉市等地咸镜道民谣居多；汪清县、安图县，敦化市等地则是江原道、庆尚道等地域民谣相对占多数。所以，在前期移住期延边的8个市、县各地咸镜道、江原道、庆尚道、黄海道、平安道、忠清道、全罗道等韩半岛各地域的乡土民谣传来、分布较为均匀，但是，总体上延边地区的乡土民谣里占多数的还是咸镜道民谣，其中迷那里腔尤显突出。

第二, 后期移住期的移住主要是由于日帝的政治, 军事统治所迫。即, 本文认为延边朝鲜族的移住主要起因于日帝残酷的殖民统治, 这点如已前述. 事实上, 1910年'韩日合邦'后的 20、30年间每年都有成千上万的朝鲜人移住到了延边地区。

另外, 当时韩半岛内已经有了通过无线广播媒体的民谣传播方式, 这个事实说明原本在日常生活中流传的乡土民谣已被专业歌手彖制并走向了通过无线电波传播的阶段, 从而, 乡土民谣和通俗民谣进入了两极分化的时期。特别是1910年'韩日合邦'后, 日本的蓄音机公司涉足韩半岛以后这种现象尤为明显。

总之, 这个时期许多名歌手演唱的通俗民谣被制作成唱片得以广为流通, 到1930年代就出现了新的通俗民谣类型-新民谣进入朝鲜族社会的现象。为此, 本文将后期移住期分成了通俗民谣流行期(1910-1930年)和新民谣生成期(1930-1949年)两个阶段, 并将其与韩半岛的民谣做了比较、分析, 理清了腔与腔之间以及地区之间的差异, 其结果扼要如下：

通俗民谣和新民谣里京腔较多, 京腔为主的通俗民谣和新民谣并无地域差异, 它们在延边地区分布同样较为均匀。另外, 新民谣和通俗民谣一样都带有大众性并在朝鲜族社会得到了广范的传播。以通俗民谣为基础产生的新民谣, 建国后对朝鲜族的歌谣创作给予了巨大的影响。

IV章将朝鲜族民谣的变容过程分成自1949年到1976年的社会主义建设期, 自1977年至现在的两个阶段进行了考察, 其划分根据如下：

中国自1949年建国以来到1976年止实行了相对封闭的社会主义建设之路；从1977年始经历'动乱'后终于走上了敞开国门的改革开放之路。这两个时期整个社会的政治, 文化等方面的状况可谓截然相反, 受其影响朝鲜族民谣也紫烟呈现了变容样相。

社会主义建设期：
社会主义建设期的朝鲜族民谣的变容样相与波及朝鲜族音乐文化的

社会主义的现实主义有不可分割的关系, 考察二者关系得出的结果概
要如下:

　　乡土民谣中的仪式谣, 随着社会主义的现实主义占居支配的地位就
几乎到了消失殆尽的地步, 因为, 在社会主义社会里类似宗教仪式谣和
巫俗仪式谣等仪式谣被当做是旧风俗。此外, 连劳动谣和游戏谣也没有
逃脱同样的厄运。也就是说, 目前的延边地区的劳动谣中迷那里腔并没
有得到传承。游戏谣也和其他民谣一样, 在接连不断的政治运动中受到
了大量义务普及演唱的'革命歌曲'、'战斗歌曲'、'崇拜歌曲'、'语录歌
曲'等的排除和压制, 同样逼到了濒临消亡的境地。

社会主义改革开放期:

　　进入社会主义改革开放期后, 朝鲜族民谣才获得了新生。但是, 乡土
民谣也单纯依赖于艺术教育机关延边艺术学校和音乐团体延边歌舞
团、朝鲜族艺术团等专业机构才得到了延续。与之相反, 通俗民谣和新
民谣却重又被大众广为接受, 并呈现出了受北韩以及韩国音乐文化影
响而变容的样相。因此, 本文将社会主义改革开放期的朝鲜族民谣的变
容样相同北韩以及韩国音乐文化施予的影响连系起来分别进行了考
察。其结果概要如下:

　　第一, 北韩音乐文化的影响

　　朝鲜族的音乐文化在文化大革命结束后即就受到了北韩音乐文化的
影响。即, 封闭的政策终了后, 在音乐文化领域首先向同一社会主义国
家北韩开启了交流之门, 特别是70年代末录音机的出现使许多北韩歌
曲进入了朝鲜族社会。

　　北韩音乐文化对朝鲜族音乐文化的影响主要体现在新民谣和光复后
民谣领域中。这类民谣在歌词和旋律方面已都完成了再创造和再形象
化, 所以, 最终导致的结果是民谣的原貌逐渐脱离民众的后果。

　　第二, 韩国音乐文化的影响

　　韩中建交后, 通俗民谣和新民谣通过各种途径大量流入了朝鲜族社
会。这类通俗民谣和建国前的状况一样以京畿民谣或者京畿唱民谣为

主。但是，这个时候民谣再流入的特徵是已配上了电子音响的伴奏形式，并具备了可改编成舞台演出的性质，这是过去任何民谣所无法比拟的。所以，出现了舞台表演性质强的歌曲倍受民众欢迎的现象，随之而来的就是建国前的许多民谣逐步退出了历史的舞台。

另外，新民谣也以和建国前判若两样的模样出现在朝鲜族社会，它也和通俗民谣一样具有了电子音响伴奏的特点，也具备了可改编成舞台演出的性质。

这类通俗民谣和新民谣风靡于朝鲜族社会的大街小巷和市场等公共场所，并且练歌厅、夜总会等娱乐施设也倍受了人们的欢迎。

朝鲜族民谣就是这样随着时代的变化而变化，不断呈现出了不同样相。特别是在社会主义体制下其变化在质和量方面露出了不同的趋势，其变化也呈现了越来越快的样相。